村上春树小说的时空体特色研究

郑季文 _____ 著

江苏人民出版社

图书在版编目（CIP）数据

村上春树小说的时空体特色研究 / 郑季文著. —南
京：江苏人民出版社，2024.2
ISBN 978 - 7 - 214 - 28464 - 8

Ⅰ.①村…　Ⅱ.①郑…　Ⅲ.①村上春树—小说研究
Ⅳ.①I313.074

中国国家版本馆 CIP 数据核字(2023)第 205033 号

书　　　名	村上春树小说的时空体特色研究
著　　　者	郑季文
责 任 编 辑	汪意云
装 帧 设 计	徐立权
责 任 监 制	王　娟
出 版 发 行	江苏人民出版社
出版社地址	南京市湖南路 1 号 A 楼,邮编:210009
照　　　排	江苏凤凰制版有限公司
印　　　刷	南京新世纪联盟印务有限公司
开　　　本	652 毫米×960 毫米　1/16
印　　　张	12.75　插页 2
字　　　数	160 千字
版　　　次	2024 年 2 月第 1 版
印　　　次	2024 年 2 月第 1 次印刷
标 准 书 号	ISBN 978 - 7 - 214 - 28464 - 8
定　　　价	78.00 元

(江苏人民出版社图书凡印装错误可向承印厂调换)

序　言

郑季文博士的这部专著,是他在博士论文的基础上经过仔细修改、润色而成的。该书主要以巴赫金时空体理论阐释村上春树的小说。村上春树对于我国读者来说并不陌生,他既是日本当代文学中具有代表性的作家,也是最为我国读者所熟知的日本当代作家之一。

村上春树(Murakami Haruki)于 1949 年生于日本京都伏见区。1955 年,他进入西宫市立香栌园小学就读。1961 年,村上考入芦屋市立精道初级中学,这一期间村上春树开始接触欧美文学。1964 年,他开始在兵库县神户高级中学就读。1968 年,村上春树考入早稻田大学第一文学部戏剧专业。1979 年,他凭借其第一部作品《且听风吟》获得第 21 届群像新人文学奖。1996 年,他依靠三卷本长篇小说《奇鸟行状录》取得第 47 届读卖文学奖。2009 年,村上春树荣膺被誉为"诺贝尔文学奖敲门砖"的耶路撒冷文学奖。2014 年,村上荣获德国《世界报》世界文学奖。2015 年,他斩获丹麦文学最高奖——国际安徒生奖。2017 年,村上春树出版长篇小说《刺杀骑士团长》,他在该书中承认了侵华日军在南京大屠杀中的种种暴行,从而在日本以及整个东亚地区引发热议。2019 年 6 月,日本早稻田大学校长田中爱治在记者会上宣布,会专门建设"村上春树图书馆"用于陈列作家村上春树赠送的小说草稿、藏书、著作等研究资料,该图书馆将成为研究包括村上春树文学在内的世界文学的研究基地。2022 年 6 月,村上春树获法兰西学院奇诺德尔杜卡基金会世界奖,该奖项亦被视为诺贝尔文学奖的前阶,很多获此奖项的作家后来获得了诺贝尔文学奖。

村上春树的文体淡远、清雅而富有思辨性,叙事自由、荒诞而富有想象力。作为一位笔耕不辍的作家,迄今为止,村上春树已发表 14 部长篇小说、11 部短篇小说集、12 部随笔集等,其作品曾在日本引发"村上春树热"现象,进而常年占据畅销书排行榜前几名。与此同时,村上春树的小说被译成十几种语言,受到世界各地读者的广泛阅读,尤其受到美国、英国和中国读者的欢迎。村上春树的小说具有浓厚的后现代主义特征,因而他也被视为日本后现代主义文学的代表人物。美国文学评论家齐默尔曼认为:"村上春树的作品展现了他对于现代日本文化、存在主义和浪漫主义的深刻理解,其小说中的精神呈现出一种独特的沉思意蕴。"村上春树作品在简洁优雅的行文基础上,广泛运用隐喻、象征、超现实、意识流等手法,进而使其摆脱了叙事的单一性和封闭性,达到小说意蕴的开放性和多元性。其作为当代日本文坛的代表作家是当之无愧的。

郑季文的这本书,主要选取了村上春树不同创作阶段中具有代表性的作品作为主要研究对象,它们是:《且听风吟》(1979)、《奇鸟行状录》(1994—1995)以及《没有色彩的多崎作和他的巡礼之年》(2013)。此外,他还将《1973 年的弹子球》(1980)、《寻羊冒险记》(1982)、《去中国的小船》(1983)、《刺杀骑士团长》(2017)等作品列入辅助研究对象。可以说,这本专著基本上涵盖了村上春树最为重要的一些作品,并且通过巴赫金的时空体理论视角,探讨了村上春树的文学文本。

米哈伊尔·米哈伊洛维奇·巴赫金(Михаил Михайлович Бахтин,1895—1975)是俄国著名著名思想家、语言符号学家。他提出的"时空体"不仅是指时间和空间概念的统一体,也是指内容和形式层面的统一体。学界普遍认为,巴赫金的时空体理论是自莱辛以来对小说时间和空间的各种阐释理论的总结、深化和创新。时空体理论认为,时空体在形象塑造、情节建构、思想和艺术互动等文本的基本意义生成机制中发挥重要作用。该理论强调小说时间的空间化建构与空间的时间化建构,即小说中的时间建构需要通过空间中的具体事物来表达,而空间建构则需要纳入时间的流动性之中去看待。小说文本中时间与空间关系的密不可分是巴赫金时空体理论所关注的重点。该理论为分析村上春树小说的时空建构提供了全新的理论视角,它能够较好地阐释村上春树小说时间、空间和时空体建构的发展过程并揭示其本质属性。

郑季文在巴赫金文化符号学视域下,以其时空体理论为主要研究视角,同时结合多种相关研究方法,从整体上阐明村上春树小说中影响其创作意义生成机制的时间、空间和时空体的建构模式、建构特征和建构意义。总体上看,该书从理论阐释、文本分析等不同层面体现了如下创新点:

第一,回溯了时空体的理论渊源,概括了该理论的基本要旨,厘清了时空体理论研究文学作品时所遵循的方法路径,将时空体理论的研究路径总结为:时间→空间→时空体,在此基础上阐明了时空体理论与村上春树小说的内在契合性。

第二,解读了村上春树三部代表性作品和其他作品时间的空间化建构,探明村上春树小说的时间建构具有一条从"传奇时间"到"历史时间"的发展模式。其小说的情节结构也随其时间建构模式的演化而更加具有逻辑性,小说人物形象也越来越丰满和真实,作品的主题思想也愈发深刻。在村上春树小说时间建构的演化过程中,发现其相对不变的基本建构特征——时间的空间化。时间的空间化建构使抽象的时间因素能够在具象的空间因素中表现出来,进而让村上春树小说的时间建构具有了直观性和可认识性。

第三,探讨了村上春树三部代表性作品和其他作品空间的时间化建构,进而发现村上春树小说的空间具有从"他人空间"到"模拟现实空间"

的建构模式。在这一过程中,村上春树小说的空间建构从抽象上升到具体,其叙述视角从第一人称转向第三人称,对于现实世界的认识也从感性上升到理性。在村上春树小说空间建构模式的变化过程中,总结出其相对不变的建构特征——空间的时间化。空间的时间化特征将村上春树小说中的空间与时间统一起来,使其能够回溯人或事物的过去,分析其当下状态并展望其未来。这使得村上春树作品在一定程度上能够超越社会历史的局限,为未来的时空敞开大门。

第四,研究了村上春树三部代表性作品和其他作品的时空体建构,其时空体的建构模式呈现出从"他人时空中的人物形象"到"模拟现实时空中的主人公形象"的演变。进而在村上春树小说时空体建构的变化过程中,发现其相对不变的建构特征之一——超然性。超然性使村上春树的作品不仅能在一定程度上体现其创作背景的历史文化语境,而且还能脱离语境的束缚产生出超然物外的特征,从而使其文本具备意义无限生成的可能性。除了超然性,村上春树小说的时空体还具有另一种建构特征——时空发展性。小说时空体建构的发展性构成了村上春树小说创作的内在驱力,促使其作品不断创新、成长。因而其作品的意义也能够无限生成,最终形成一种不断发展的符号意义衍生机制。

郑季文的研究表明,在时间、空间和时空体建构的影响下村上春树作品的时空体能够产生出自我批判、自我继承和自我发展的建构特征,进而构成一种不断与时俱进、自我发展的符号意义衍生机制。该特征使村上春树的作品犹如一副可以自由组合的积木,如何搭建积木会随着不同时代、不同文化背景读者的世界观和审美观的变化而有所不同,这丰富和拓展了村上春树小说文本的意义解读空间。通过时间的空间化、空间的时间化以及时空体的构建特征探讨村上春树作品的意义衍生机制,这有利于我们从不同视角理解村上春树小说的艺术表现形式与内容,也有利于拓展时空体理论的研究领域,进而形成一种跨学科、跨文化的相互佐证,以时空体理论的方式转译出村上春树作品的美之所在。

在我看来,这本书比较出彩的地方在于其对巴赫金时空体理论方法的阐释。时空体理论已出现几十年有余,但对于其方法论的探索还相对薄弱。在本书第二章,作者回溯了时空体的理论渊源,厘清时空体理论的方法路径,并将其概括为:时间→空间→时空体。但读者切不可将其视为一种将时间与空间割裂开的研究方法,时间和空间是不可分割的时空整体,这也是为什么第三章和第四章的标题分别叫做"时间的空间化建构"和"空间的时间化建构"而不是直接称之为"时间建构"和"空间建构"。换言之,郑季文这本书的难得之处在于,他在分析村上春树小说的时间建构和空间建构时,并没有简单地追随当下流行的将时空割裂开来的研究方法,而是始终坚持时空整体视角,将时间与空间有机联系起来展开论述,这正是巴赫金时空体理论的精髓所在。正是因为有了第三章和第四章相关论述的铺垫,我们才得以在第五章中看到关于村上春树小说时空体的细致解读,这部分论述不仅探讨了村上春树小说中的时空体建构,而且通过代表时空体的艺术形象深入讨论了村上春树小说中的人物、主题、韵律及其文本内驱力的奥秘,并挖掘村上小说的意义衍生机制,这部分解读也是比较有趣的。当然,郑季文的这部专著并不能穷尽对时空体理论以及村上春树作品的阐释,其中有疏漏之处在所难免,希望这本书能够起到抛砖引玉的作用,既作为郑季文以往研究村上春树的一次总结,也为将来的相关研究提供铺垫与启示。

郑季文博士长期工作在日语专业教学第一线,在教学之余,他坚持村上春树小说研究。近年来,他在《日语学习与研究》《中国社会科学报》《日本学研究》等中外学术期刊、报刊上发表论文多篇。期待他在今后的科研道路上坚持不懈、勇往直前,在自己的研究领域中取得更为丰硕的成果。

管海莹

南京师范大学外国语学院教授,博士生导师

2023 年 10 月

目　录

绪　论

　　如何解读村上春树小说一直是我国日本文学研究界关注的重点问题之一。时间与空间作为文学符号文本存在的基本形式,其重要性不言而喻,然而村上春树小说的时间建构①与空间建构较少受到学界的关注。本书以巴赫金文化符号学中的时空体理论为主要研究方法,对村上春树小说的时间建构、空间建构和时空体建构展开研究,以期探索村上春树小说文本的意义衍生机制,进而为拓展文化符号系统的意义阐释路径,开阔文学文本的批评视野,深化村上春树文学的相关研究尽一分绵薄之力。

第一节　研究背景和研究问题

　　马克思主义时空观认为:"一切物质存在的基本形式都是时间与空

---

① "建构"是一个借用自建筑学的术语,原本指建筑的结构,现在主要应用在文学、文化研究的分析中,有建立、健全的意思。本书所使用的"建构"一词主要指形式与内容的完整而健全的结合,因为巴赫金的时空体理论最为强调艺术作品中形式与内容的结合,单纯的形式研究在巴赫金看来是不够全面的,形式研究必须与内容研究相结合才能够体现出完整、健全的时空体建构。

间。"①巴赫金在其著作《马克思主义与语言哲学》(1929)中也指出:"任何一个符号现象都有某种物质的形式:声音、物理材料、颜色、身体运动等等。在这一方面符号的现实性是完全客观的。"②也就是说,任何一个符号的产生都有其现实的物质基础,在现实世界中传播的任何一个符号都是一种客观的物质存在。从文化符号学的角度看,文学文本③也是语言符号系统的一部分,而语言符号系统又是符号学的重点研究对象,因此文学文本最基本的存在形式也是时间与空间。

时间和空间是一切事物存在的两大坐标和参照系④,如果不研究村上春树小说的时间建构和空间建构,那么对于其作品的相关认识就不能称得上全面。然而相关研究现状显示,学界从主题情节、人物形象、文体特色等方面研究村上春树小说的成果较多,而聚焦其作品的时间与空间建构的研究成果较少。由此可见,迄今为止关于村上春树小说时间和空间建构的问题较少受到研究者们的重视。本书拟探讨的关键性问题如下:第一,村上春树小说的时间建构具有哪些本质属性? 第二,村上春树小说的空间建构具有哪些本质属性? 第三,村上春树小说的时空体建构具有哪些本质属性?

任何一种学术研究的基本目标都是要探索其研究对象的本质属性,而要想把握村上春树小说时间和空间建构的本质属性,就需要运用一定的方法,而且该方法必须与村上春树小说具有内在的契合性。在研究过程中,本书发现巴赫金的时空体理论非常适合于阐释村上春树小说的时间与空间建构。巴赫金被誉为 20 世纪最重要的思想家之一,也是最富

① 程正民:《巴赫金的诗学》,北京:中国社会科学出版社 2019 年版,第 220 页。
② 巴赫金:《巴赫金全集》(第二卷),李辉凡、张捷等译,河北:河北教育出版社 2009 年版,第 343 页。
③ 本书中出现的"文本"是一个文化符号学概念。"文本"的定义如下:文本是完整意义和完整功能的携带者(假如区分出文化研究者和文化携带者,那么从前者看文本是完整功能的携带者,而从后者的立场看则是完整意义的携带者)。参见康澄《文本——洛特曼文化符号学的核心概念》,载《当代外国文学》2005 年第 4 期,第 42 页。
④ 王铭玉:《现代语言符号学》,北京:商务印书馆 2013 年版,第 123 页。

创意的符号学家之一,①其时空体理论是分析文学文本的时间建构与空间建构的典范。该理论强调小说的时间建构需要通过空间中的具体事物来表达,小说的空间建构则需要纳入时间的流动性之中,通过时间的发展演变过程来呈现,而这些特点与村上春树的小说文本具有较高的契合度。由此可见,运用时空体理论可以较为清晰和深刻地阐释村上春树小说时间、空间和时空体建构的本质属性,故本书将运用时空体理论分析村上春树的文学文本。

村上春树(Murakami Haruki)生于 1949 年,他是一位勤奋努力、笔耕不辍的作家。迄今为止他已发表 14 部长篇小说、11 部短篇小说集、12 部随笔集、2 部游记和 3 部纪实文学,与他人合作发表了 28 部童话、随笔和谈话集,此外还翻译了 32 部英语文学作品。他的作品已经被翻译成几十种语言,在世界各国都非常畅销,广受当地读者欢迎,这使得村上春树成为继川端康成②和大江健三郎③之后又一位具有世界性声誉的日本作家。

在日本学界早年对于村上春树有一种刻板印象,以至很长一段时间他的作品都是"都市小说"的代名词。例如:大久保典夫等编写的《现代日本文学史》中将村上春树定义为"都市小说"的代表人物。④ 但是在 20 世纪 90 年代后村上春树逐渐超越"都市小说"的范畴,其作品开始反映日本当代社会问题以及日本与东亚之间的历史遗留问题。日本评论界也逐渐改变了原有的看法,并对其予以高度评价:"对作家的定位也由早期公认的青春小说家向国民作家转型。"⑤近年来由于村上春树成为诺贝

---

① 王铭玉:《现代语言符号学》,北京:商务印书馆 2013 年版,第 107 页。
② 川端康成(かわばたやすなり,1899—1972),日本新感觉派作家,著名小说家。1968 年获得诺贝尔文学奖,是亚洲第二位获诺贝尔文学奖的作家。
③ 大江健三郎(おおえけんざぶろう,1935—2023),日本著名作家,1994 年获得诺贝尔文学奖。
④ 大久保典夫等:『現代日本文学史』,東京:笠間書院,1989,p. 183.
⑤ 刘岩:《日本"后战后"时期的精神史寓言——村上春树论》,北京:商务印书馆 2016 年版,第 13 页。

尔文学奖的热门人选，每逢诺贝尔文学奖公布时他都会受到日本媒体和学术界的广泛关注。诺贝尔文学奖获得者、日本著名作家大江健三郎亦将村上春树视为当代日本文学"三大谱系"的代表人物之一。① 由此可见，虽然学界曾为村上春树贴上"都市作家"的标签，但近年来已有越来越多的学者开始正视村上春树小说的文学价值。

总体上看，村上春树通过对当代人的敏锐观察以及对东亚社会历史问题的广泛关注，创作出多部兼具思想性和艺术性，同时又流畅优美、广受读者欢迎的优秀作品，因而其作品具有较高的研究价值。而时间与空间作为文学符号文本存在的基本形式，其重要性是不言而喻的，因此本书以时空体理论为主要研究方法，旨在探讨村上春树小说文本的时间、空间和时空体建构。

第二节　研究对象和研究方法

一、研究对象

村上春树的小说创作大致可以划分成为三个阶段。我国学者杨炳菁以时间为单位划分出"第一个十年的创作"（1979—1989）、"第二个十年的创作"（1990—2000）和"进入新千年的创作"（2000—　）。② 日本学者石仓美智子以作品为单位划分出"第一次三部作"和"第二次三部作"。③ 在时间上"第一次三部作"的创作时间刚好与"第一个十年的创作"相同。这一时期的主要作品有：《且听风吟》（1979）、《1973 年的弹子球》（1980）、《寻羊冒险记》（1982）等。"第二次三部作"和"第二个十年的

① 小森陽一：日本的近代をはねのけて：大江健三郎の文学と〈日本〉、『小説と批評』、東京：世織書房、1996、p. 238.
② 杨炳菁：《后现代语境中的村上春树》，北京：中央编译出版社，2009 年，第 27 页。
③ 石倉美智子：『村上春樹論：〈第一次〉三部作から〈第二次〉三部作へ』、東京：専修大学博士論文、1997、p. 1.

创作"在时间上稍有不同,但大体一致。该时期的重要作品有:《奇鸟行状录》(1995)、《斯普特尼克恋人》(1999)等。关于第三阶段,杨炳菁指出:"进入新世纪后村上春树的作品又出现新的转向,即更加注重'责任'与'拯救',并且出现了与日本传统文学'和解'的现象。"[①]这一阶段的佳作有:《没有色彩的多崎作和他的巡礼之年》(2013)、《1Q84》(2009)、《刺杀骑士团长》(2017)等。

本书选取村上春树小说创作三阶段中具有代表性的三部作品:《且听风吟》《奇鸟行状录》和《没有色彩的多崎作和他的巡礼之年》作为主要的研究对象,下面将分别阐述选择这三部作品的原因及理由。

第一部作品是村上春树"第一个十年的创作"阶段中的代表作《且听风吟》。村上春树创作初期的作品强调小说人物与客观现实世界的距离感,这种距离感既体现了人物与现实社会相对立的主客二分状态,也表现出作家不愿受到现实束缚、追求灵魂自由的主观精神。这种主观精神在小说中呈现为时间建构的空间化,具体表现为:在村上春树创作初期的作品中很难看到小说人物的成长过程或情节的发展过程,不同人物和情节似乎是同时共存并相互作用着的。小说中的时间不是线性发展,而是被分割后再重新安排,时间仿佛不是流动的,而是空间中的"时间的块状"。[②] 很显然,这种独特的时间建构正是巴赫金时空体理论中"时间空间化"的体现。此外,《且听风吟》是村上春树的处女作,也是他的成名作,其后来作品中几乎所有的创作思想和艺术表现形式都能在《且听风吟》中找到萌芽的痕迹。因此,该作品不但非常适合采用时空体理论来进行阐释,而且它在村上春树的小说创作谱系中具有重要地位,故本书选取《且听风吟》作为第一个主要研究对象。

第二部作品是村上春树"第二个十年的创作"阶段中的代表作《奇鸟

---

① 杨炳菁:《后现代语境中的村上春树》,北京:中央编译出版社 2009 年版,第 39 页。
② 卢小合:《艺术时间诗学与巴赫金的赫罗诺托普理论》,北京:北京大学出版社 2016 年版,第251 页。

行状录》。该阶段的作品回归现实社会,强调人与人之间的相互联系,并反思了日本社会问题和历史遗留问题对于当代日本人的影响。它们体现出村上春树对社会问题和历史问题的关注,反映其小说艺术与日本当代社会文化的有机结合。第二阶段的小说文本呈现出空间建构的时间化特征,最能够体现该特点的作品是《奇鸟行状录》,它是学界公认的村上春树最为优秀的作品之一。《奇鸟行状录》中的时间建构是一种将过去、现在与未来是有机联系在一起的时间整体,村上春树运用"井"这一符号将几十年前的诺门罕大草原和现代东京的繁华都市这两个完全不同的历史时空联系起来。这使得该作品的时空建构表现为:将空间中的事物看成是分别属于不同时间阶段、不同历史时代的时间化建构,进而实现了空间的时间化。因此,该作品也比较适合采用时空体理论来进行分析,故本书选取《奇鸟行状录》作为第二个主要的研究对象。

第三部作品是村上春树"进入新千年的创作"阶段中的代表作《没有色彩的多崎作和他的巡礼之年》(以下简称《没有色彩的多崎作》)。该作品通过主人公反思过去的巡礼之旅,强调在现实世界中与他人对话的重要性,并且体现了一种人与世界共同成长的和谐关系。这部作品的时空建构不仅包含时间建构的空间化,而且包含空间建构的时间化,其时间建构和空间建构在小说主人公形象中得到统一。另外,虽然学界对该作品的关注程度相对不高,但村上春树本人非常重视这部小说,他曾说:"这部《没有色彩的多崎作和他的巡礼之年》对我来说,也许是一部拥有绝不容小觑意义的作品。"①在下文的论述中会分析该作品在形式上是对《且听风吟》的发展,在内容上则是《奇鸟行状录》的继承和超越,所以该作品与前面两部作品是一脉相承的关系。可以说《没有色彩的多崎作》在村上春树小说创作生涯中具有重要意义并且与时空体理论具有内在的契合性,故本书选取《没有色彩的多崎作》作为第三个主要研究对象。

---

① 村上春树:《我的职业是小说家》,施小炜译,海口:南海出版公司 2017 年版,第 182 页。

　　基于以上分析,可以发现《且听风吟》《奇鸟行状录》和《没有色彩的多崎作》是村上春树小说创作三阶段中具有代表性的作品,同时这三部作品的时空建构与时空体理论具有较强的契合性,因此,采用巴赫金时空体理论分析以上三部作品具有内在合理性。与此同时,为了保证语料的丰富性,本书还将《1973 年的弹子球》《去中国的小船》《寻羊冒险记》《斯普特尼克恋人》《列克星敦的幽灵》《没有女人的男人们》《刺杀骑士团长》等村上春树三个创作阶段中的其他重要作品作为辅助参考对象。

二、研究方法

　　在研究方法层面上,孙鹏程认为巴赫金的时空体理论是历史研究与文献研究方法相结合的完美典范。他指出,巴赫金的《长篇小说的时间形式与时空体形式——历史诗学概述》的主要内容是:“在理论演绎与分析归纳的基础上,对西方小说中的历史类型的变迁与时空体的变化进行论证。”①从中可以提炼出“历史分析”和“文献分析”的具体方法。但在面对文学文本时,我们的研究对象是个别小说的情节、小说人物以及作者的创作理念等对象,那么如何采用时空体理论来分析这些对象呢？对此程正民指出：

　　第一,时空体具有情节意义。“时空体是组织小说基本情节事件的中心,承担着组织情节的作用,情节纠葛于时空体之中,也解决于时空体之中。”②

　　第二,时空体具有描绘意义,这包含两方面内容:一是时间中的情节事件在小说空间中具体化,变得有血有肉,进而使小说中的时间因素得以通过空间因素来描绘;二是小说中抽象因素的物质化,“一切抽象的因素,如哲理和社会学的概括、思想和因果分析等等,都可以向时空体靠

---

① 孙鹏程:《形式与历史视野中的诗学方案——比较视域下的时空体理论研究》,浙江:浙江大学出版社 2012 年版,第 162 页。
② 程正民:《巴赫金的诗学》,北京:中国社会科学出版社 2019 年版,第 236 页。

拢,并通过时空体得到充实,成为有血有肉的因素,参与到艺术形象中去"。①

第三,时空体具有体裁意义。小说的体裁和体裁类别是由时空体决定的。

第四,时空体具有认识意义。巴赫金对于小说文本时空的研究,"归根到底是试图通过艺术的时空来认识真实的、历史的时空。"②

据此可以归纳出时空体具体研究方法的一些要点:

第一,时空体决定了小说的情节结构。因此,在研究小说文本时可以从情节入手,探讨小说情节中时间建构和空间建构的特征。

第二,时空体决定了小说中抽象因素的具象化模式。所以小说中的具体艺术形象也具有重要的研究价值。人物、事物、场景等不仅是构成小说情节的基本要素,而且是小说中的时间因素在空间中的呈现,同时也是作者抽象思想的物化。这些艺术形象从侧面反映出作品的思想主题和创作理念。因此有必要重点研究小说中具体艺术形象的时空建构特征。

第三,从小说符号文本的艺术时空可以反观小说创作时期的历史时空。所以对于文学作品中的时间建构和空间建构的探讨,本质上就是在研究处在某一历史阶段上的文学作品对于当时历史时空的把握方式和把握程度。而这种对于历史时空的把握又与小说的文化历史背景是分不开的,因此在具体分析时也需要注意作品的文化历史背景因素。

通过以上分析可以发现,在时空体理论的具体方法中存在着三个维度。第一个维度是小说中的时间建构。巴赫金指出:"在文学中,时空体里的主导因素是时间。"③因此,无论是研究小说的情节结构、人物形象或

---

① 巴赫金:《巴赫金全集》(第三卷),白春仁、晓河译,河北:河北教育出版社2009年版,第445页。
② 程正民:《巴赫金的诗学》,北京:中国社会科学出版社2019年版,第236页。
③ 巴赫金:《巴赫金全集》(第三卷),白春仁、晓河译,河北:河北教育出版社,2009年版,第270页。

主题思想,我们都可以先从其时间建构入手,探讨其时间建构的特征。第二个维度是小说中的空间建构。时空体理论的基本观点认为文学文本中的时间建构与空间建构是不可分割的,时间建构必然会在空间中呈现出来,表现为"时间的空间化"。因而小说中的每一个空间建构都是值得深入研究的,小说中的每一个空间本质上也不是孤立的空间,而是与时间有机嵌合在一起,从而呈现为"空间的时间化"。第三个维度是在"时间的空间化"和"空间的时间化"基础上所构成的时空体建构。"时空体"并不是一个抽象的概念,它是表现在小说中的某个具体艺术形象之中的,因而可以通过把握该艺术形象的特征去探讨小说的时空体建构,进而分析该作品是如何把握现实世界的。通过探讨小说把握现实世界的方式,我们最终可以把握作品时空体建构的本质。

概而言之,时空体理论是一种在跨学科视域下采用文化符号学理论分析文学文本及其社会历史背景的个案研究方法。本书将在时空体理论的基础上,运用文献分析法、历史分析法、跨学科研究法、个案研究法分析村上春树小说时间、空间和时空体建构的本质特征,同时采用国内外最新的相关研究文献作为佐证,以期达成较为客观而公正的文化符号学研究成果。

第三节　研究意义和本书框架

一、研究意义

近年来随着文化符号学理论研究的深入,越来越多的学者开始关注巴赫金的时空体理论,同时也有越来越多的文学研究者开始重视村上春树文学的艺术价值。因此在"一带一路"及东北亚一体化的大背景下,东亚各国的当代文化与传统文化都在进行着交流与融合。村上春树小说深刻反映了日本当代社会文化,同时反思东亚历史遗留问题,进而引起东亚各国学界的广泛关注。根据笔者的调查,目前国内外学界基本没有出现采用巴赫金时空体理论分析村上春树小说并将其作品的时间建构、空间建构和时空体建构总括起来进行论述的文献,因此采用文化符号学中的时空体理论分析村上春树文学具有一定的创新意义。

本书的研究意义如下:

第一,在巴赫金文化符号学视域下探讨时空体理论,总结出时空体理论的概念内涵、历史渊源和研究路径,探讨时空体理论与村上春树小说的内在契合性。把握时空体理论的概念和研究路径对于分析村上春树小说以及其他作家作品的时空建构具有重要意义。

第二,通过时空体理论研究村上春树小说时间的空间化建构,分析村上春树小说文本的形式和内容,揭示其作品时间建构的演化模式,总结其时间空间化建构的本质特征,进而探讨村上春树小说时间的建构意义。

第三,通过时空体理论探讨村上春树小说空间的时间化建构,解读村上春树小说空间建构的发展过程,揭示其小说空间的建构模式、建构特征和建构意义。

第四,通过时空体理论研究村上春树小说的时空体建构,揭示其作品时空体建构的特征和发展模式,并概括出村上春树小说时空体的本质属性。在此基础上,基于村上春树小说时间、空间和时空体建构的本质特征分析其作品文本的意义衍生机制。

二、本书框架

基于以上思路,本书具体章节安排如下:

第一章对村上春树文学的研究现状进行述评。该章分为两节,第一节是我国村上春树研究综述,主要对我国学界的相关研究进行总结,并专门整理了国内学界对村上春树三部具有代表性作品:《且听风吟》《奇鸟行状录》和《没有色彩的多崎作》的先行研究。第二节是日本村上春树研究综述,主要对日本的相关研究进行述评,同时也梳理了日本学界对三部代表作品的相关研究。研究综述厘清了本书需要解决的关键问题。

在明确研究问题后,第二章对本书的研究方法进行了梳理。该章聚焦时空体的理论渊源,分析其概念要旨,探索时空体的具体研究路径,进而论证时空体理论对于村上春树小说研究的意义。其中第一节对时空体理论的来源进行回溯,总结出时空体理论主旨的三个要点。第二节分析了时空体理论的研究路径,指出时空体理论的基本研究路径是:时间、空间、时空体。第三节着重指出时空体理论与村上春树小说的内在契合性,从而进一步论证使用时空体理论分析村上春树作品的合理性。

第三章对村上春树小说的时间建构展开研究,并总结其作品时间的空间化建构特征。本章第一节主要分析《且听风吟》的时间建构,指出其时间是"传奇时间"。"传奇时间"是一种非线性的超现实时间,该时间也体现在《1973年的弹子球》《去中国的小船》等村上春树第一个创作阶段的其他作品之中。第二节对《奇鸟行状录》的时间建构进行解析并指出其时间是"集体时间"。"集体时间"是多个小说人物的不同时间汇集而成的,该时间在《斯普特尼克恋人》等作品中亦有所呈现。第三节主要解读《没有色彩的多崎作》的时间建构并将其时间概括为"历史时间"。"历史时间"是一种具有现实感、与现实社会历史时间相似的时间,但本质上还是小说中的虚构时间,该时间在《刺杀骑士团长》等村上春树第三个创作阶段的其他作品中也有所体现。第四节对村上春树小说的时间建构进行总结,阐述其小说时间具有一条从"传奇时间"到"历史时间"的发展演化脉络,进而从中归纳出村上春树小说时间空间化建构的本质特征。

时间与空间是不可分割的,小说的时间建构必然会在空间中呈现出来,因此第四章专门研究村上春树小说空间的时间化建构,并总结出小说的时空体类型。本章第一节论述《且听风吟》的空间建构,指出其空间是陌生化的"他人空间",并将该作品的时空体总结为"传奇时间中的他人空间",该时空体亦体现在《1973年的弹子球》《去中国的小船》等村上春树第一个创作阶段的其他作品之中。第二节探讨《奇鸟行状录》中具有多个不同维度的"多维空间",并将其时空体总结为"集体时间中的多维空间",而在《斯普特尼克恋人》《列克星敦的幽灵》等村上春树第二个创作阶段的作品中也能找到该时空体的影子。第三节探索《没有色彩的多崎作》中虚构但具有现实感的"模拟现实空间",并指出其时空体是"历史时间中的模拟现实空间",该时空体也影响了《没有女人的男人们》《刺杀骑士团长》等村上春树第三个创作阶段的其他作品。第四节对村上春树小说的空间建构的发展脉络进行总结,指出其小说空间建构具有一条从"他人空间"向"模拟现实空间"的演化过程,进而从中归纳出村上春树小说空间建构的本质特征。

时空体作为小说情节和人物组织的中心要素,必然会在某个艺术形象中呈现出来,因此第五章专门研究村上春树小说时空体建构在其艺术形象中的具体呈现。本章第一节阐明《且听风吟》中的"传奇时间中的他人世界"时空体主要表现在小说的人物形象上,而《1973年的弹子球》《寻羊冒险记》等作品中的小说人物也具有类似的特征。第二节阐述《奇鸟行状录》中的"集体时间中的多维空间"时空体表现在小说中的"井"这一艺术符号之中,并且呈现出"多维时空中的艺术形象"的特征,该特征对村上春树第二个创作阶段的作品产生了较为深刻的影响。第三节分析《没有色彩的多崎作和他的巡礼之年》的"历史时间中的模拟现实空间"时空体,该时空体主要通过主人公形象来呈现并展现出"模拟现实时空中的主人公形象"的艺术特征,它也影响了村上春树第三个创作阶段的其他作品。最后本章归纳出村上春树小说时空体建构的本质性特征并探讨其小说文本的意义衍生机制。

结论对各章节的论点进行总结,概述本书的论证结果并对后续的研究方向进行展望。

第一章　村上春树研究综述

　　村上春树文学的出现不仅是日本现代文学的重要现象,也是日本社会进入后现代、后工业化时代的一个重要表征。藤井省三指出:"鲁迅是近代工业社会中东亚文化的原点,村上春树可以说是在后现代社会中成了新原点。"①藤井省三曾提出过"顺时针法则"的概念,即我国对村上春树的接受顺序是按照"台北、香港、上海、北京"这地理上的顺时针方向展开的。而这一展开往往伴随着经济增长放缓和社会形态的变化,即从现代工业社会向后现代社会的转变。因此村上春树小说不仅描写了都市人的生活,而且生动地反映了时代的转折过程。正如巴赫金在分析歌德小说时指出的那样:"他已不在一个时代的内部,而处在两个时代的交叉处,处在一个时代向另一个时代的转折点上。"②因此歌德小说成为反映时代变化和个人精神成长的经典作品。村上春树的小说也具有类似的性质,因而他作为"东亚后现代社会的新原点"极具研究价值。

　　本章采用国内和日本两个视角对村上春树的相关研究进行总结和

①　藤井省三、严步耕:《无论喜恶,鲁迅和村上春树都是东亚文化原点——专访藤井省三》,载《新京报书评周刊》2020年8月19日。
②　巴赫金:《巴赫金全集》(第三卷),白春仁、晓河译,河北:河北教育出版社2009年版,第228页。

评述。在总体把握研究现状的基础上,本章聚焦《且听风吟》《奇鸟行状录》和《没有色彩的多崎作》这三部作品的先行研究,重在找出现阶段研究中尚待解决的关键性问题,从而为后章的论述奠定基础。

第一节　中国村上春树研究综述

一、我国学界的村上春树研究

我国学界的村上春树研究大体上可以概括为三个阶段:第一阶段是从 1989 年至 2000 年,属于研究的起步阶段,相关的研究人员少,研究文献也很有限;第二阶段是从 2001 年至 2009 年,以上海译文出版社出版村上春树作品集为契机,在我国产生了村上春树文学研究的热潮;第三阶段是从 2010 年至今,前一阶段的研究热潮逐渐冷却,对于村上春树除了赞美之外也出现了一些批评的意见,总体上正朝着客观中性的研究方向发展。

第一阶段:1989—2000

村上春树小说的中译本最早出现于 1986 年,是由我国台湾省出版的《1973 年的弹珠玩具》和《遇见 100％的女孩》。1989 年,《挪威的森林》中译本由林少华翻译、漓江出版社出版,这是我国大陆出版的第一部村上春树小说的中译本,但在当时并没有引起学界的重视。1989 年 4 月,李德纯发表了《物欲世界中的异化——日本"都市"文学剖析》,该文将村上春树视为日本 20 世纪 70 年代中期出现的"都市文学"的代表作家,并对其主要作品进行了简略介绍,该文开辟了我国村上春树研究的先河。1990 年 6 月,刘春英在《社会科学战线》发表了《近十年日本文学概观》,文中提到村上春树并且将其归类为"学生运动派和轻薄派",文章认为:"村上春树与'全共斗'的经历联系在一起,表现了对城市生活的空虚感受和失望。"①同年 7 月,长安在《外国问题研究》上发表了《受日本学生欢

---

① 刘春英:《近十年日本文学概观》,载《社会科学战线》1990 年第 3 期,第 318 页。

迎的作家村上春树》，该文用 400 余字的篇幅简单介绍了村上春树的生平和主要作品并认为："村上春树作品的特点，主要体现在他对城市生活的全面肯定。"①可以看出，我国早期对村上春树的评价分为了两派：一派认为村上春树是"都市作家"，另一派认为他是"全共斗"作家。

进入 90 年代后，国内的村上春树研究有一定起色。但从 1989 年至 2000 年只有不到 30 篇的研究论文发表。1994 年，王向远发表了《日本后现代主义与村上春树》，该文从后现代主义视角解读村上春树的作品，成为 90 年代国内村上春树小说研究的超前之作。在文中他总结了村上春树小说的两大特点：一是消费性，二是自我消解性。消费不仅指现代都市中的消费主义，还可以是："物质的、肉体的、文化的……完全使自己沉溺于现代都市消费社会的汪洋大海之中。"②正是在这种消费的沉溺中，人的自我意识麻木化了，从而走向意义的消解。随着自我的迷失而不再去追寻理想和真理，转而麻木地生活在都市中。王向远认为村上春树小说的成功就在于塑造了非常典型的"消费型"后现代人格形象，而该形象很容易与生活在都市中的人们产生共鸣。

1998 年，《外国文学评论》刊载了孙树林的《风为何歌——论村上春树〈听风歌〉的时代观》，文章对《且听风吟》的小说文本和时代背景进行了考察，指出小说中的"肯尼迪"作为一个历史的隐喻："不是一个人物……而是一个被概念化了的象征，象征着六七十年代日本青年茫然却又十分投入地追随'民主主义'及个人的理想。"③而主人公"我"和"鼠"二人，在经历过 20 世纪 60 至 70 年代日本民主主义运动后遭遇了理想的破灭，因此小说人物的颓废、空虚和彷徨是有其历史原因的。同年 5 月，《外国文学》刊载了孙树林的《论村上春树现象》，该文从村上春树作品的

---

① 长安：《受日本学生欢迎的作家村上春树》，载《外国问题研究》1990 年 7 月，第 38 页。
② 王向远：《日本后现代主义与村上春树》，载《北京师范大学学报》1994 年 9 月，第 72 页。
③ 孙树林：《风为何歌——论村上春树〈听风歌〉的时代观》，载《外国文学评论》1998 年第 1 期，第 44 页。

文体风格、寓意性、人物和读者间距的独特性、反时代潮流性、装帧的独特性这五个角度分析了村上春树文学的特色。特别值得一提的是 1999 年 3 月由林少华发表的《村上春树作品的艺术魅力》,该文后来成为上海译文出版社《村上春树文集》的总序,多部村上春树作品的正文之前都会刊印。在当时绝大部分普通读者都是通过这篇文章来理解村上春树作品的,这使得该文对村上春树文学的解读产生了较大影响。

第二阶段:2001—2009

从 2001 年至 2009 年是我国村上春树小说研究的第二阶段。上海译文出版社于 2001 年 2 月购买了村上春树主要作品的版权,之后几年村上春树小说的中译本陆陆续续在我国出版,并形成一股"村上春树热"。以此为契机,我国学界对村上春树文学的研究进入了全面展开的阶段。据统计,从 2001 年到 2009 年间,各类学术期刊上发表的有关村上春树的研究和评论多达 319 篇[①],还出版了 10 余部有关村上春树的著作。该阶段国内出现了几大研究集群,例如:中国海洋大学的林少华教授及其学生的研究集群。2005 年,宁夏人民出版社出版了林少华研究村上春树的合集《村上春树和他的作品》,该书收录了多篇研究村上春树文学的研究论文,还提供了大量日本的文献资料。还有孟庆枢主持的东北师范大学村上春树研究班,以其主办的期刊《日本学论坛》为依托,发表了一批有价值的研究论文。吉林大学东北亚研究中心主办的《东北亚论坛》也收录了多篇由杨炳菁、李柯、宿久高等学者发表的村上春树研究成果。除了以上研究集群,中国社会科学院也聚集了一些有村上春树文学研究成果的学者们,比如李德纯、许金龙、王向远等。此外,南京师范大学、华东师范大学和上海外国语大学等高校的学者们同样贡献了大量村上春树小说的研究成果。

从研究内容上看,该阶段的文献大体上可以分为三个方向:一是以

---

① 数据来源:中国知网;http://www.cnki.net.

小说文本研究为主，从内容、文体、语言特色等方面分析小说中的人物形象或象征符号，这其中又以研究《挪威的森林》的论文数量最多。例如：谢志宇于 2004 年发表的《解读〈挪威的森林〉的种种象征意义》，该文通过细致分析小说中的种种象征符号，认为《挪威的森林》"寓意了现代人理想、信念的破灭，表现了工业社会中人们的内心孤独和相互间的不可交流"①。还有郭勇于 2006 年发表的《穿越生与死的界线——论村上春树的〈挪威的森林〉》，该论文分析了作品中的"越境"行为，这种"越境"表达了作者对于彼岸世界的向往以及对于现实世界的放弃。文章指出："《挪威的森林》能如此地打动每一个人，也还因为透过这些人物，依稀看到了我们自己的无助和悲哀。"②应该说该研究方向的很多论文对于村上春树文学的文本解读是比较细致的。

　　另一个方向是从比较文学角度分析村上春树的作品。例如：徐谷芃于 2006 年发表的《村上春树与菲茨杰拉德——〈挪威的森林〉与〈了不起的盖茨比〉的比较》，该文认为《挪威的森林》与《了不起的盖茨比》有诸多共同点，比如它们都是探讨都市青年的内心世界的恋爱小说，而且两部作品都描写了各种各样的对立事物等。该文指出："我们可以说村上春树在作品创作过程中深受菲茨杰拉德的影响，说他是当代的菲茨杰拉德也似不为过也。"③此外，还有李柯于 2002 年发表的《试论〈挪威的森林〉与〈了不起的盖茨比〉中象征手法比较》，这篇论文也比较了两部作品之间的相似点，同时指出村上春树并没有单纯地借鉴和模仿菲茨杰拉德，而是在吸收借鉴的基础上充分发扬了日本文学的风格。可以说，该研究方向的文章较为客观地指出了村上春树文学吸收借鉴美国文学的特点。

　　第三个方向是在西方或东亚等不同语境中去理解和分析村上春树

---

① 谢志宇：《解读〈挪威的森林〉的种种象征意义》，载《外语研究》2004 年第 3 期，第 74 页。
② 郭勇：《穿越生与死的界线——论村上春树的〈挪威的森林〉》，载《国外文学》2006 年第 4 期，第 107 页。
③ 徐谷芃：《村上春树与菲茨杰拉德——〈挪威的森林〉与〈了不起的盖茨比〉的比较》，载《华东师范大学学报》2006 年第 2 期，第 124 页。

文学。2000 年后,随着大量西方文艺理论被我国学界所研究和接受,出现了不少采用西方文论分析村上春树的文献。例如:杨书评于 2009 年发表的《后殖民主义话语的文学表达——从村上春树小说〈海边的卡夫卡〉谈起》,该文将《海边的卡夫卡》看作一部反战小说。因为书中有大量脱离主线的片段,这些片段看似闲笔,实际上充满了对于日本二战时所犯下罪行的隐喻,因此该文不同意小森阳一认为村上春树遗忘历史的看法,认为村上春树是在用隐喻的手法描写历史:"是不说而说的后殖民主义话语。"①此外,还有林少华于 2009 年发表的《作为斗士的村上春树——村上文学中被东亚忽视的东亚视角》,该文从东亚历史视角出发,研究村上春树小说对于社会问题和历史问题的反省,并且着重研究了《奇鸟行状录》一书,对该书的"介入"态度给予好评。林少华认为村上春树小说最为强调的是自省并指出每个人都应该自省自己内在的暴力性,这正是村上春树独特的反战方式。

除此之外,该研究阶段国内还出现了两篇博士论文。一篇是张昕宇的《从"日本"的历史文脉中阅读村上春树》,该文作者提出,应当将村上春树置于"日本"这一历史文脉中去解读。文章梳理了村上春树和日本文学之间的关系,对比了村上春树小说和日本"第三新人"文学流派之间的异同。另一篇是尚一鸥的《村上春树小说艺术研究》,该文详细分析了村上春树的几部代表作,研究村上春树的中国观以及美国文学对他的影响,是较为全面的村上春树文学研究专著。可以说,上述很多文献不仅在国内学界的框架内进行研究,还对日本学界一些研究进行了有理有据的回应。

研究著作方面,从 2001 到 2009 年间出版了 10 余种和村上春树相关的书籍,但其中大部分是趣味性读物。例如:南海出版公司出版的《村上

---

① 杨书评:《后殖民主义话语的文学表达——从村上春树小说〈海边的卡夫卡〉谈起》,载《晋阳学刊》2009 年第 1 期,第 129 页。

春树 RECIPE:味之旅》(2002)、《村上春树音乐之旅》(2004)、朝华出版社的《嗨,村上春树》(2005)等。能算得上研究专著的只有林少华的《村上春树和他的作品》以及杨炳菁的《后现代语境中的村上春树》,此外还有美国学者杰·鲁宾的《倾听村上春树——村上春树的艺术世界》的中译本,日本学者小森阳一《村上春树论——精读〈海边的卡夫卡〉》的中译本和黑古一夫《村上春树——转换中的迷失》的中译本。可以看出,这几本书中只有林少华和杨炳菁的著作属于国内学界的成果,其余都译介自国外。其中杨炳菁的研究专著综合运用文体学、主题学、文艺学、美学等方法,对村上春树的几部具有代表性的作品进行了详细地解读。该书以大量日文原版资料作为依据,研究了村上春树文本的后现代性特征和创作历程中的某些变化,与林少华的专著一样具有较高的参考价值。

第三阶段:2010 年至今

进入 2010 年后,我国的村上春树小说研究进入第三阶段。该阶段越来越向专业化的研究方向发展。据统计,从 2010 年到 2023 年大陆学界共发表了 1700 余篇村上春树相关论文,平均每年 130 多篇,是前一阶段的 4 倍多。① 另外,关于村上春树的研究还获得了国家社会科学基金项目的支持。分别为:刘研的《日本“后战后”时期的精神史寓言:村上春树论》和尚一鸥的《村上春树与莫言小说比较研究》。这体现出国内学界对村上春树小说研究的重视。应该说在这一阶段与村上春树相关的趣味性读物出版量减少,更多的高校学者加入了村上春树文学的研究队伍。

该阶段的论文大体上有三个主要的研究方向:一是村上春树文学的文本研究,基本上从内容、文体、人物、象征意义等几个方面展开。例如:尚一鸥于 2010 年发表的《日本现代社会伦理的文学阐释——〈1Q84〉小说人物形象论》以及付昌玲于 2011 年发表的《村上春树短篇小说的叙事策略》。另外还有张敏生的博士论文《时空匣子——村上春树小说时空

---

① 数据来源:中国知网:http://www.cnki.net.

艺术研究》(2011),该文采用叙事学理论从时间和空间两个角度对村上春树的主要作品中的人物形象和情节结构进行了相当细致和全面的分析。二是从比较文学角度研究美国文学对村上春树的影响。这些论文多采用西方的理论研究村上春树小说,例如:刘研、李春洁于 2010 年发表的《身体的出场、规训与突围——论村上春树的"身体写作"》等。三是从东亚视角研究村上春树小说与东亚历史的关系,或其在中国大陆的接受问题,例如,从苏萍于 2011 年发表的《历史记忆的颠覆与重建——村上春树〈奇鸟行状录〉的历史叙事分析》等可以看出,以上三个研究方向与前一阶段基本相同。

　　虽然研究方向没有很大变化,但学界也出现了一些新的研究热点。第一个研究热点是村上春树文学的翻译问题。早在 2004 年孙军悦用日文发表的《误译中的真理》,该文探讨了林少华的翻译风格并提出质疑意见。2009 年,村上春树的《1Q84》由施小炜翻译,因为语言风格与林少华的翻译具有一定差异,引起了学界关于村上春树小说翻译问题的讨论。王成、于桂玲、林璋等学者分别在《日语学习与研究》上刊载了多篇探讨翻译问题的学术论文,这些文章"就文本、文体、译者与作者的关系等问题对村上春树在中国的翻译进行了探讨"①。之后又有多位研究者探讨了该问题。例如:藤井省三于 2012 年发表的《论村上春树的汉语翻译——日本文化本土化与中国本土文化的变革》,该文指出:"像林氏那样……对村上作品加以美化的翻译策略,与村上的翻译观念是大相径庭的。"②但该文也强调村上春树本人曾说过:"如果能展示出作品本身的生命力,多少有些误差是可以忽略的。"③实际上这场讨论的实质是"翻译就是直译"和"翻译也是一种创作"之间的对立,或者说是"直译"与"意译"

---

① 邹东来、朱春雨:《从〈红与黑〉汉译讨论到村上春树的林译之争——两场翻译评论事件的实质》,载《外语教学理论与实践》2011 年第 2 期,第 25 页。
② 藤井省三:《论村上春树的汉语翻译——日本文化本土化与中国本土文化的变革》,贺昌盛译,载《扬子江评论》2012 年第 4 期,第 51 页。
③ 同上。

之间的对立。这种对立并非好与坏的区别，更多是风格上的差异。

　　第二个研究热点是村上春树文学和中国文学之间的比较问题。这方面开先河者是日本东京大学教授藤井省三，他最早将鲁迅的作品和村上春树的作品进行了比较研究。① 2012 年，我国作家莫言获得诺贝尔文学奖，而当年呼声最高、最有希望获得诺贝尔奖的日本作家是村上春树，由此引发了将村上春树和莫言进行比较文学研究的热潮。例如：尚一鸥的《〈透明的红萝卜〉与〈且听风吟〉的文学起点——莫言与村上春树的小说艺术比较研究》，该文分析比较了两位作家的处女作，并认为："莫言以故事讲述、村上以语言革命为艺术追求特色，并最终形成自己的小说风格。"②还有林少华的《莫言与村上：似与不似之间》，该文认为："如果说莫言文体是'纵欲'的，村上文体则是'禁欲'的。前者纵横捭阖，不可一世；后者含蓄内敛，清癯洒脱。"③黄华莉、靳明全的《〈活着〉与〈挪威的森林〉中生死观之比较》，该文比较了余华的《活着》和《挪威的森林》，并认为两者都受到存在主义生死观的影响。文章指出，两部作品都体现了"通过死亡认识存在，进而直面死亡，努力活下去"④的思想观念，因此两部作品具有一些类似的要素。可以说这样的比较研究不仅深化了村上春树文学的研究，也为中国文学研究带来了一些新的视角。

　　第三个研究热点，是 2018 年 2 月《刺杀骑士团长》中译本在我国的出版。因为书中较为直接地描写了南京大屠杀的历史，由此引发学界的重视。例如：林敏洁 2017 年发表的《村上春树文学与历史认知——以新作〈刺杀骑士团长〉为中心》，该文对村上春树的历史认知进行了梳理，并

---

① 藤井省三：《村上春树〈1Q84〉中〈阿 Q 正传〉的亡灵们》，董炳月译，载《绍兴文理学院学报》2011 年 9 月。
② 尚一鸥：《〈透明的红萝卜〉与〈且听风吟〉的文学起点——莫言与村上春树的小说艺术比较研究》，载《学术研究》2015 年 3 月，第 148 页。
③ 林少华：《莫言与村上：似与不似之间》，载《中国比较文学》2014 年第 1 期，第 86 页。
④ 黄华莉、靳明全：《〈活着〉与〈挪威的森林〉中生死观之比较》，载《当代文坛》2015 年第 5 期，第 78 页。

且列举了很多日本评论家对该小说的评论。林敏洁指出："以《刺杀骑士团长》为契机，村上春树引导读者重温历史，并通过战争记忆呼唤和平友好。其举不禁让人由衷心生敬佩之情。"①但汉松于2018年发表的《历史阴影下的文学与肖像画——论村上春树的〈刺杀骑士团长〉》从"图像"的角度切入小说文本，分析了村上独特的"历史文本的艺术表现"。他指出："通过糅合绘画与文学，村上想讲述的并非历史到底是什么，而是如何能够通过艺术性想象来传递历史记忆。"②进而对村上春树的历史叙述的表现形式进行了较为深刻的解读。

　　研究著作方面，该阶段和前一阶段一样数量较少。2010年，中国友谊出版公司出版了林少华的《为了灵魂的自由——村上春树的文学世界》，该书对村上春树的主要作品进行了解读和评论。同年，山东人民出版社出版了杨永良的《并非自由的强盗：村上春树袭击面包店及其续篇的哲学解读》，该书从哲学角度分析了村上春树作品，指出了村上春树小说的存在主义倾向。2013年，商务印书馆出版了尚一鸥的《村上春树小说艺术研究》，该书亦对村上春树的主要作品进行了较为全面的分析和探讨。2016年，商务印书馆出版了刘研的《日本"后战后"时期的精神史寓言：村上春树论》，该书从日本"后战后"视角切入村上春树的作品。作者运用国内外最新的文艺理论，对其作品的社会历史背景进行了深刻的分析，对村上春树的"中间地点论"给予了较高的评价。

　　由此可见，进入2010年以后我国村上春树文学研究水平有了较大提升，陆续涌现出不少高水平的研究论文和专著，新出现的三个研究热点也为我国的相关研究带来了更为广阔的研究视野。从整体上看，我国村上春树研究在数量上已经赶超日本，在质量上也不乏优秀的研究文

---

① 林敏洁：《村上春树文学与历史认知——以新作〈刺杀骑士团长〉为中心》，载《当代作家评论》2017年第3期，第198页。
② 但汉松：《历史阴影下的文学与肖像画——论村上春树的〈刺杀骑士团长〉》，载《当代外国文学》2018年第5期，第71页。

献。随着近年来我国学者不断地努力耕耘，国内村上春树研究呈现出不断向上发展的总体趋势。

二、我国学界对《且听风吟》《奇鸟行状录》《没有色彩的多崎作》的研究

作为村上春树的处女作，《且听风吟》可以算村上春树研究的一个热点。我国学界对《且听风吟》的相关研究是比较深入的，文献数量也较多，如果在中国知网搜索"且听风吟"可以得到 204 条结果。本书选取了一些质量较高且具有一定影响力的文献作为参考。

2004 年，谢志宇发表了《从姓名谈小说人物生存范式的变迁——解读安部公房和村上春树》，这篇文章是国内较早且具有一定影响力的《且听风吟》研究文献之一。该文将安部公房的《墙——S·卡尔玛氏的犯罪》与《且听风吟》进行了比较研究。文章认为从人物姓名这个细节上可以看出两位作家创作理念上的区别。谢志宇指出："如果说安部公房试图说明的是人与社会相互关联的重要性的话，那么村上春树恰好相反，渲染的是脱离了社会桎梏后人们的轻松、洒脱和自嘲。"①

张昕宇发表于 2006 年的《岁月的歌谣：〈且听风吟〉的时间主题研究》是国内第一篇探讨《且听风吟》中的时间主题的论文。该文认为《且听风吟》的时间建构具有两个特点：一是具有"回望视角"，二是"心理时间"。回望视角是指小说的叙述主体"我"已经 29 岁，但他叙述的是自己 21 岁时的事情，因此是一种回望过去的怀旧型叙述。心理时间是指小说的回忆跨越了多个时间维度，叙事上几条情节线并进，而将这些碎片化的情节线组织起来的就是心理时间："此时间不再是物理的线性流逝，而是一种内在体验的时间，是被直觉洞察到的时间。"②也就是说，心理时间

---

① 谢志宇：《从姓名谈小说人物生存范式的变迁——解读安部公房和村上春树》，载《外国文学研究》2004 年第 3 期，第 122 页。
② 张昕宇：《岁月的歌谣：〈且听风吟〉的时间主题研究》，载《解放军外国语学院学报》2006 年第 1 期，第 97 页。

是主观的,是超越现实因果链条的,因此小说的情节也具有了偶然性和碎片性的特点。

2008年,杨炳菁发表了《试析村上春树的处女作〈且听风吟〉》。该文对小说中的语言风格进行了专门研究,指出《且听风吟》的语言具有简洁性、准确性和可翻译性等特点,是对日本传统文学语言的突破。她指出:"村上春树的创作理念不同于日本传统文学,体现出一种真正的后现代主义文学性质。"①2010年,刘妍发表了《〈且听风吟〉的互文性文本策略》一文,对小说中的"互文性"进行了研究,并认为《且听风吟》体现出与广播、音乐、经典作品等多种媒介的多层次互文性,具有较高的参考价值。

2011年,张敏生撰写了博士论文《时空匣子——村上春树小说时空艺术研究》,这是我国第一篇专门探讨村上春树小说时空因素的论文。该文采用叙事学理论对村上春树小说的时空特征进行了探索。其中有一节分析了《且听风吟》的时间特征。张敏生认为小说中的故事时间是"伪时间",具有某种"故事时间的龃龉"。② 换言之,《且听风吟》中的时间是一种超现实的主观心理时间。

尚一鸥于2015年发表的《〈透明的红萝卜〉与〈且听风吟〉的文学起点——莫言与村上春树的小说艺术比较研究》。这是国内较早地将莫言作品与《且听风吟》进行比较研究的文献之一。该文认为《且听风吟》的主要特色就在于其文体具有美国味,并指出:"村上对美国味小说语言风格的执着,包括他其后在小说艺术其他领域的努力,最终成就了这位作家的小说追求。"③

2020年,霍斐发表了《"真实"与"虚构"并置的多元世界——论村上

---

① 杨炳菁:《试析村上春树的处女作〈且听风吟〉》,载《解放军外国语学院学报》2006年第4期,第94页。

② 张敏生:《时空匣子——村上春树小说时空艺术研究》,上海外国语大学博士论文,2011年,第79页。

③ 尚一鸥:《〈透明的红萝卜〉与〈且听风吟〉的文学起点——莫言与村上春树的小说艺术比较研究》,载《学术研究》2015年第3期,第151页。

春树文学的"叙事特质"》。该文对《且听风吟》中反复出现的"肯尼迪"符号的象征意义进行了分析,认为在人物对话中突然插入"肯尼迪"这个文本符号可以让读者的记忆穿越时空、进入历史问题的领域,从而引发读者的思考。霍斐指出:"村上在人物的对话中有意识地叫来'第三者',在叙事功能上赋予文本双重乃至多重寓意,且是从历史的层面唤醒读者的'集体无意识'。"①

相比于《且听风吟》,我国学界对于《奇鸟行状录》和《没有色彩的多崎作》的研究相对较少。其原因在于《且听风吟》不仅是村上春树的处女作,而且也是其最为畅销的作品之一。另外两部作品虽然文学价值较高,但销量相对较少,因此它们的研究热度不及《且听风吟》,但在有限的文献之中也不乏较为优秀的研究论文。

2009 年,林少华的《作为斗士的村上春树——村上文学中被东亚忽视的东亚视角》具有一定参考价值。该文认为《奇鸟行状录》的主题是对"暴力性"的反省。所谓"暴力性"指的是日本军国主义在二战期间的暴行。林少华认为我国的读者一般将村上视为"小资"作家,但往往忽略了村上春树在进入 20 世纪 90 年代后,对社会问题和历史问题采取了"介入"的姿态,即同暴力性相对抗的斗士姿态。因此他指出:"正是这样的历史责任感和社会责任感成就了《奇鸟行状录》这部之于村上的里程碑式力作。"②可以说,林少华的论述对国内学界影响颇深,该文发表之后有很多学者都开始关注《奇鸟行状录》这部巨著。

林少华的文章发表后,小说中的"历史记忆"问题成为国内《奇鸟行状录》研究的一个热点。2010 年,刘研发表了《记忆的编年史:村上春树〈奇鸟行状录〉的叙事结构论》。这篇文章主要对《奇鸟行状录》的叙事结

① 霍斐:《"真实"与"虚构"并置的多元世界——论村上春树文学的"叙事特质"》,载《当代外国文学》2020 年第 2 期,第 91 页。
② 林少华:《作为斗士的村上春树——村上文学中被东亚忽视的东亚视角》,载《外国文学评论》2009 年第 1 期,第 116 页。

构进行了研究,认为小说中存在着一个在代际间传承战争记忆的叙事结构。战争的亲历者们希望将历史记忆传达给后代,但战后的第一代人却企图"悬置"历史,战后第二代人则自觉地重构历史,小说通过对三代人的描写展现出战争记忆在日本几代人中的传递。此后又出现了几篇以"历史记忆"为研究主题的论文,例如:苏萍的《历史记忆的颠覆与重建——村上春树〈奇鸟行状录〉的历史叙事分析》,邓英杰的《村上春树文学的暴力性——〈奇鸟行状录〉的暴力书写》等。

除了历史问题,将《奇鸟行状录》与莫言作品进行比较也是国内学界的研究热点之一。2014年,张小玲发表了《"暴力"的意义——以〈奇鸟行状录〉和〈檀香刑〉为中心》。该文比较了《奇鸟行状录》和莫言《檀香刑》中对于"暴力性"的描写,指出村上春树不仅将暴力归结为意识形态层面的"体制",而且还上升到人性层面。村上春树小说在批判体制的同时反思人性本身,这一点与《檀香刑》有相似之处。但张小玲指出:"不过,由于村上没有能够处理好在其作品中一贯存在的个人与国家、历史之间的联系问题,使得这种批判失之深度。"①

相较于前两部作品,国内学界对《没有色彩的多崎作》的重视程度是相对较低的,在中国知网上只能检索到几十条结果。2013年,韩国学者申寅燮和尹锡珉在我国刊物《外国文学研究》上发表了《共同体伦理的失范与心灵创伤的治疗——评〈没有色彩的多崎作和他的巡礼之年〉》。该文首先对小说的文体特征进行了分析,认为这部作品的文体具有可翻译性和文化普遍性,不管是什么国家的读者都可以很方便地阅读。这也从侧面反映出当今世界全球化的特征。接着文章对该作品的叙事结构进行了解读,并指出该作品的情节由两大叙事结构组成:"一是被共同体所

---

① 张小玲:《"暴力"的意义——以〈奇鸟行状录〉和〈檀香刑〉为中心》,载《东北亚外语研究》2014年第4期,第29页。

驱逐的心灵创伤,一是治疗心灵创伤的巡礼。"①换言之,小说主人公心灵创伤的原因在于旧共同体的崩塌,而主人公的巡礼之旅实际上是要构建一个新的共同体,以此来治疗自己的心灵创伤。

2014 年,林少华发表了《村上春树的文体之美——读〈没有色彩的多崎作和他的巡礼之年〉》。这篇文章主要探讨《没有色彩的多崎作》的文体特色。林少华在文章中对于村上春树小说文体所具有的"韵律感"和美感给予了高度评价。2016 年,李先瑞和许军发表了《是"突破"还是"回归"——论村上春树的〈没有色彩的多崎作和他的巡礼之年〉》。该文对小说文体中的隐喻和小说题材进行了解读。他们认为《没有色彩的多崎作》可以算是一部成长体裁的小说,同时也具有某些侦探小说的体裁特征,因此该作品的文体风格是对村上春树创作初期风格的回归。

2019 年,王晶和张青发表了《"共同体"的幻灭·寻找·重构——村上春树〈没有色彩的多崎作和他的巡礼之年〉解读》。该文进一步探讨了小说中的共同体要素。他们将村上春树对共同体的幻灭与重构上升到日本国家体制的层面,认为《没有色彩的多崎作》是"村上试图通过'共同体'的重构,从精神层面拯救日本国民摆脱困境,进而提出重建日本未来的宏伟设想"②。

可以看出,我国学界对于《且听风吟》的研究是比较全面的。相关文献对于该作品的情节、人物、文体、叙述形式等都做出了相当深刻的研究。但是从小说中的时空角度来看,目前只有张昕宇和张敏生的论文对于《且听风吟》中的时空因素有所涉及,因此对于该作品时空建构的探索还有待进一步深入。此外,我国学界对于《奇鸟行状录》的研究也是比较深刻的。研究热点主要集中在"历史记忆"和"与莫言作品的比较"两个方面,对于小说中的时空建构则涉及较少。最后,应该说我国学界对于

---

① 申寅燮、尹锡珉:《共同体伦理的失范与心灵创伤的治疗——评〈没有色彩的多崎作和他的巡礼之年〉》,载《外国文学研究》2013 年第 6 期,第 52 页。
② 王晶、张青:《"共同体"的幻灭·寻找·重构——村上春树〈没有色彩的多崎作和他的巡礼之年〉解读》,载《西安外国语大学学报》2018 年第 4 期,第 108 页。

《没有色彩的多崎作》的重视程度还有待提高。研究文献相对较少,主要从小说的文体和共同体因素这两个方面切入。因此可以说,对于以上三部作品中的时空建构还有进一步研究的潜力。

第二节　日本村上春树研究综述

一、日本学界的村上春树研究

日本学界对村上春树作品的研究和评论之变化反映了日本现代社会文化的发展趋向。日本学界对村上春树小说大体上持有三种态度:第一,对村上春树小说持批判态度,认为其是"都市文学""流行文学",只描写都市年轻人的虚无感、孤独感和小资生活;第二,对其文学持赞赏态度,认为其作品关注社会历史并且充分认识和揭露了日本的社会问题;第三,对其文学持中立态度,对村上春树作品以客观的理性分析为主。这三种态度的变化,大致上和村上春树文学创作的三个时期相对应,因此也可以从时间角度将日本的相关研究划分为三个阶段。

第一阶段:1979—1989

20 世纪 70 年代末至 80 年代末,是日本村上春树研究的第一阶段。1979 年,村上春树的《且听风吟》获取"群像新人奖",该奖被视为日本文学最高奖"芥川奖"的敲门砖。对于非专职写作的村上春树来说,能获得这样的奖项实属不易。当时的评奖委员会主要由五位资深作家或评论家组成,这五位评委给予《且听风吟》一致好评。评委之一的佐佐木基一认为该作品:"如同流行艺术作为现代美术的一种形式得到了认同一样,我认为认可这样的文学存在也未尝不是一件好事。"①另一位评委则认为《且听风吟》有"令人叹为观止的虚无感"②。评委丸谷才一认为:"这种带

---

① 栗坪良樹:『村上春樹スタディーズ・解説』(3)、東京:若草書房、1999、p. 301.
② 内田樹:『村上春樹にご用心』、東京:株式会社アルテスパブリッシング、2007、p. 9.

有美国风味的日本式抒情小说,也许不久将成为这位作家的独创……最为重要的是他所带来的文学趣味的变革。"①在评论中提到的"流行""虚无"等说法也开创了日本评论界对村上春树文学的第一种态度。1981年,评论家川本三郎将村上春树的作品定义为"都市文学"。他认为村上春树小说中的主人公都在享受着现代都市生活所带来的愉快感,而这些令人愉悦的消费生活让读者产生共鸣,这也是为什么村上春树的小说如此流行的原因。川本指出:"村上春树正是热衷于表现这种现代都市特点的作家之一。"②

与此同时,日本还出现了"全共斗一代"的批评家。主要有黑古一夫、竹田青嗣、加藤典洋等。这些研究者和村上春树一样经历过"全共斗运动",因此对其作品中关于学生运动的描写更感兴趣,也更愿意探讨其作品中体现出的对社会历史的关注。加藤典洋认为:"(村上春树)尝试着将自己的'青春'与'全共斗'、'联合赤军'等为代表的60年代末至70年代初政治激进主义的时代体验相结合。"③在他看来,村上春树小说中的"虚无感"和"孤独感"未必来源于都市青年的无病呻吟,而是学生运动失败后所产生的挫折和无力感。20世纪70年代初,"全共斗"运动消退之后,日本进入经济高速发展阶段,城市化突飞猛进。这让很多参加过运动的青年人产生出一种政治热情消退之后的空虚和丧失之感。与村上春树同时代的人们大多能体会到这种共鸣,因此其小说才会如此畅销。这一观点要比将村上春树小说单纯视为"都市文学"的态度要深刻一些,也成为之后研究其作品的基调之一。

以"都市文学""虚无感""丧失感"为基调,日本学界在80年代又出版了多部研究专著。例如:川本三郎的《都市的感受性》(1988),黑古一夫《村上春树——失去的世界》(1989),松泽正博的《春树、芭娜娜、源一

---

① 张福贵、靳丛林:《中日近现代文学关系比较研究》,吉林:吉林大学出版社1999年版,第322页。
② 川本三郎:『村上春樹論集成』、東京:若草書房、2006、p. 43.
③ 加藤典洋:『村上春樹論Ⅰ』、東京:若草書房、2006、p. 8.

郎——三位感受时代信息的标志性作家》(1989)，高桥丁未子的《HAPPY JACK 鼠的心——村上春树的研究读本》(1984)等。这一研究基调也对我国的村上春树小说研究产生了较大影响。

在 80 年代，还有一位评论家没有受到主流意见的影响，他就是柄谷行人。在 1989 年出版的《历史与反复》中，柄谷行人分析了村上春树的《1973 年的弹子球》，他指出村上在描写历史时不是以一种严肃的态度，而是以一种戏谑的态度在描写。例如：《1973 年的弹子球》中有这样一段话："'你 20 岁时做什么来着？''追女孩儿啊！'1969 年，我们的岁月。"①1969 年恰好是日本社会运动最为高涨的时期，但村上春树不写学生运动的具体情况，只写了一句"追女孩儿啊"。另外在《且听风吟》中村上春树写道："1960 年，鲍比唱《皮球》那年。"②实际上 1960 年是围绕日美安保条约的修改而发生政治运动的元年。如此重要的年份，被其以鲍比唱《皮球》一笔带过。重要的和不重要的东西相互颠倒，正是在这样的颠倒中，崇高的理想、政治的激情变成了无聊的日常琐事，从而被非政治化。因此柄谷行人认为："在村上春树的背后曾存在着 60 年代的新左翼学生运动，而他通过反讽将其非政治化了。"③从中可以看出，柄谷行人对村上早期的文学是持理性态度的。他一方面没有为其贴上"都市文学"的标签，另一方面也没有肯定其小说中的历史隐喻，而是客观地分析了村上春树文学中对历史的"非政治化"描写所带来的效果。

第二阶段：1990—2000

20 世纪 90 年代，是日本村上春树小说研究的第二阶段。在此期间，随着村上春树作品销量的不断攀升，日本周边的国家和地区都不同程度地出现了"村上春树热"。尤其是《挪威的森林》销量的大幅攀升，使得村上春树知名度不断提高，这一现象极大鼓舞了日本的出版界和文学界。

---

① 村上春树：《1973 年的弹子球》，林少华译，上海：上海译文出版社 2008 年版，第 93 页。
② 同上书，第 11 页。
③ 柄谷行人：《日本现代文学的起源》，赵京华译，北京：中央编译出版社 2013 年版，第 11 页。

据相关统计,从 1990 到 2000 年间:"有关村上春树的专著总计近 40 部,是 80 年代的四五倍之多,这丰富和深化了村上春树研究。"①该阶段的研究也从全景式粗线条向深入小说文本的方向发展。

随着研究的深入,将村上春树文学视为"都市文学"的第一种态度已经不占主流,取而代之的是认同村上春树小说的第二种态度。比较有代表性的有黑古一夫的《村上春树和同时代的文学》(1990)以及加藤典洋的《村上春树:黄页作品别(1979—1996)》(1996)等。1995 年,日本文学权威杂志《国文学》出版特辑《村上春树——预知文学》介绍了村上春树的主要作品。1998 年,《国文学》又出版了临时增刊号《超级文本,村上春树》,再次介绍村上春树小说,并且刊登了多篇研究论文。在短短 3 年内被日本文学权威杂志《国文学》出版两次特辑的作家在日本文学史上是少有的,这也象征着村上春树被日本文学界所认可和接受。1997 年,吉田春生发表专著《转向的村上春树》,对村上春树小说从 90 年代开始的"转型"进行了研究。该书认为村上春树有两次转型:第一次是《国境以南太阳以西》,第二次则是《奇鸟行状录》。此外,1999 年,中栗坪良树和柘植光彦编辑了《村上春树研究》1—5 卷,汇集了大量有代表性的研究论文。

另一方面,持有第一种态度的研究文献也没有销声匿迹。比如石丸晶子 1995 年发表的《现代都市中的文学——以村上春树的〈且听风吟〉为中心》中仍然将其视为都市文学的代表。此外还有一些文献强调村上春树小说的"虚无感"与"丧失感"。例如:森本隆子于 1995 年发表在《国文学:解释与教材研究》上的文章《再袭面包店——向着非存在之名》中写道:"众所周知,村上春树的作品世界中一贯的固有主题是'60 年代青

---

① 刘岩:《日本"后战后"时期的精神史寓言——村上春树论》,北京:商务印书馆 2016 年版,第 12 页。

年人'的丧失感以及随之而来的 70 年代虚无感。"①村上春树的作品中确实存在这样的感情,但关键在于对这类感情背后的原因进行深入分析。由此引出了 90 年代村上春树小说研究中的第三种态度,即不仅研究小说本身,还引入不同领域的其他理论。进而通过比较研究的方法分析作品中的各种现象。例如:铃村和成的《村上春树编年史 1983—1995》(1994),该文运用后现代解构主义的相关理论对村上春树小说展开研究。小林正明则使用弗洛伊德的精神分析理论研究村上春树小说,并于 1998 年出版了《村上春树・在塔和海的彼岸》,对小说中的"虚无感"进行了分析。

　　1994 年松冈直美发表了《村上春树和雷蒙德——1980 年代日本文学和美国文学的合流》。该文使用比较文学的方法,将村上春树文学和美国现代作家雷蒙德・卡佛的作品相比较,揭示出两者文学的相似性。她认为卡佛的作品中有一种美式乐观主义精神,这种乐观主义是一种在极端逆境下仍然能够开玩笑地不屈不挠精神。而该精神又在村上春树小说中有所体现。因此她指出:"《挪威的森林》也好,'关于爱'也好,按照传统应该深刻对待的爱情物语……在幽默、玩笑、充满比喻的语言中被打破了。"②也就是说,村上春树作品中的"虚无感"和"丧失感"实际上恰好是他所想要表达的"乐观精神"的一种反衬。这就是为什么小说情节看似消极,但读来却有一种被治愈的感觉。远藤伸治于 1991 年发表了《村上春树〈挪威的森林〉论》,文中指出:"通览《挪威的森林》全书,的确可以将其看作是'就像是治愈灵魂的宗教仪式'那样的小说。"③由此可见,村上春树描写"虚无感"和"丧失感"不仅仅是为了怀念逝去的青春和理想,更重要的是通过这种描写让读者找回失去的自我,进而达到一种

---

① 森本隆子:「『パン屋再襲撃』——非在の名へ向けて」、東京:國文學：解釈と教材の研究、40 (4)、1995—03、p. 90.

② 松岡直美:「村上春樹とレイモンド・カーヴァー:一九八〇年代における日本文学とアメリカ文学の合流」、Hikaku Bungaku: Journal of Comparative Literature (36)、1994、p. 113.

③ 遠藤伸治:「村上春樹「ノルウェイの森」論」、近代文学試論 (29)、1991—12、p. 59.

"自我治愈"的效果。

总的来说,90 年代日本评论界对村上春树小说的评价发生很大变化。其原因主要在于村上春树自身的转型。他的《奇鸟行状录》深刻揭露了当时日本社会的一些问题。1996 年,他采访了东京地铁毒气事件的62 名受害者,并将采访所获得的材料编写成报告文学《地下》和《在约定的场所:地下 2》。此时的村上春树以一名"斗士"的姿态努力介入当时的社会现实,并寻找治愈日本人心灵的方法,这些举动都受到了当时日本评论界的好评。此外,另一个重要原因在于社会历史的变化。90 年代初日本泡沫经济破灭,之后就陷入长期不景气状态。而 1995 年又发生了震惊全国的东京地铁沙林毒气事件,这对日本社会的稳定造成冲击。当时的日本社会急需一种治愈系的稳定力量,小森阳一曾总结道:"1990 年代末以来的日本社会中,'疗愈'或'渴求疗愈'等说法,成为覆盖各种大众文化的一个关键词语。"①因此,村上春树小说独特的"治愈性"的特点被挖掘出来,其小说在全世界的畅销又鼓舞了日本民众的民族自信心。因此,对于村上春树定位也由早期公认的青春小说家向国民作家转型,由此才造成了 90 年代日本学界评论的转变。

第三阶段:2000 年至今

2000 年至今是日本学界村上春树小说研究的第三阶段。在这一阶段,随着村上春树越来越被日本学界认同和接受,其作为"国民作家"也越来越受到高校文学专业研究者的重视。2000 年之后日本的相关研究文献很大一部分都是各大高校文学专业研究者的研究成果。他们都经过专业训练,对村上春树小说的研究也向着更加专业化的方向发展。截至 2023 年,日本发表以村上春树为研究对象的博士论文共计 26 篇,这其中有 25 篇都是 2000 年之后发表的。② 这些学者们从多个角度对村上

---

① 小森阳一:《村上春树论——精读〈海边的卡夫卡〉》,秦刚译,北京:新星出版社 2007 年版,第 3 页。
② 数据来源:日本国立国会图书馆官网:https://ndlonline.ndl.go.jp.

春树的小说进行了解读,为村上春树小说研究增添了活力。

2006年,在日本东京举行了"世界如何阅读村上文学"的国际研讨会。杨炳菁指出:"来自17个国家的23名村上作品的翻译者、出版社代表以及相关作家齐聚一堂,共同讨论村上春树文学在各国的阅读与接受情况。"①以此次会议为契机,关于村上春树文学的跨国研究也成为一个新的课题。以藤井省三为核心开展了"东亚与村上春树"的国际共同研究,他们将村上春树文学置于东亚历史背景之下进行分析。对此杨炳菁总结道:"跨国研究的形式体现出村上文学正在由一国走向世界的特点,而青年学者的加入则从另一个侧面反衬出村上文学所具有的超时代性特征。"②假如村上春树文学受欢迎只是一种流行现象,而流行的东西往往是转瞬即逝的,那么照理说经过八九十年代的流行,其文学应该已经走向衰退。但现实情况是,进入2000年甚至2010年之后村上春树文学依然热度不减,甚至越来越受到重视。这充分说明村上春树的作品具有不断被研究的价值,也具有成为经典文学的潜力。

在该研究阶段,对于村上春树小说的批判态度也迅速升温。2006年,日本评论家小森阳一发表了专著《村上春树论——精读〈海边的卡夫卡〉》,该书对《海边的卡夫卡》进行了严厉的批判,认为小说结尾主人公和中田两人合力烧毁母亲的日记本是对历史的不尊重。而小说人物中田作为一个经历过二战的老人,对于战争却"什么也想不起来了"。对此小森阳一认为:"《海边的卡夫卡》的文本策略,对于那些希望'随军慰安妇'问题原本就不存在或者试图掩盖起来的人来说,便具有可以辅助'疗愈'的功能。"③对于施害者来说"遗忘"是一种"疗愈",但对于受害者来说"遗忘"就是一种"处刑"。任何一种精神创伤都是不能用"遗忘"来解决

---

① 杨炳菁:《后现代语境中的村上春树》,北京:中央编译出版社2009年版,第6页。
② 同上书,第7页。
③ 小森阳一:《村上春树论——精读〈海边的卡夫卡〉》,秦刚译,北京:新星出版社2007年版,第11页。

的,而必须通过"反思"来正视之。之后日本学界又出版了多部批判村上春树文学的著作,例如黑古一夫的《村上春树批判》(2015)。该书认为村上春树在 90 年代的"转型"是不成功的,其小说至今还是没有完全脱离"青春小说"的藩篱。黑古一夫指出:"村上的作品缺少了日本社会的现实性,流淌着一种'玩物丧志'的意识,放弃了对社会差距问题的追究,缺少社会现实元素的参照。"①2007 年,内田树发表专著《当心村上春树》。在书中他认为村上春树在作品中用心设计了很多看似美丽的"陷阱",让读者欲罢不能,因此阅读时要当心。这本书成为当时日本的畅销书,短时间内销量突破 30 万册。一时间日本评论界对村上春树的批判声音不断增加,内田树甚至认为:"日本的批评家们对村上春树存在着某种'集体憎恶'。"②

除上述两种态度以外,近年来也有很多研究者持理性客观的态度研究村上春树文学。例如:小岛基洋于 2017 年发表的《村上春树与〈镇魂〉的诗学》从文本分析、实地考察等各个角度展开研究。不仅分析了村上春树的手稿,而且对小说中出现的各个地名进行了实地考察,对文本本身进行了相当深刻的研究。浅力文子于 2013 年发表的《村上春树——物语之力》考察了村上春树小说中意识与身体的龃龉,小说主人公在现实世界和异界之间的往来通路等主题。宫胁俊文于 2017 年发表的《用心倾听村上春树》分析了村上春树小说中的"偶然性"。另外还有河合俊雄于 2011 年发表的《村上春树的"物语"——从梦境文本解读》从心理学角度解读村上春树文学。三轮太郎和重里彻也于 2013 年出版了《从村上春树阅读世界》,该书对村上春树的主要长篇小说进行了探讨和解读。2012 年,菅野昭正编写的《村上春树的读法》汇集了一些著名评论家对村上春树文学的评论。2017 年,村上春树的新作品《刺杀骑士团长》发表

---

① 参见《中华读书报》2015 年 11 月 04 日,第 04 版。
② 内田树:《当心村上春树》,杨伟、蒋葳译,重庆出版社 2009 年版,第 155 页。

后,在日本国内争议颇多,原因在于这部小说敢于正视南京大屠杀的历史,从而引起了日本右翼的抵制。谷崎龙彦于 2018 年出版了专著《解读〈刺杀骑士团长〉中的"洞穴"》,对小说中的"洞穴"符号进行了解读。

要而言之,近年来日本学界对村上春树小说的评价呈现出两极分化的趋势。一方面越来越多的学者认同和赞赏村上春树文学,另一方面评判村上春树的声音也越来越多。其原因主要有两点:第一点在于,村上春树在 90 年代以前是一位同社会现实保持距离的作家。但是 1995 年发表的《奇鸟行状录》积极地介入社会问题,直面历史问题,这使他赢得了日本学界的尊重。而在 2000 年后村上春树所发表的小说又逐渐背离了社会问题,这使得对其抱有过高期待的人们感到失望。小森阳一指出:"《奇鸟行状录》三部曲于 1995 年完成之后,时隔七年之久推出的长篇小说《海边的卡夫卡》,却彻底背离了我的期待。"[1]第二点在于,日本20 世纪 90 年代泡沫经济破灭之后,经济发展停滞不前、贫富差距日益增加。村上春树的小说虽然具有一定治愈效果,却不可能从根本上改变日本社会的经济状况,因而不可能真正解决社会问题。或许村上春树本人也意识到了这一点,因此在 2017 年出版的《刺杀骑士团长》中他重新正视历史,揭开东亚历史的伤疤,努力探寻社会矛盾的解决方法。

二、日本学界对《且听风吟》《奇鸟行状录》《没有色彩的多崎作》的研究

日本学界对这三部作品的研究始于 1979 年,但此时村上春树作为一位新人作家,其影响力较小,因此当时的研究并没有在日本学界掀起太大的波澜。直至 20 世纪 90 年代才出现了一些比较有影响力的研究论文,本书选取其中一些引用率较高的文献以供参考。

1997 年,小菅健一发表了《〈且听风吟〉论——围绕"我"的关系》。这

---

[1] 小森阳一:《村上春树论——精读〈海边的卡夫卡〉》,秦刚译,北京:新星出版社 2007 年版,第 4 页。

篇文章主要围绕小说主人公"我"与其他小说人物之间的关系展开论述。分别解读了"我"与"鼠","我"与"杰","我"与"没有小手指女孩"之间的关系。小菅健一认为,小说中的"我"与"鼠"的关系是整部作品的重点:"两人之间突然出现的必然性'鸿沟'构成了'我'与'鼠'的物语,进而形成了初期的三部作品。"①这篇文章发表之后,"我"与"鼠"的关系成为《且听风吟》研究的一个重要问题。

1999 年,山根由美惠发表了《村上春树〈且听风吟〉论——物语的构成与"影"的存在》,该文对《且听风吟》的情节构成进行了分析,指出其情节结构是:"不规则的断片型排列。"②在山根由美惠看来,这种混乱的文本结构是作者村上春树有意为之的,其目的在于隐藏小说主人公"我"的分身"影"的存在,进而该文提示出主人公"我"和"鼠"其实是同一人的可能性。

2003 年,美国学者杰·鲁宾出版了专著《洗耳倾听:村上春树的世界》(*Haruki Murakami and the Music of Worlds*)。该书的第一章对《且听风吟》进行了专门解读。杰·鲁宾首先对《且听风吟》诞生的前因后果进行了介绍,然后对小说的情节和人物进行了解读。他认为该作品体现出一种"既疏离又舒服的境界"③。也就是说,虽然《且听风吟》体现出一种超越现实的冷漠和疏离感,但这种疏离并没有严肃和沉重的感觉,反而具有一种感伤和温柔的色彩。

2010 年,冈野进的《重新载入村上春树——反讽的胜利·读〈且听风吟〉》很值得探讨。该文的研究视角比较新颖,从童话、神话等角度对《且听风吟》进行了解读。冈野进认为这部作品体现出超越社会、超越生死的超然性和反讽性。2012 年,太田铃子发表了《村上春树作品中的音乐:

---

① 小菅健一:『風の歌を聴け』論—〈僕〉をめぐる関係、山梨英和短期大学紀要、1997、31(0)、p. 12.
② 山根由美惠:村上春樹『風の歌を聴け』論——物語の構成と〈影〉の存在、国文学攷(通号163)、1999—09、p. 19.
③ 杰·鲁宾:《洗耳倾听:村上春树的世界》,南京:南京大学出版社 2012 年版,第 25 页。

从〈且听风吟〉到〈舞舞舞〉》。该文对《且听风吟》中出现的音乐进行了考察,并指出:"也可以把音乐当作单纯的装饰物去解读,但既然作者特地让它在小说中出现,那就应该表达了一些东西。"①在具体论述中,太田铃子认为,音乐是村上春树初期作品中联系主人公与现实世界的纽带,脱离现实、超然物外的主人公正是通过音乐与他人建立联系的。

2013 年,喜谷畅史发表了《从十九天的"物语"到"小说":村上春树〈且听风吟〉再论》。该文对小说中的时间线索进行了仔细考证,最后发现虽然小说文本给出了情节发生的具体时间,即 1970 年 8 月 8 日至 8 月 26 日总共 18 天,但实际上在小说中出现了 19 天。这说明小说的时间线是错位的。喜谷畅史指出:"第 3 章至第 38 章是 1970 年的时间轴,第 1、2、39、40 章是 1978 年的时间轴。"②也就是说,小说中出现了两个时间轴,这意味着小说中的时间不是现实时间,而是某种超现实的时间,这一论断很好地概括了《且听风吟》的时间特征。

2020 年,松本海的《村上春树〈且听风吟〉中出现的"食物"——蔓延的"啤酒"和作为尺度的"冰箱"》也比较重要。该文注意到小说中经常出现啤酒、可乐、甜甜圈等食品,还描写了多种多样的冰箱。日本家庭正是在 20 世纪 60 至 70 年代开始普及电冰箱的,因此小说中的冰箱正是"代表了高度经济成长的家电③"。而啤酒、可乐等则代表着美国文化对日本的影响。这样松本海从小说中出现的一些具体事物出发,探讨了小说的社会历史背景。

可以看出,日本学界对《且听风吟》的解读是比较全面和细致的,其研究视野也是相当开阔的。虽然研究视角多样,但他们在具体分析小说

---

① 冈野进:Murakami Haruki Reloaded ——イロニーの勝利・『風の歌を聴け』を読む、言語文化論究(25) 2010、p. 27.

② 喜谷畅史:十九日間の〈物語〉から〈小説〉へ:村上春樹『風の歌を聴け』再論、日本文学、2013—03、p. 4.

③ 松本海:村上春樹『風の歌を聴け』に現れる〈食〉—蔓延する「ビール」と、ものさしとしての「冷蔵庫」、早稲田大学大学院研究科紀要、2020—03、p. 195.

时多是从文本细节处入手,进而扩展到小说的情节、人物、主题和社会历史背景等要素。这一特点在《奇鸟行状录》和《没有色彩的多崎作》的相关研究中也有所体现。

1998 年,日置俊次发表了《村上春树〈奇鸟行状录〉试论》。这篇文章对《奇鸟行状录》的情节、人物等进行了介绍,并对小说中的一个重要意象"井"进行了深入研究。日置俊次指出:"在那里出现的井之意象代表着下降到自身内核的通道,是暧昧且具有多重含义的空间。"①2000 年,西川智之发表了《〈奇鸟行状录〉论》。该文研究了小说中的人物形象,并将《再袭面包店》中的短篇小说与《奇鸟行状录》进行了比较研究。该文认为《奇鸟行状录》讲述的是一个普通的小人物与充满暴力的异世界对抗的故事,并指出该作品的创作主题就是"找回"②,即找回人与人之间关系的纽带。

2005 年,铃木智之的《灾难的痕迹:作为盘问日常性的〈奇鸟行状录〉》比较有参考意义。该文认为《奇鸟行状录》中关于异世界的描写在某种意义上是对现实世界的质问,质问日常生活的合理性。此外,该作品还表现出肉体与心灵的分裂。小说主人公的心灵向往自由,而肉体则受到各种欲望的束缚。因此小说中的"井"代表着"心灵的自由和独立"。③ 2009 年,田中雅史发表了《村上春树〈奇鸟行状录〉对于他者的理解和"对象"》。这篇文章从心理学角度研究了《奇鸟行状录》,并对小说中主要人物的心理状态进行了分析。田中雅史认为主人公的下井象征着自我解构,从而达到与他人融为一体的天然状态,在这种状态下人会产生某种

---

① 日置俊次:村上春樹『ねじまき鳥クロニクル』試論、日本文学、1998—06、p. 55.
② 西川智之:ねじまき鳥クロニクル論、言語文化論集、名古屋大学大学院国際言語文化研究科、22(1)、2000、p. 114.
③ 鈴木智之:災厄の痕跡:日常性をめぐる問いとしての『ねじまき鳥クロニクル』、社会志林、2005、52(2)、p. 25.

"一体感"，①而这种感受可以打破不安与焦虑。

2013年，太田铃子发表了《村上春树〈奇鸟行状录〉：高墙与鸡蛋》。该文首先指出《奇鸟行状录》中的"拧发条鸟"可能取材自安徒生童话《夜莺》，接着对小说中的主要人物展开分析。在太田铃子看来小说中的反派绵谷升象征着强权势力，主人公的妻子久美子象征弱势群体。村上春树在其著名演讲《高墙与鸡蛋》中曾说自己永远站在鸡蛋（弱者）一方，而《奇鸟行状录》的主人公也是站在鸡蛋一方的，因此小说具有反对强权、反对压迫的主题思想。

2019年，奥田浩司的《关于〈奇鸟行状录〉对日本的回归——交叉的战争与神秘体验》很值得探讨。这篇文章认为《奇鸟行状录》与村上春树的初期作品不同，其初期作品比较排斥日本文化，向往西方文化。而从《奇鸟行状录》开始，村上春树的创作重心逐步回归日本文化。在此基础上，奥田浩司对《奇鸟行状录》的历史背景进行了深入挖掘，并指出："《奇鸟行状录》所开拓的物语世界……是反对回归二战前的日本，希望唤起代替亚洲灵性的'日本人性'。"②

与国内学界一样，日本学界对《且听风吟》和《奇鸟行状录》的研究比较充分，而对《没有色彩的多崎作》的重视程度相对较低，但也有一些值得参考的文献。例如：2013年，千叶俊二发表的《〈没有色彩的多崎作〉的物语法则》。该文对《没有色彩的多崎作》的情节组织结构进行了分析，并认为这部作品的情节是通过将赤、青、白、黑四个人物与没有色彩的多崎作进行对比而自动组织起来的，因而其情节具有某种自动组织的机制。另外，千叶俊二对小说中出现的重要符号"火车站"进行了解读。他指出："火车站的铁路网让人联想起脑神经网络中的神经元。"③也就是

---

① 田中雅史：村上春樹『ねじまき鳥クロニクル』にみられる他者の理解と「対象」、甲南大学紀要．文学編 (158) 2008，p. 45.
② 奥田浩司：『ねじまき鳥クロニクル』における日本への旋回—交差する戦争と神秘体験、Murakami Review、2019—01，p. 35.
③ 千葉俊二：『色彩を持たない多崎つくる』の物語法則、日本文学、2013—11，p. 81.

说，火车站就如同枢纽一样将小说中的人物联系起来。

2014 年，平野芳信发表的《〈没有色彩的多崎作和他的巡礼之年〉论：镜之国的多崎创》比较值得研究。这篇文章对《没有色彩的多崎作》的故事背景进行了考证，认为小说的故事背景应该是 2011 年的东日本大地震和福岛核事故。此外，该文从心理学视角对主人公多崎作进行了分析，指出小说中或许存在着多崎作的另一重人格"多崎创"。而女主人公沙罗则是多崎作的心理治疗师。① 2016 年，旅日学者王静发表了《村上春树的新理想主义〈没有色彩的多崎作和他的巡礼之年〉中的乌托邦共同体论》。该文认为小说中的五人小团体具有乌托邦的性质，而小团体的崩塌象征着旧共同体的消失。主人公多崎作的巡礼之旅则是为了建立新共同体所做出的尝试，进而小说的主题思想具有理想主义的倾向。

可以看出，日本学者对以上三部作品的研究是具有启发性的。他们的研究视野比较广泛，对于文本的解读也做到了细致入微。这些文献往往能够从小说文本的一些不引人注目的细节中挖掘出作品的新内涵和新意蕴。但需要指出的是，日本学界对于以上三部作品中的时间建构和空间建构的研究相对较少，因此该方面还有待进一步挖掘和探索。

第三节 研究现状中有待进一步探索的问题

纵观 40 余年村上春树文学研究史，可以发现，和历史上很多著名作家一样，学界对村上春树的评价总是摇摆不定的，时而接受时而不接受，时而理解时而误解，这是一个曲折而漫长过程，现阶段就对其盖棺定论还为时过早。但无论如何村上春树对日本现代文学的贡献是毋庸置疑的，其贡献不仅仅在于小说文体的创新，还在于其独特的时间、空间和时空体建构特征。从研究综述中可以看出，日本学界对村上春树小说的研

---

① 平野芳信：「色彩を持たない多崎つくると、彼の巡礼の年」論：鏡の國のたさき創、山口国文、2014—03，p. 9.

究比较严谨和细致,研究角度多从小说的情节、社会历史背景以及小说在他国的接受为主。我国学界在研究角度上和日本也较为类似,但更加关心村上春树文学的翻译问题及其和中国文学的比较问题,而对于作品的时空建构则涉及较少。

基于研究现状可以发现,目前在我国和日本学界只有张敏生的《时空匣子——村上春树小说时空艺术研究》运用叙事学理论探讨了村上春树小说的时间和空间艺术,而采用巴赫金文化符号学理论中的时空体理论探索村上春树小说时间、空间和时空体建构的文献还未出现,因此这部分研究还处于空白状态。但需要指出的是,并非所有的研究空白都具有研究的意义与价值。如前文所述,村上春树小说是将当代都市时空和历史时空相结合的典型作品,其小说文本的时间和空间特征具有较高的研究价值,而巴赫金的时空体理论是研究小说文本的时间与空间建构并将历史分析与文本分析方法相结合的典范。"时空体"这一术语不仅是指文学作品中时间和空间的统一体,也是指作品内容和表现形式层面的统一体。时空体既包括作品的时空、体裁结构等外在形式意义,也包括情节、主题、形象等内容层面的意义。因而采用时空体理论可以全面、细致、深刻地把握村上春树小说的时间、空间和时空体建构的本质特征,故时空体理论的概念和方法对于分析村上春树小说的时间和空间建构具有重要的参考意义和研究价值。

基于以上分析,本书的主要目标就是以文化符号学视域下的巴赫金时空体理论为主导,辅以多种研究视角,探索村上春树作品文本的时间建构、空间建构及其时空体建构的特征。

第二章　巴赫金的时空体理论与村上春树小说

　　上一章评述了国内外村上春树文学的研究现状,并发现一些尚待解决的关键问题。为了解决上述问题,本章对巴赫金的时空体理论进行了专门阐述,旨在厘清时空体理论的基本概念、研究路径,以及时空体理论与村上春树小说的内在契合性。

　　巴赫金在吸收借鉴乌赫托姆斯基生理学、康德哲学以及爱因斯坦相对论相关理论成果的基础上,创造性地提出了文化符号学视域下的时空体理论。"时空体"(chronotope)这一术语源自古希腊语,由时间(chronos)和空间(topos)组合而成,其基本含义就是"时空"。巴赫金将时间和空间视为不可分割的整体,并将空间因素纳入文学研究领域。因而他打破了"文学是时间艺术"的固定思维,将传统文艺理论和符号学理论推进了一大步。

　　时空体理论的基本研究路径是:时间、空间、时空体。在具体分析小说文本符号时,巴赫金首先研究小说的时间并总结其时间特征;然后分析该时间特征是如何在小说空间之中呈现的,从而探索小说的空间;最后通过分析小说中某个能够反映时空体的艺术形象来揭示小说的时空体特征,并通过作品的时空体特征深入探讨其主题思想和艺术理念,进而揭示出作品的本质性特征。因此可以从巴赫金对于时空体理论的相关论述中,发现它对于小说文本具有较强的阐释潜力。

虽然时空体理论对于小说文本具有较强的理论阐释力,但也并非每部作品都适合用该理论来分析。采用时空体理论进行文本分析需要满足三个基本条件:一是作品中存在着时间的空间化;二是作品中存在着空间的时间化;三是小说中的时间和空间结合为一个具体的时空体。村上春树的作品不仅具有时间的空间化、空间的时间化以及具体时空体这三个层次,而且他的小说时空体概念与时空体理论形成的三阶段之间还具备更为深刻的内在契合性。基于以上认识,可以说借助巴赫金文化符号学视域下的时空体理论对研究村上春树小说艺术发展进程中本质特征的形成具有重要的参考意义。

第一节 时空体的基本概念:时空体的渊源及要旨

在现实世界中时间与空间是不可分割的,不存在完全脱离时间的空间,也不存在完全脱离空间的时间。巴赫金文化符号学视域下的时空体理论是在马克思主义时空观的基础上研究文学作品中的符号文本如何通过时间与空间的表现形式把握现实世界的。他指出:

> 无论科学、艺术、文学都要和涵义打交道,这些涵义不管怎样重要,要想进到我们的经验中去,就必须采取某种时空的表现方法,也就是采取符号的形式,让我们可以听到可以看到。没有这种时空的表现形式,即便最抽象的思维也是无法进行的。因此,每次要进入涵义领域,都只能通过时空体的大门。①

也就是说,任何符号文本都脱离不了时间和空间的建构,时间与空间是符号存在的基本形式。如果一个符号文本脱离了时空,那么这个符

①巴赫金:《巴赫金全集》(第三卷),白春仁、晓河译,河北:河北教育出版社2009年版,第452页。

号既不能被看到,也不能被听到,于是就脱离了人类的认知,对于人类来说就没有意义。即便最抽象的思维或符号也必须通过时间和空间的建构才能得以表达,所以时间与空间正是小说文本存在的最基本形式,任何符号文本要想进入人类认知的领域就必须通过时空体的大门。

根据以上认识,人类对于现实的认知离不开对现实世界中时间建构和空间建构的把握。而巴赫金对于文学作品中的时间建构和空间建构的探讨,本质上就是在研究文学作品是如何把握现实世界的。文学作品对于现实世界的把握是一个复杂的过程,因此巴赫金提出了时空体理论来专门探讨文学作品对于现实世界中的时间建构与空间建构的认识问题。

要想充分理解时空体理论,就有必要对其理论渊源进行考察,追溯其产生的理论根基。作为巴赫金文化符号学中的一个重要理论,时空体的相关论述主要出现在他的《长篇小说的时间形式和时空体形式——历史诗学概述》(1937—1938)以及《教育小说及其在现实主义历史中的意义》(1936—1938)等著作中。通过研读这些著作,可以发现时空体理论具有深厚的理论渊源。

其一,乌赫托姆斯基的生理学对于巴赫金时空体理论的影响是不容小觑的。巴赫金在《长篇小说的时间形式和时空体形式——历史诗学概述》(以下只写主书名)中描述他于 1925 年夏天听过前苏联生理学家乌赫托姆斯基(1875—1942)的一个关于生理学时空体的报告。乌赫托姆斯基非常关注物理时间和心理时间之间的区别,物理时间是客观的,但每个人对于物理时间的感受并不相同。比如当我们做一件愉快的事时会觉得时间过得很快,而做一件枯燥乏味的事时,就会觉得时间过得很慢。这种心理时间感受上的区别使不同人具有不同的时间感知机制,乌赫托姆斯基将其称为不同人的"优势"并指出:"人类的存在其实就是不断地获得'培植优势',如此可以让人类提早适应周遭的环境。"①可见,乌

---

① 转引自章小凤《时空体》,载《外国文学》2018 年第 2 期,第 88 页。

赫托姆斯基比较关注人类与其周围环境之间的关系问题,而巴赫金将这一理论运用到文学研究上,因此他才会关注文学作品对于现实世界的把握问题。

其二,康德哲学对时空体理论的形成具有重大影响。巴赫金在《小说的时间形式和时空体形式》中专门提到了康德哲学,他写道:"康德在其《先验美学》里,把空间和时间界定为任何认识所必不可少的形式。我们采纳康德对这些形式在认识过程中的意义的评价。"①众所周知,康德(Immanuel Kant,1724—1804)是著名哲学家,也是德国古典哲学的创始人,其学说深刻影响了近现代西方学界。巴赫金所提到的《先验美学》其实不是一本独立的著作,而是康德名著《纯粹理性批判》中的一个部分,即"先验要素论"的第一部分"先验感性论"。康德在这部分论述中先从空间问题出发,探讨了空间概念的形而上学阐明和先验阐明,然后研究了时间概念的形而上学阐明和先验阐明,最后从对时间和空间的概念研究中得出了对"先验感性论"的总体结论。康德写道:"因为我们在一切情况下所可能完全认识的毕竟只是我们直观的方式,即我们的感性;并且永远只是在本源地依赖于主体的时间和空间条件下来认识它的。"②换言之,当人类认识某个事物时,他只能通过感性直观来认识,而人类的感性直观依赖于时间和空间的形式。再简单一点说就是,只有处在时间和空间中能够看得见、摸得着的事物才能够被人类直观地感知到。由此可见,巴赫金采纳了康德的理论,将时间和空间界定为人类认识现实世界时必不可少的基本建构,并同时将文学作品中的时间建构与空间建构界定为时空体理论的主要研究对象。

其三,对巴赫金时空体理论影响最大的当属爱因斯坦相对论。巴赫金指出:"(时空体)这个术语见之于数学科学中,源自相对论,以相对论

---

① 巴赫金:《巴赫金全集》(第三卷),白春仁、晓河译,河北:河北教育出版社 2009 年版,第 270 页。
② 康德:《纯粹理性批判》,邓晓芒译,北京:人民出版社 2017 年版,第 34 页。

（爱因斯坦）为依据。"①爱因斯坦在其相对论中反对将时间和空间分割开来进行研究,坚持时间与空间的紧密联系性,他认为:"空间(位置)和时间在应用时总是一道出现的。世界上发生的每一件事都是由空间坐标 X、Y、Z 和时间坐标 T 来确定。因此,物理的描述一开始就一直是四维的。"②也就是说,除了空间中的长、宽、高三个维度,还应该加上时间这个第四维度,进而形成一个"四维连续体",在这一连续体中时间与空间是不可分割的,很显然这个"四维连续体"正是结合了时间与空间的时空体概念的前身。在"四维连续体"中当空间发生变化时时间也会发生变化,当时间发生变化时空间也会发生变化,这种打破二元对立、多维度时空共生共存的思想也为后来的多维时空的现代超弦理论(Superstring Theory)③奠定了基础。巴赫金指出:"我们把它借用到文学理论中来,几乎是作为一种比喻。对我们来说重要的是这个术语表示着空间和时间的不可分割。"④可以看出,巴赫金并没有直接把物理学中的相对论原样照搬到文学研究中来,而是有所扬弃地吸收了其中与文学有关的部分,其重点就是为了阐明文学作品中时间和空间的不可分割性。

正是站在乌赫托姆斯基、康德和爱因斯坦等巨人们的肩膀上,巴赫金创造性地提出了文化符号学视域下的时空体理论。因而,在厘清时空体理论来源之后,可以提出巴赫金文化符号学中时空体理论的三个要点:

第一,关于时空体的定义,巴赫金本人的说法是:"文学中已经艺术地把握了的时间关系和空间关系相互间的重要联系,我们称之为时空体。"⑤仔细分析巴赫金的定义,可以发现他所强调的是文学作品中时间

---

① 巴赫金:《巴赫金全集》(第三卷),白春仁、晓河译,河北:河北教育出版社 2009 年版,第 269 页。
② 爱因斯坦:《爱因斯坦文集·第一卷》,许良英译,北京:商务印书馆 1977 年版,第 251 页。
③ 超弦理论认为,物质的基石为十维时空中的弦。不存在粒子,只有弦在空间中运动,自然界中所发生的一切相互作用,所有的物质和能量只不过是弦的不同振动模式而已。
④ 巴赫金:《巴赫金全集》(第三卷),白春仁、晓河译,河北:河北教育出版社 2009 年版,第 269 页。
⑤ 同上。

关系和空间关系的联系。只有经由文学艺术把握后的时空联系,才能够被称之为文学作品中的时空体。

第二,文学艺术对于现实世界时空体建构的把握不是静态的,而是一个十分复杂、若断若续的发展过程。巴赫金指出:"在人类发展的某一历史阶段,人们往往是学会把握当时所能认识到的时间和空间的一些方面。"①因此在不同历史阶段,人们对于时空的把握方式是不同的,进而形成了不同的文学体裁。不同文学体裁则决定了不同文学作品独特的艺术表现形式。我国学者程正民也指出:"时空体是有历史性的,不同时代、不同历史时期的文学时空体有不同的历史内容,也有各自独特的艺术表现形式。"②可以说,时空体所表现的是某一历史阶段中的文学作品对于现实时空的把握方式,因此可以通过分析不同时代的文学作品去揭示文学作品对于现实世界的把握程度。

第三,时空体是形式和内容的结合,代表着文学作品中时间建构和空间建构的不可分割性。巴赫金指出:"我们所理解的时空体,是形式兼内容的一个文学范畴。"③也就是说,时空体不是抽象的形式或观念,而是形式与内容的结合,是小说文本中可以被直观地感知到的某个具体符号或艺术形象。在文学作品的艺术时空中,"空间和时间标志融合在一个被认识了的具体的整体中。时间在这里浓缩、凝聚,变成艺术上可见的东西;空间则趋向紧张,被卷入时间、情节、历史的运动之中。时间的标志要展现在空间里,而空间则要通过时间来理解和衡量"④。换言之,小说中的时间建构虽然是抽象的,但它需要与空间结合,变成空间中的某个具体符号或形象,从而变成艺术文本中可以看得见、摸得着的事物。

---

① 巴赫金:《巴赫金全集》(第三卷),白春仁、晓河译,河北:河北教育出版社 2009 年版,第 269 页。

② 程正民:《巴赫金的诗学》,北京:中国社会科学出版社 2019 年版,第 222 页。

③ 巴赫金:《巴赫金全集》(第三卷),白春仁、晓河译,河北:河北教育出版社 2009 年版,第 269 页。

④ 同上书,第 269—270 页。

而小说中的空间建构虽然是静止的,但它需要和时间结合,通过时间来理解和衡量,进而纳入时间、情节、历史的流动过程之中,从静态空间变成历史发展过程中的动态空间。因此在文学中时间和空间是不可分割的,也正是由于这种不可分割性,作为时间与空间之结合的时空体才得以成立。

由此可见,虽然时空体理论的基本要点看似简单(即文学作品中时间建构和空间建构的结合),但其理论内涵是极为丰富的。时空体的研究对象是文学作品中的时间和空间,但这两者必须结合成一个完整的时空体,因此时间建构需要被空间化,空间建构则需要被时间化。我国学者卢小合指出:"时间的'空间化'手法,其目的是让时间变成可感的、可视的、可听的形象,把内心的绵延(时间)外在化,让时间在空间中存在。"[1]因此,时间的空间化绝不是一个简单的问题,并不是每一位作家都能够让自己作品中的时间空间化,从而让读者直观地"看到"时间的,因此时间的空间化恰恰是很多艺术家在创作时都要面临的问题。

此外,巴赫金在《小说的时间形式和时空体形式》中将自己专著的副标题称为"历史诗学概述"。这里的"历史诗学"一词应该来源于俄国文学史家维谢洛夫斯基(1838—1906)的著作《历史诗学》(1870—1906)。[2]可以看出时空体理论在某种意义上也是对传统历史主义的继承和发展。巴赫金在分析歌德小说时指出:"善于在世界的空间整体中看到时间、读出时间,另一方面又能不把充实的空间视作静止的背景和一劳永逸地定型的实体,而是看作成长着的整体。"[3]这里所探讨的是空间的时间化问题,实际上是在研究小说文本对于历史时间的把握程度。如果一部小说

---

[1] 卢小合:《艺术时间诗学与巴赫金的赫罗诺托普理论》,北京:北京大学出版社 2016 年版,第 251 页。

[2] 孙鹏程:《形式与历史视野中的诗学方案——比较视域下的时空体理论研究》,浙江:浙江大学出版社 2012 年版,第 18 页。

[3] 巴赫金:《巴赫金全集》(第三卷),白春仁、晓河译,河北:河北教育出版社 2009 年版,第 270 页。

中的空间建构能够时间化,时间和空间结合为一个成长着的时空整体,那么可以说在这部作品中确实存在着时空体。因此并不是每位作家的每部作品中都存在着时空体,只有满足了一定的限制条件,其作品才可以适用于时空体理论。

综上所述,时空体绝不是凭空出现的理论,而是有着深厚的理论背景。它批判继承了历来的传统方法,即莱辛根据牛顿的静态时空观所创立的对艺术作品中时间因素的分析。莱辛将时间和空间视为静态的,并将其割裂开来,认为小说是时间艺术。而巴赫金在爱因斯坦相对论时空观的基础上获得了"四维连续体"的新宇宙图景,进而将空间和时间视为不可分割的整体,并将空间建构纳入文学研究领域,打破了"文学是时间艺术的"固定思维,将传统文艺理论和符号学理论推进了一大步,堪称"20世纪以来文艺学领域的一个巨大理论成就"。[①]

第二节 时空体的研究路径:时间→空间→时空体

一种理论需要与具体的实践内容相结合才能展示出鲜活丰富的内涵。时空体并不仅仅局限于理论层面,巴赫金在《长篇小说的时间形式和时空体形式》中先用较为简短的篇幅叙述了时空体理论的相关概念,继而运用时空体理论作为分析方法对欧洲文学史中的重要作家和作品展开具体研究。他所选取的研究对象基本上都是欧洲文明进程发生重大变化或转折时产生的文学作品,比如古希腊时代向古罗马时代转折期的文学,欧洲文艺复兴时期的作品以及启蒙运动时代的小说。巴赫金在这些作品中发现了多种多样的时空体类型,并且对不同时空体的特征和艺术特色进行了分析。通过回溯和解读巴赫金对不同作家及其作品的研究历程,可以归纳出巴赫金本人在使用时空体理论研究文学作品时所

---

① 章小凤:《时空体》,载《外国文学》2018年第二期,第88页。

遵循的研究思路和研究方法,进而探索一条时空体分析文学文本的一般研究路径。

一、传奇教喻小说的时空体

在具体运用时空体理论分析欧洲文学史时,巴赫金首先分析了古希腊罗马小说中的一种特殊类型——传奇教喻小说。这类小说形成于公元 2 至 6 世纪,代表作有:赫利奥多罗斯(约公元 3 至 4 世纪)的《埃塞俄比亚传奇》,塔提俄斯的(约公元 2 世纪)《列弗基帕和克里托封》,哈里顿(不详)的《赫列和卡里罗》,色诺芬(约公元前 4 至 3 世纪)的《艾费小说》,隆格(不详)的《达弗尼斯和赫洛雅》等。这些小说有一个共同的情节公式:一对青年男女,男的勇敢帅气、女的美貌纯洁,两人不期而遇且一见钟情。但他们马上遇到各种阻碍和挫折,两人只能各奔东西、互相寻找、几经聚散、历经重重磨难。最后他们克服困难、喜结连理,小说一般以圆满结局告终。

在分析古希腊小说时巴赫金指出:"在文学中,时空体里的主导因素是时间。"①因此他首先将注意力集中在小说中的时间建构上。巴赫金认为传奇教喻小说有两个最为关键的时间节点,即男女主人公第一次见面以及两人最后的完婚,小说的全部情节就是在这两个时间节点之间展开的,而在这两点之间时间似乎没有任何流动。即小说结尾的完婚和小说开头的一见钟情直接呼应,仿佛男女主人公见面第二天就结婚,而中间所经历的种种冒险和磨难好像什么也没发生一样。巴赫金认为这种现象代表着在两点之间的时间实际上不是现实中的时间,而是某种间隔、停顿或空白的超现实时间。因此,"它们不改变主人公生活里的任何东西,不给主人公生活增添任何东西。这也正是位于传奇时间两点之间的超时间空白"。②换言之,传奇教喻小说中的时间不是现实世界中正常流动着的时间,而是

---

① 巴赫金:《巴赫金全集》(第三卷),白春仁、晓河译,河北:河北教育出版社 2009 年版,第 270 页。
② 同上书,第 274 页。

某种超越现实的空白时间。男女主人公虽然经历了各种磨难,过了很多年才重逢,但他们一切如故,心理上没有任何改变,甚至年龄上也没有变老。

巴赫金将这种特殊的时间建构称之为"传奇时间",并以此为基础进一步分析了传奇教喻小说的情节特征。在他看来传奇时间的特征直接决定了小说情节的发展模式和发展逻辑。这表现为小说情节的发展和转折充满了偶然性和"无巧不成书"的特点。例如:在传奇教喻小说中,主人公总是突然被劫持或被绑架,突然遇到海难或地震。小说情节的发展和转折不符合现实世界的逻辑,而是基于某种偶然的巧合。之所以出现这样的情节特征,原因就在于小说情节所处的时间不是现实世界中的正常时间,而是传奇时间。在这一超现实的时间之中一切皆有可能,并且一切都是偶然的巧合。传奇时间的特殊逻辑是:"不能靠理智的分析、研究……等预先规定出来的。然而所有这一切,却可借助占卜、兆头、神话、梦兆、预感等获知。"[1]由此可见,不能用现实世界的逻辑去分析传奇时间,这一时间是与神话、占卜、梦等超现实世界联系起来的,因此传奇时间具有超现实的抽象性、偶然性和非逻辑性等特征。

在探讨了传奇教喻小说的时间建构后,巴赫金就开始分析该时间是如何在小说空间中呈现的。他写道:"传奇故事要能展开,就需要空间,而且需要很多空间。"[2]空间一般具有远近、大小等性质,而传奇教喻小说中的空间之远近和大小规模都是巨大的。其原因在于:小说中会突然出现劫持、逃跑、追赶、搜寻、监禁等偶然情节,为了实现这些情节就需要有广阔的陆地和大海,需要有各种各样不同的异国。这些小说空间是博大且多样的,同时又是完全抽象的,因为它们都处在传奇时间的超现实世界之中。因此巴赫金指出:"地点在传奇之中,仅仅是个抽象而粗略的空洞场所而已。"[3]小说中出现的陆地和大海具体在什么地方? 异国到底是

---

[1] 巴赫金:《巴赫金全集》(第三卷),白春仁、晓河译,河北:河北教育出版社 2009 年版,第 280 页。
[2] 同上书,第 285 页。
[3] 同上。

哪国？这些都是无关紧要的，因为这不是现实世界，而是一个抽象的他人世界。因此，在分析完小说的空间建构之后，巴赫金对传奇教喻小说中的时空体进行了总结，他将这一时空体命名为：传奇时间里的他人世界。

在总结了传奇教喻小说中的时空体之后，巴赫金开始研究该时空体建构的艺术特征。时空体的特征往往表现在小说中的某个具体艺术形象上，而在传奇教喻小说中主要是表现为人物形象。巴赫金指出："十分明显，在这样的时间里人只能是绝对消极的，绝对不变的。"[1]可以看出，正是由于时间的超现实性和空间的巨大离散性，小说人物只能被动地接受一切突然发生的事件，而且只能被迫在广大的小说空间中到处移动。仿佛有一只看不见的命运之手在不断地驱赶他四处奔波。小说主人公是完全消极的，他不能掌控自己的命运。但是另一方面，"他承受住了命运的摆布。岂止承受住了，而且保全了自己；经过命运的提弄，经过命运和机遇的波折险恶，竟能绝对完好如初，毫无改变"[2]。换言之，男女主人公在经历了命运波折之后，仍然保持自我，他们之间的爱情也毫无改变。因此巴赫金认为在传奇教喻小说中传达出一种来自古代人的最为可贵的信念："相信人在同自然的斗争中，同一切非人力量的斗争中具有不可摧毁的力量。"[3]命运的力量虽然强大，但它只是一种考验，考验主人公爱情的忠贞性和始终如一性。这也点出了传奇教喻小说的本质特征——考验。这一特征对后世文学影响巨大，例如，17世纪的欧洲巴洛克小说一般就被称为"考验小说"。

经过以上分析可以发现，巴赫金在使用时空体理论分析文学作品时所采用的基本研究路径是比较清晰的。他首先分析了小说中的时间建

---

[1] 巴赫金：《巴赫金全集》（第三卷），白春仁、晓河译，河北：河北教育出版社2009年版，第291页。
[2] 同上。
[3] 同上书，第292页。

构并总结其时间特征;然后分析该时间建构是怎样表现在空间之中的,进而探索小说的空间建构;最后总结出小说中的时空体,并通过分析小说中某个能够反映时空体建构的艺术形象来研究该时空体的本质特征。从中可以总结出一条从时间到空间再到时空体的研究路径。这条研究路径不仅体现在巴赫金关于古希腊传奇教喻小说的研究过程之中,而且还体现在他对于拉伯雷小说的解读过程之中。

二、拉伯雷小说的时空体

除了研究古希腊传奇教喻小说,巴赫金还分析了文艺复兴时期的拉伯雷小说。在分析拉伯雷小说时巴赫金重点强调了小说艺术形式和思想内容的不可分割性,他指出:"我们将把小说看作是体现了思想和艺术方法相统一的一个整体。"①虽然侧重点有所不同,但在具体研究拉伯雷小说的时空建构时他大体上还是按照时间、空间、时空体的基本路径展开研究的。

巴赫金将《巨人传》的创作思想归纳为"怪诞现实主义",这一术语指的是:"破坏一切习惯的联系、事物间和思想间普通的毗邻关系,归结为建立意想不到的毗邻关系、意想不到的联系。"②之所以拉伯雷要打破一切传统的毗邻关系,是因为文艺复兴时代的历史背景要求他描写新型的人物形象,这一新型的人物形象会带来人与人之间新的交往形式,而这就需要新的时空体建构。这个新时空体需要破坏一切旧封建社会的习惯性联系,将万事万物之间的传统毗邻关系解构,并重新建构为全新的、难以想象的毗邻关系,进而揭示一个符合文艺复兴时代的新世界图景。

拉伯雷要在其作品中把传统上联系着的东西分割开,使传统上被分割开的东西接近。这在《巨人传》中是通过不同的艺术形式系列实现的,这些系列可以归结为以下几个类别:(1)生理解剖学角度的人体系列;

---

① 巴赫金:《巴赫金全集》(第三卷),白春仁、晓河译,河北:河北教育出版社 2009 年版,第 356 页。
② 同上书,第 358 页。

（2）人的服饰系列；（3）食物系列；（4）饮酒和醉酒系列；（5）性系列；（6）死亡系列；（7）粪便系列。下面以死亡系列为例，中世纪基督教意识形态将死亡看作朝向彼岸敞开的大门，而人世只不过是过眼烟云，这使得现实生活失去了意义，变成了走向彼岸天堂的准备阶段。为了与之对抗，拉伯雷需要重新评价死亡，他要表现出死亡不是生命的终结，生命会继续向前的深刻寓意。因此在拉伯雷小说中死亡与新生相毗邻，这依据的是民间文学的看法，即一人之死可以医他人之病，灵魂可以投胎转世等。此外，死亡与笑、死亡与吃喝也毗邻，例如，《巨人传》中经常描写葬礼上的吃喝和欢乐场景，这表现出"健康完整的包容一切的无往不胜的生命力"。① 拉伯雷正是利用了这种生命力去对抗中世纪教会意识形态的阴森恐怖。

接着巴赫金分析了小说中与主题思想相伴随的时间建构。拉伯雷小说中的时间建构其渊源可以追溯到人类社会发展早期的农业阶段，这其中包含着一种特殊的时间，即"集体劳动时间"，它具有如下特征：

1. 这是一种集体时间。个人还没有从集体劳动中分解出来，所以没有个人时间。

2. 这是一种劳动时间。日常生活和消费不能脱离劳动和生产过程。

3. 这种时间是有效生长的时间。是从发芽到结果从而实现增产繁殖的时间，在这里时间不是消灭和减少价值，而是相反。繁殖总能超越个别的死亡，死亡被看作播种，死亡与新生紧密相连。死亡服从于生长、繁殖的因素，是有效生长过程中不可或缺的一部分。

4. 这是最大限度地向往未来的时间。一切劳动都寄希望于未来。

5. 这个时间具有深刻的空间性和具体性。它没有脱离大地和自然，人们从自己的劳动果实中看到时间的变化（可以从空间中农作物的生长变化看出时间的变化）。

6. 这种时间是完全统一的时间。个人生活、日常生活和社会历史生

---

① 巴赫金：《巴赫金全集》（第三卷），白春仁、晓河译，河北：河北教育出版社 2009 年版，第 391 页。

活都融为一体。

7. 时间把一切都吸收进自己的运动中,不存在稳定不动的背景。太阳、星辰、大地、海洋等不是作为背景,而是在集体劳动中提供给人类的生产工具,所有事物被卷进生活的运动之中作为共同参与者。

8. 以上都是集体劳动时间的积极因素,而它也有消极因素,即循环性,"时间的前进性受到循环性的限制"①。

当这种"集体劳动时间"表现在小说的空间中时,拉伯雷的小说就具有了特殊的空间建构。其具体表现为小说中的事物的空间毗邻关系具有完全特殊的性质,例如:死亡和交媾("集体劳动时间"中大地的播种和受孕)、坟墓和受孕(死亡与新生)、饮食和死亡等等都紧密联系在一起。在这里大自然的生活和人的生活交融在一个综合体之中。这个统一的综合体就是人类的现实生活本身(而非中世纪教会所宣扬的彼岸天堂)这个伟大事业。

继而,巴赫金通过研究《巨人传》的情节结构总结出其时空体的性质。他认为《巨人传》第一、二部采用传统小说的情节结构,描写主人公从诞生到成长再到功成名就的过程;第三部采用"访问小说"的模式写成,是古希腊罗马小说中求教访学之路的模式;第四部则仿照了游历小说的情节模式。所有这些传统情节模式都在拉伯雷小说中获得了新意。他指出:"古代各种毗邻关系在这里是在新的高级的基础上得到再现的。他们摆脱了在旧世界里瓦解和歪曲他们的一切因素。摆脱了一切彼岸的解释。"②换言之,古代的情节模式在拉伯雷小说中获得了新的解释,进而呈现出新人和新世界的诞生以及旧世界灭亡的意蕴。在此基础上巴赫金总结了拉伯雷小说的时空体:"这为我们揭开了人类生活的毫无局限的'宇宙时空体'。这同即将到来的地理学和宇宙学伟大发现的时代

---

① 巴赫金:《巴赫金全集》(第三卷),白春仁、晓河译,河北:河北教育出版社 2009 年版,第 400—401 页。

② 同上书,第 433 页。

是完全合拍的。"①所谓"宇宙时空体"是指："人们可以自由实现自己潜力的世界,而且这种潜力不受任何的限制,这便是拉伯雷的基本特点。"②由此可见,巴赫金通过分析拉伯雷小说的时空体建构,最终指出了其作品的本质特征,即"人在成长,世界上的一切在成长,一切事物现象和整个世界可以自由实现自己潜力的新世界图景"。③

三、歌德小说的时空体

在分析完拉伯雷小说之后,巴赫金又对启蒙运动时期的歌德小说进行了解读。巴赫金对歌德小说的研究主要见于《教育小说及其在现实主义历史中的意义》(1936—1938)一书中的第三部分"歌德作品中的时间与空间"。这部分研究基本上也遵循了时间、空间、时空体的分析路径,而且在语言表达和分析方法上比之前关于古希腊小说和拉伯雷小说的分析显得更加老练和成熟。因而解读这部分研究有助于进一步探讨时空体理论的研究路径。

在研究歌德小说时空体时,巴赫金首先指出人们对于历史时间的把握有三个层次:

第一,时间在自然界中的显现。比如太阳星辰的运转、公鸡啼鸣、一年四季的变化等等,这些与人类的劳动联系在一起,构成了一种循环时间。

第二,历史时间。即人类创造力的结晶,城市、街道、艺术品、社会组织等都是这样的结晶。"人们从中可以洞察到各个社会阶级集团的无比复杂的谋略大计。"④

第三,社会经济矛盾时间。从直接可见的明显的悬殊对比(社会现

---

① 巴赫金:《巴赫金全集》(第三卷),白春仁、晓河译,河北:河北教育出版社 2009 年版,第 436 页。
② 同上书,第 433 页。
③ 同上书,第 432 页。
④ 同上书,第 230 页。

57

象),到这些矛盾在人们关系和观念中的表现。"这些矛盾揭示得越深刻,那么小说家所描绘的形象身上,可见时间的圆满性程度就越现实,也越广阔。"①

在此基础上,巴赫金认为在世界文学中擅长描写历史时间的顶尖作家就是歌德,因此歌德具有非常重要的研究意义。

接着巴赫金对歌德作品的时间建构进行研究并认为"可视性"对歌德具有特殊的意义。所谓可视性是指:一切重要的东西都应该具备相当程度的可视性,一切不可视的东西也是不重要的。一切复杂的抽象概念和思想乃至哲学都应该以可视的形式来表达,而语言文字具有最明显的可视性,因此并不存在什么只可意会而不可言传的神秘真理。任何抽象的事物都应该用空间中可以看得见的形式来表达,哪怕是最为抽象的时间也一样。歌德的小说就非常善于从时间中看出空间,因为"不同的东西是按照不同的发展水平(时代)展现的,亦即各自具有时间意义"②。换言之,任何空间中的单纯事物,歌德都可以用历史时间去充实它,揭示出该事物的生成和发展演变的过程。因此任何空间中的事物都被歌德视为发展变化过程中的存在,而非固定不变的永恒之物,这正是歌德可以从空间中看出时间的特殊视角。

在此基础上,巴赫金总结了歌德小说时间建构的特点:

第一,歌德的时间是发展演变过程中的历史时间。

第二,歌德认为历史时间本身是有创造力的,应是在现实中起着积极作用的。这一历史决定着当下的现实,并在一定程度上决定了未来的发展方向。因而在歌德的作品中,过去、现在与未来是融为一体的。

第三,歌德的历史视觉是以对地域空间的深入而细腻的感知为基础的。历史时间的发展有其内在的必然性,而这一必然性与地理空间是不

---

① 巴赫金:《巴赫金全集》(第三卷),白春仁、晓河译,河北:河北教育出版社 2009 年版,第 231 页。
② 同上书,第 234 页。

可分割的。任何重大的历史事件,其发展进程往往与该事件所发生的地理空间息息相关。

接着巴赫金开始探讨歌德时间建构的空间呈现。他认为正是因为歌德的时间感受具有整体性和必然性,因此其空间感知具有一种"建设者视角",即"他的视角服从于地域的历史及其地理所固有的铁的规律"①。通过这一建设者视角,歌德在观察空间时不仅会观察空间的某些特征,而且会将其纳入人类历史发展的过程之中,成为人类劳动生产过程的一部分。任何山水、盆地、河谷、道路都构成了生动、鲜明、直观可见的人类生产生活体系,在这一体系中人类劳动也被纳入其中:"你来建房办厂吧! 来排干沼泽吧! 来铺路造桥吧! 来开采矿石吧! 来耕种灌溉谷地吧! 人的历史活动的重要性和必然性得到了保证。"②很显然,歌德的建设者视角所具有的特征是:其空间感知和时间感知是融为一体的,时间在空间之中具有完整性和鲜明的可直观性。任何历史时间中的事件都必然地与人类劳动对某一地域空间的改造相联系。空间中的必然性是组织歌德时空感觉的中心,他通过必然性联系起过去、现在与未来。这个必然性不是命运的必然性(宿命论),也不是自然界的机械必然性(自然科学),而是明显可见的、具体的、物质的必然性。例如:在卢浮宫里可以直观、具体地看到整个艺术史和人类史的共时性呈现,从中可以看见人类劳动的创造性和人类文明的伟大历史事业的直观必然性。

在此基础上,巴赫金对歌德作品中的时空体建构进行了总结。他主要从历史角度追溯歌德小说时空体的来源:中世纪欧洲人所理解的地球只是一小块地域,其余一切都消散在彼岸世界、幻想的乌托邦之中。彼岸世界的存在使现实世界变得空洞无物。但到了文艺复兴时代,随着天文学和航海大发现的进展,整个地球开始凝缩成一个紧凑的整体,这个

---

① 巴赫金:《巴赫金全集》(第三卷),白春仁、晓河译,河北:河北教育出版社 2009 年版,第 245 页。
② 同上书,第 246 页。

整体化过程初步完成于 18 世纪:"地球在太阳系中的位置以及它同太阳系其他行星的关系确定下来了,地球的面积、海洋和陆地、地球上的国家、交通等也确定下来了。"①因此可以说,歌德是站在启蒙时代的背景上反映出这个整体化的世界,并预知了未来世界的全球化进程。因而其小说背后屹立着世界历史的现实整体性,这种整体性给人给鲜活的充实感。这构成了歌德小说独特且贴近现实的"整体性时空体"。

这种整体性时空体是在歌德小说中的具体艺术形象上体现出来的。巴赫金以歌德的童话《新帕里斯》为例,小说中描写了一段"坏墙",这个地方是真实存在的。进而现实时空与童话时空相互混合,童话情节融进现实整体之中。这使得歌德的读者们都去围观"坏墙",从而形成了"处所崇拜"。它表明了艺术形象与实际现实的关系发生了变化,艺术形象要以一定的时间和空间来呈现,特别是要呈现在具体而明显可见的空间之中。可以看出,歌德时空体的特征在于时间和空间融合为一个不可分割的整体,其小说的情节和人物不是凭空硬加上去的,而是原本就在现实时空之中的。歌德将地点与历史、时间与空间相结合,进而使其作品中的艺术形象变得丰满、充实。因此,巴赫金对歌德的创作特色进行了总结:"歌德的世界,是生根发芽的种子,是彻底现实的、确实可见的种子,同时又是充满了不断发展的真实的未来的种子。"②这一评价高度概括了歌德小说时空体所具有的时空整体感和创新性特征。

综上所述,在解读了巴赫金关于古希腊传奇教喻小说、拉伯雷小说和歌德小说的研究过程之后,就可以对以上研究过程中时空体理论所表现出的共同点进行归纳和总结,从而整理出时空体理论的一般研究路径。该研究路径如下:

1. 通过小说情节、人物、艺术表现形式等角度研究小说符号文本的

---

① 巴赫金:《巴赫金全集》(第三卷),白春仁、晓河译,河北:河北教育出版社 2009 年版,第 255 页。

② 同上书,第 262 页。

时间建构,把握其时间建构的特征;

2. 研究时间建构在空间中的呈现方式,进而分析小说符号文本的空间建构,把握其空间建构的特征;

3. 总结出小说的时空体建构,并研究该时空体建构是怎样表现在小说中的某个艺术形象之中的,进而通过这个形象探讨小说的艺术风格和创作理念,最终把握作品时空体的特征。

4. 在把握小说的时间、空间和时空体建构特征的基础上,分析这些特征可以为作品带来怎样的意义衍生机制。

在此基础上,本书将时空体的研究路径总结为"时间→空间→时空体"。可以说,巴赫金的时空体理论不仅具有小说符号文本的研究意义,同时也具有文化研究的意义,这一特点非常符合"文化符号学"的理念,因而其具备强大的理论潜力。

第三节　时空体理论与村上春树小说的内在契合性

巴赫金时空体理论具有强大的理论潜力,但并非所有文学文本都适合采用该理论进行研究。要想使用时空体理论就需要作品中存在时间的空间化和空间时间化,并且在小说中存在具体的时空整体,而村上春树的小说在形式上满足以上条件,其原因如下:

首先,村上春树的作品符合时空体理论所要求的时间建构的空间化条件。村上春树的作品非常注重文体的节奏或韵律,他曾经较为直白地阐述过自己所追求的目标:"想用更为简约(simple)的语言传达那种文体的色泽、节奏、流势等等……我想用节奏好的文体创作抵达人的心灵的作品,这是我的志向。"[①]换言之,他想将小说情节的流动等时间因素转变为如同音乐节奏或流势的空间因素,让读者能够直观地"看到"时间,进

———————

① 参见《每日新闻》,东京:每日新闻社,2008 年 5 月 7 日。

而使小说文本直抵读者心灵。卢小合指出："让观众看出时间来，时间的流动性来……谁在这方面作了探索，谁就有了新的发明和创造。"①村上春树使小说的符号文本呈现出音乐般的韵律感，以此来展现小说时间因素的空间流动性，体现了时间的空间化特征。

其次，村上春树的作品符合时空体理论所要求的小说空间因素的时间化条件。村上春树曾描述过自己小说创作的基本意图："人人都是孤独的。但不能因为孤独而切断同众人的联系，彻底把自己孤立起来，而应该深深挖洞。只要一个劲儿往下深挖，就会在某处同别人连在一起。"②可以说，自其处女作《且听风吟》发表以来，几十年间村上春树一直在"挖洞"，这种"挖洞"就体现在他对于历史问题的挖掘上。林少华指出："（村上春树）笔锋直指日本黑暗的历史部位和'新兴宗教'这一现代社会病巢，表现出追索孤独的个体同强大的体制之间的关联性的勇气。"③在艺术形式上，村上春树小说明显体现出空间的时间化特征，具体表现为小说中的某一空间艺术形象往往与某些阴暗的历史事件联系在一起。例如：《奇鸟行状录》中的"井"与诺门罕战役，《刺杀骑士团长》中的"画"与南京大屠杀等。

此外，有一些重要证据可以证明村上春树与巴赫金有关联。村上春树最为崇敬的作家就是陀思妥耶夫斯基④，2008 年他在西班牙接受访谈时曾说："陀思妥耶夫斯基是我的偶像和理想。他在接近 60 岁时写出了《卡拉马佐夫兄弟》这样的最高杰作。我也想成为这样的作家。"⑤村上春

---

① 卢小合：《艺术时间诗学与巴赫金的赫罗诺托普理论》，北京：北京大学出版社 2016 年版，第 269 页。

② 林少华：《为了灵魂的自由——村上春树的文学世界》，香港：天地图书有限公司 2014 年版，第 360 页。

③ 林少华：《村上春树的文体之美——读〈没有色彩的多崎作和他的巡礼之年〉》，载《艺术评论》2014 年 6 月，第 113 页。

④ 陀思妥耶夫斯基(1821—1881)，俄国著名作家，代表作有《罪与罚》《卡拉马佐夫兄弟》《白痴》等。

⑤ 村上春树：『夢を見るに每朝僕は目に覚めるのです——村上春樹インタビュー集 1997—2009』、東京：文藝春秋、2010、p. 442.

树在自己的作品中多次提及陀思妥耶夫斯基,例如《且听风吟》中的人物
"鼠":"以《卡拉马佐夫兄弟》为基础写了滑稽乐队的故事"①等。2009年
村上春树在一次访谈中提到,自己的《1Q84》时希望自己的作品能成为像
陀思妥耶夫斯基那样的"综合小说"②,从中也可以看出村上春树对于陀
思妥耶夫斯基的崇敬。众所周知,巴赫金的《陀思妥耶夫斯基诗学问题》
是陀思妥耶夫斯基文学研究领域中的经典之作,在该书中正是巴赫金首
次将陀思妥耶夫斯基的作品称为"复调小说"(综合小说)。而作为陀思
妥耶夫斯基文学爱好者的村上春树极有可能阅读过巴赫金的作品,因此
才会将"综合小说"作为自己的创作最高目标。由此可见,村上春树与巴
赫金之间确实存在着实际意义上的关联。

更为重要的是,我们将对时空体理论的研究视角进行分析。通过溯
源巴赫金早期的理论著作,把握其时空体理论形成过程的核心关照:主
观与客观、自我与他人、时间与空间。而这三个阶段刚好与村上春树的
三部作品即《且听风吟》《奇鸟行状录》《没有色彩的多崎作》的内容具有
内在的契合关系。在把握该联系的基础上,就可以阐明使用时空体理论
研究村上春树小说的合理性。

一、时空体理论的萌芽与《且听风吟》

主观与客观的二元对立是巴赫金早期研究中重点关注的问题,而解
决该二元对立的方法就源自他对时间和空间问题的探讨。因此巴赫金
对主观与客观问题的思考造就了时空体概念的萌芽。

主观与客观是在巴赫金早期著作中出现的一对重要概念。他在其
最早创作的哲学著作《论行为哲学》(1920—1924)中指出:"现代危机从
根本上说就是现代行为的危机。行为动机与行为产品之间形成了一条

---

① 村上春树:《且听风吟》,林少华译,上海:上海译文出版社2001年版,第141页。
② 这里的"综合小说"也可以翻译成"复调小说"。参见王新新《〈1Q84〉中的非现代因素——兼
及村上春树的"新的现实主义"》,《东方丛刊》2010年第2期,第69页。

鸿沟。"①这里的行为动机就是指人的主观动机,而行为产品就是行为的客观结果。巴赫金认为人的主观动机和客观结果之间形成了一条鸿沟,主要原因就在于现实中存在着两个相互隔绝的世界即:"文化的世界和生活的世界……一个是我们的生活行为得以客观化的世界,另一个则是这种行为独一无二的实际进行和完成的世界。"②换言之,文化的世界就是指人对于现实生活的主观认识,而生活的世界就是指客观现实世界。两者之间之所以会产生偏差,主要是因为人对于客观现实形成了主观的刻板认识,而这一认识往往不符合客观现实。

为了将主观与客观的二元对立统一起来,巴赫金着重讨论了时间与空间的问题。在《论行为哲学》中他指出:"而我从自己唯一位置上实际参与时空,就仿佛给时空的无尽而必须得现实性,给时空的负载价值的唯一性,充实了丰满的血肉。"③按照巴赫金的解释,这里的"我"不是指一般意义上的自我,而是"对自己行为负责的唯一自我",即"只有从实际的行为出发,从唯一的完整地承担统一责任的行为出发,才能够达到统一又唯一的存在"④。而这负责任的自我在现实生活中行动时,由于他能够对自己的行为负责,因此可以将自己的主观动机和客观结果统一起来,从而达到主观和客观的统一。

在此基础上,巴赫金探讨了时间与空间的关系问题。见附阳介指出:"行为哲学是将唯一的现实存在(实存)视为研究对象,在批判和克服要求普遍性的学问基础上展开的。"⑤可以看出,巴赫金用"对自己行为负责的唯一自我"的概念将时间与空间统一起来,进而不再关注抽象的彼岸世界,而是更加关注现实中具体的人。此外,巴赫金还指出:"现在我

---

① 巴赫金:《巴赫金全集》(第一卷),晓河、贾泽林等译,河北教育出版社 2009 年版,第 55 页。
② 同上书,第 4 页。
③ 同上书,第 60 页。
④ 同上书,第 29 页。
⑤ 見附陽介:「M・M・バフチンとS・キルケゴール—対話と実存について」、ロシア語ロシア文学研究、2010(42)、p. 42.

所身处的这唯一之点,是任何他人在唯一存在中的唯一时间和唯一空间里所没有置身过的。"①换言之,周围时空是被个体的行为所影响而处于变化之中的,它是该个体独有的唯一时空。因此,个体必须对自己当下行为所影响着的周围时空负责,在这一具体的周围时空中时间与空间获得了统一,进而主观与客观的二元对立就得到了统一。

如上所述,巴赫金早期学说着重批判了将主体与客体视为二元对立的人物形象,而这一形象恰好在村上春树的处女作《且听风吟》中有所体现。林少华在分析《且听风吟》时指出:"距离感或疏离感,连同虚无感、孤独感、幽默感,构成了村上作品的基本情调。"②《且听风吟》中无处不体现出距离感和疏离感,这代表着小说主人公作为一个主体与客观世界的二元对立。而在论述主观与客观的对立统一过程中,巴赫金主要采用了"外位性"概念。巴赫金最早关于外位性的论述如下:"脱离开审美观照的构建的世界整体一切因素而处于其外位;这样才第一次有可能用统一的确认价值的能动性来包容整个建构。"③也就是说,外位性是一种客观的外在视角。这种与客观世界保持距离的态度与《且听风吟》中的距离感十分相似,它一方面体现出村上春树对于客观世界的疏远以及对精神自由的追求,另一方面也体现出代表精神自由的主体与代表现实世界的客体之间的二元对立。

另一方面,《且听风吟》不光体现了主观与客观的二元对立,而且还展现了两者的融合统一。该作品除了描写主人公与现实世界保持距离感之外,又描写了主人公现实生活中的物质享受,比如主人公喜爱吃美食、饮美酒、听唱片等。这体现出小说主人公虽然渴望脱离现实世界追求精神自由,但又无法摆脱当代消费主义生活的束缚。主人公一方面想要脱离现实世界追求精神自由,另一方面又推崇现实世界中的物质享

---

① 巴赫金:《巴赫金全集》(第一卷),晓河、贾泽林等译,河北教育出版社 2009 年版,第 40 页。
② 村上春树:《且听风吟》,林少华译,上海:上海译文出版社 2007 年版,第 13 页。
③ 巴赫金:《巴赫金全集》(第一卷),晓河、贾泽林等译,河北教育出版社 2009 年版,第 66 页。

受,这一内在矛盾所形成的张力推动小说中的主体与客体的二元对立向着下一阶段发展,即从主体与客体的二元对立向自我与他人之间的关系性角度演变,这一点与巴赫金的理论进展也是一致的。

二、时空体理论的发展与《奇鸟行状录》

如果说巴赫金对主观与客观关系的研究造就了"时空体"概念的萌芽,那么巴赫金对自我与他人关系的分析进一步充实了时空体的相关理论。自我与他人在时间与空间的统一中获得各自的完整性,两者统一在某个具体整体之中,这一范式为"时空体"概念的成熟奠定了基础。

与主客观对立一样,自我与他人的对立在巴赫金早期研究中也占据了重要的位置。他指出:"尽管我们向主人公内部移情,但从他自身内部来说原则上不可能形成统一的整体……作者意识用来涵盖和完成主人公意识的诸因素,原则上是外位于主人公本身的。"[1]也就是说,小说的主人公不能自己形成完整的整体,必须由作者帮助其获得统一性。佐川祥予认为巴赫金所论述的作者与主人公的关系也可以看作自我与他人关系的隐喻,因为人是"通过创作故事的行为构成自我和现实的"[2]。换言之,人的自我意识具有和小说类似的故事性,而创作这个故事的人并非只有自我,还需要他人的帮助。野中进指出:"自我看不到自己的出生和死亡。换言之,自我不能把握自己空间和时间的全体。"[3]这充分说明了自我要想获得完整性,还需要借助他人视角的帮助。

不仅自我需要借助他人才能获得完整性,他人也需要借助自我才能获得完整性。巴赫金指出:"不管我所观察的这个他人取什么姿势,离我多么近,我总能看到并了解到某种他从在我之外而与我相对的位置上所

---

① 巴赫金:《巴赫金全集》(第一卷),晓河、贾泽林等译,河北教育出版社 2009 年版,第 108 页。
② 佐川祥予:「語りと自己:バフチンにおける自他とクロノトポス」,大阪大学国際教育交流センター研究論集,2019(3),p. 1.
③ 野中進:「バフチンは謎めいた思想家だったか」,埼玉大学紀要(教養学部),2011(1),p. 140.

看不见的东西……他身后的世界。"①也就是说,他人在空间上是不完整的,当自我和他人面对面交流时,他人看不见自己身后的世界,而自我可以看见,这样自我的视角就可以作为他人空间上的补充。进而"我所看到的、了解到的、掌握到的,总有一部分是超过任何他人的,这是由我在世界上唯一而不可代替的位置所决定的"②。由此可见,他人也需要借助自我的视角获得完整性。

巴赫金的相关论述表明,自我与他人并非二元对立,而是可以通过时间与空间的统一来达到某种联系的,这也正是《奇鸟行状录》的主题。自我在空间上完整但在时间上不完整,他人在时间上完整但在空间上不完整,两者刚好形成相互补充的结构。《奇鸟行状录》的主人公摆脱了追求精神自由的主观意识,他更加关心客观现实问题并追求自我与他人之间的和谐关系。村上春树通过小说中关于社会历史问题的描写,强调个人不与他人交往,与一切保持距离而独立地在社会中生活是一种不切实际的理想主义。正因为这一点,小说主人公才努力寻找自己失踪的妻子,实际上他不仅是要找回妻子,也是要找回自我与他人之间的内在联系。小说的主题旨在表明:自我的主观认知是不够完善的,他人也一样,所以需要通过人与人之间主体间性的相互联系来达到一种较为全面的自我认知。而这一主题与巴赫金所分析的自我与他者之间需要通过对方的视角才能获得完整认识的说法是相当契合的。

此外,在《奇鸟行状录》中也展现了主人公的内在矛盾,即过于注重主观感性层面上人与人之间的关系,而忽略了主观个人与客观社会的关系。实际上个人与社会之间也是一种自我与他者的主体间性关系,内在个人是有意识的主体性,外在现实社会是无意识的主体性。小说主人公一方面追求自我与他人之间的和谐统一,另一方面又反对个人与社会之

---

① 巴赫金:《巴赫金全集》(第一卷),晓河、贾泽林等译,河北教育出版社 2009 年版,第 119 页。
② 同上。

间的和谐统一,这也是一种内在矛盾。在这一矛盾张力的推动下自我与他人的二元关系向着下一阶段发展,即从自我与他人的主体间关系向着有意识的个人主体和无意识的社会主体之间的关系性角度发展,而这也正是巴赫金时空体概念成熟时期的理论架构。

三、时空体理论的成熟与《没有色彩的多崎作》

在研究自我与他人关系的过程中,巴赫金意识到历史问题的重要性,从而开始关注欧洲社会史和文学史的时空建构,这使得"时空体"概念走向成熟。而这一成熟的"时空体"概念又与《没有色彩的多崎作》的主题思想有着很深刻的联系。

时间与空间的统一是建立在时间不完整性和空间不完整性基础之上的。巴赫金指出:"在文学中的艺术时空体里,空间和时间标志融合在一个被认识了的具体的整体中。"①然而,当我们实际研究文学作品时,很难在作品中找到现成地融合了时间和空间的具体整体。因此巴赫金认为:"时间在这里浓缩、凝聚,变成艺术上可见的东西;空间则趋向于紧张,被卷入时间、情节、历史的运动之中。时间的标志要展现在空间里,而空间则要通过时间来理解和衡量。"②也就是说,作品的时间建构需要有空间中的某个可以看见的具体事物来表达,而空间建构则需要通过时间来表达,即通过对空间背后的社会历史、时代背景来呈现。方国武指出:"传统的文学理论者总是一味地寻找小说中线性的历史时间,而忽略空间的共存与时间的有机统一……巴赫金特别强调了时空的有机融合,即历时的一切事物共存在同一空间中。"③很显然,时空体理论的主要特征就在于时间和空间的和谐统一。

---

① 巴赫金:《巴赫金全集》(第三卷),白春仁、晓河译,河北教育出版社 2009 年版,第 267 页。
② 同上书,第 270 页。
③ 方国武:《试析巴赫金小说时空体理论的诗学特征》,载《安徽农业大学学报》2006 年第 2 期,第 108 页。

巴赫金在分析文学作品时将时间空间化,同时将空间时间化,这才使他的"时空体"概念得以走向成熟。正如郡伸哉指出:"时空体理论研究人与世界的关系,其理念的极限是两者的融合。"①因此,时间与空间的统一实际上也代表着人与世界关系的高级阶段,即人与世界的融合。这一点在《没有色彩的多崎》中也有所体现。具体表现为小说主人公多崎作回归现实,他不再拘泥于个人主观的感性直觉,而是回归现实世界并与他人对话,通过对话回溯自身历史,从历史中获得前进动力。可以看出,该作品与巴赫金"时空体"概念发展的第三阶段具有内在契合性,即主观的个人与客观的现实世界在历史发展的过程中逐渐走向融合与统一。

《没有色彩的多崎作》体现了一种人与世界的融合关系。小说主人公在回顾自身过去的巡礼之旅中逐渐意识到,个人的成长过程具有一种从感性到理性的基本结构,而这一结构与人类社会历史的发展过程是相似的。个人在回忆自身历史的反思过程中,他所反思的不仅是自身的成长结构,实际上也是人类历史的成长结构。就如一位科学家在发现某个自然规律时,他所发现的不仅是客观自然本身的规律,同时也是他主观意识本身的规律,是他自身的认知结构规律。这就是为什么人与世界能够达到共同成长,人对于自身的反思其实就是客观的世界精神对于自身的反思。因此作为主体的个人与作为客体的世界之间不是主客对立的二元关系,而是主客统一的融合关系。

人与世界相融合的精神并非只有巴赫金和村上春树在努力追求,它是古往今来的哲人们所共同追求的目标。例如,古印度教在探讨人与世界关系时有一句著名谚语"那就是你"(Tat twam asi),孔子也说过"从心所欲而不逾矩",基督教使徒圣保罗曾说"现在活着的,不再是我,乃是基督在我里面活着"(《加拉太书》2:20)。日本哲学家西田几多郎②指出:

① 郡伸哉:「バフチンの「時空」概念の根底」、ロシア語ロシア文学研究；1993.10、p.134.
② 西田几多郎(1870—1945),日本近代哲学史上最有代表性的哲学家,京都学派创始人。

"只有达到主客相没、物我相忘、天地间只有一个实在的活动时才能达到善行的顶峰……这是天地同根，万物一体。"①俄国哲学家布尔加科夫②也认为主体、客体和存在是"三位一体"的，不可分割的。③ 可以看出，巴赫金和村上春树都追求人与世界相融合的境界，这并不是巧合，而是一种超越人类文明、文化、历史隔阂的全人类共通的美好愿望。

从这一角度来看，当个人在面对生活中的矛盾时，不仅是他个人在面对着矛盾，也是世界精神在面对着矛盾，是个人作为世界精神的代表在应对矛盾。当他成功化解矛盾而获得成长时，世界精神也同时获得了成长。无意识的世界精神通过有意识的个人获得了成长，而个人在现实社会中通过不断地解决自身矛盾，进而达到对于世界精神的最高认识，即内在个人精神与外在世界精神的统一。因而巴赫金时空体理论的最终目标是个人与世界的融合，即无意识的世界精神借助有意识的个人精神获得成长，从而达到人与世界共同成长的和谐统一状态。村上春树的作品则在文学层面提供了该融合过程的三个发展阶段，从《且听风吟》中的主体与客体的二元对立，到《奇鸟行状录》中自我与他人的互补关系，最后在《没有色彩的多崎作》中呈现出个人精神的高级阶段，即扬弃时间与空间的二元对立从而达到个人精神与世界精神的共同成长。

综上所述，可以发现巴赫金和村上春树虽然生在不同国家、处于不同时代，但两者在精神层面上有诸多契合之处。他们最大的共同点就在于追求人与世界和谐统一的精神境界。在研读巴赫金时空体的相关文献与村上春树小说时，笔者发现村上春树三部具有代表性的作品即《且听风吟》《奇鸟行状录》和《没有色彩的多崎作》所体现的艺术表现形式恰好可以对应于上文所分析的巴赫金时空体理论发展的三个阶段。可以

---

① 西田几多郎：《善的研究》，何倩译，北京：商务印书馆 1965 年版，第 117 页。
② 布尔加科夫（1871—1944），俄罗斯哲学家、经济学家和东正教神学家。
③ 张杰：《走向真理的探索：白银时代俄罗斯宗教文化批评理论研究》，北京：北京大学出版社 2012 年版，第 153 页。

说村上春树的小说艺术与巴赫金的时空体理论具有内在意蕴上的高度契合,两者都追求人与世界相统一的精神境界,而且他们都通过三个相似的阶段去实现这一境界,最终也都达到了人与世界的和谐统一,只不过巴赫金是在理论层面上达到的,而村上春树是在小说艺术层面上达到的。正因为这一内在精神层次上的高度契合性,所以时空体理论适用于阐发村上春树小说的时空建构的本质属性。

第三章　村上春树小说时间的空间化建构

上一章追溯了时空体理论的由来及其概念要旨,并明确了时空体理论的研究路径。虽然时空体理论强调时间与空间的不可分割性,但巴赫金指出:"抽象思维当然可以把时间和空间分离开来加以思索,可以超脱它们包含的感情和价值因素。"[①]也就是说,研究者们为了超越主观的感情与价值因素,从纯粹客观的学术视角分析文学作品时,是可以有侧重点地将时间的空间化建构与空间的时间化建构分开加以思考的。因此,本章依据时空体理论的研究路径,先探讨村上春树作品时间的空间化建构。

第一节　传奇时间的非线性逻辑

与很多作家的处女作一样,《且听风吟》的诞生充满曲折性和偶然性。1971 年,村上春树在读大学期间休学并创业开办酒吧。之后由于生活所迫,村上与其妻高桥阳子不得不辛苦工作并四处举债。经过多年奋

[①] 巴赫金:《巴赫金全集》(第三卷),白春仁、晓河译,河北:河北教育出版社 2009 年版,第 436—437 页。

斗,村上春树总算偿还贷款,酒吧的生意也步上正轨,但回过头来发现自己的青春就在日夜操劳中悄然逝去。1978 年,或许是为了纪念青春的落幕,村上春树萌生了写小说的念头,其第一部作品《且听风吟》才得以诞生。

《且听风吟》的主线情节如下:主人公"我"是一名 21 岁的大学生。他暑假期间回到家乡,整日在中国人"杰"开的酒吧里与好友"鼠"一起喝酒聊天。某天"我"在酒吧洗手间遇到一位因醉酒不省人事的"没有小手指女孩","我"将其送回家,之后两人关系逐渐升温。暑假结束后"我"返回学校,之后再也没有女孩的消息。

虽然《且听风吟》的主线情节比较简单,但小说划分出 40 个章节,其中穿插大量与主线无关的支线情节。比如主人公"我"的回忆、虚构的广播节目、科幻故事等。这些支线情节任意穿插在主线情节之中,进而导致主线情节被打乱,整部小说的情节结构也显得比较杂乱。之所以出现这样的情况,是因为《且听风吟》并不是在正常状态下写成的小说。千叶俊二认为:《且听风吟》"不是事先组织好故事,而是集中注意力像是'自动笔记'一样写成的。"[1]村上春树也回忆道:"除了天亮前那几个小时,我几乎没有可以自由支配的时间。"[2]也就是说,村上春树当时还在经营酒吧,每天只有凌晨的几个小时可以自由支配,所以他几乎没有时间组织情节,只能想到什么就写什么,这才导致小说情节结构的碎片化。

由于碎片化的情节结构,小说的时间建构产生出与众不同的特征。巴赫金在分析古希腊传奇教喻小说时指出:"情节展开的出发点,是男女主人公的初遇和相互爱恋之情的突然爆发。情节的终结点,是圆满地成婚。在这两点之间,展开了小说的全部情节。"[3]按照该论述可以总结出

---

[1] 千葉俊二:物語の自己組織化——村上春樹『風の歌を聴け』、『アジア・文化・歴史』、東京:アジア文化歴史研究会、2016—04、p. 14.

[2] 村上春树:《我的职业是小说家》,施小炜译,海南:南海出版公司 2017 年版,第 30 页。

[3] 巴赫金:《巴赫金全集》(第三卷),白春仁、晓河译,河北:河北教育出版社 2009 年版,第 274 页。

《且听风吟》文本的情节公式：首先主人公与"没有小手指女孩"偶然相遇，接着两人开始交往并且关系逐步升温，最后女孩突然消失导致他们分离。亦可将该作品的情节公式概括为：相遇→交往→分离，整部小说的主线故事就是在相遇和分离两点之间展开的。而在这两点之间，小说时间的排列顺序是混乱的。例如：第三章描写"我"和"鼠"在酒吧里喝酒，第四章突然跳回三年前"鼠"开车撞破动物园围墙的场景。第六章描述"鼠"自己写了一部小说，第七章突然跳到十几年前回忆"我"小时候看心理医生的场面，第八章又跳回当下时空。这些情节上的跳跃使小说的时间建构变得相当复杂，那么小说的时间建构具有哪些特征呢？

基于小说的文本结构，可以发现《且听风吟》的时间建构具备非线性的特征。在上述情节公式的相遇和分离两点之间，过去、现在和未来不是按照顺序依次展开，而是来回穿越。小说人物刚刚还在当下，突然就跳回过去，或突然跳往未来。小说第三十二章描写了一位虚构作家哈特菲尔德的代表作——《火星的井》，该作品讲述一位青年人在火星钻入一口神秘的井，他在井中只停留两小时左右，而外面的世界已经过去十五亿年。小说写道："我们是在时间之中彷徨，从宇宙诞生直到死亡的时间里。所以我们无所谓生也无所谓死，只是风。"[①]在日文原版中这段话是："つまり我々は時の間を彷徨っているわけさ……"[②]日语中的"彷徨"一词与中文的意思相同，指犹豫不决、不知往哪个方向去。之所以小说人物会在时间中彷徨，是因为小说中的时间建构不是按照线性的时间顺序发展的，其时间顺序是混乱的，所以小说人物找不到具体方向。

这种非线性发展的时间建构也影响了小说人物的性格和行为特征。张昕宇指出："《且听风吟》中的主要人物无一例外都有健忘的毛病：'我'记不起和初恋女孩分手的理由，也几乎忘记了给我点歌的女孩子的名

---

① 村上春树：《且听风吟》，林少华译，上海：上海译文出版，2007年版，第115页。
② 村上春樹『村上春樹全作品1979—1989』(1)、東京：講談社、2014、p.97.

字……"①类似的健忘在小说中比比皆是,"没有小手指的女孩"甚至忘了让自己堕胎的男人的长相。此外,小说中的主要人物似乎都笼罩在某种空虚、彷徨或忧伤的情绪之中,主人公也对自己的生活没有实感:"我总是有一种感觉,就好像给人把别的灵魂硬是塞进别的躯体似的。"②也就是说,主人公的自我意识仿佛产生了支离破碎的倾向。冈野进认为:"在变化过于强烈和急速的情况下,为了克服和适应变化,或者为了抵抗变化而丧失记忆,这都会带来很多痛苦。"③从历史背景角度看,《且听风吟》的创作背景是 20 世纪 70 至 80 年代的日本,该时期是日本经济高速发展的时代,都市空间的高速变化带来了时间体验上的加速。这种加速对于个人来说往往是难以接受的,个人感知到的时空于是会出现支离破碎的倾向。村上春树将这种时空体验写成小说,从而造就了《且听风吟》时间建构的非线性特征。

除了非线性,小说的时间建构还呈现出超现实的特征。在小说第二章中交代了主线故事的发生时间:"故事从一九七零年八月八日开始,结束于十八天后,即同年的八月二十六日。"④实际上整个第二章只有这一句话。村上春树将这句话单独拿出来划为一章恐怕是有特殊用意的。加藤典洋在考证《且听风吟》的时间时,发现小说中的时间实际上不止 18 天,而是超过了几天。⑤ 但在故事的最后又特意交代了主人公"我"返回东京学校的日期是 8 月 26 日。这说明故事发生的时间间隔确实是 18 天,于是这多出的几天就成了神秘的超时间空白。

小说第十八章描写"没有小手指的女孩"打电话给"我",并说在杰氏

① 张昕宇:岁月的歌谣:《〈且听风吟〉的时间主题研究》,载《解放军外国语学院学报》2006 年 1 月,第 99 页。
② 村上春树:《且听风吟》,林少华译,上海:上海译文出版社 2007 年版,第 25 页。
③ 冈野进:Murakami Haruki Reloaded——イロニーの勝利・『風の歌を聴け』を読む、言語文化論究(25) 2010、p. 36.
④ 村上春树:《且听风吟》,林少华译,上海:上海译文出版社 2007 年版,第 7 页。
⑤ 加藤典洋:『村上春樹イエローページ 1』、東京:幻冬社、2006、pp. 17—63.

酒吧碰见了"鼠","鼠"说"我"已经消失了一个礼拜。根据加藤典洋的考证:女孩打电话的日期应该是 8 月 19 日,而一个礼拜前是 8 月 12 日。小说中并没有交代从 8 月 12 日到 8 月 19 日间到底发生了什么,因此这一段时间就成了空白。加藤典洋认为女孩去杰氏酒吧并打电话给"我"的日期不是 8 月 19 日,而是 8 月 12 日。张敏生也认为:"8 月 12 日至 8 月 18 日之间的日期都可以浓缩进 8 月 12 日这一天之中,原本从 8 月 19 日才开始发生的其他主要事件则可以依次提前,变成从 8 月 13 日开始算起。"①如果按此时间线推算,那么小说主线故事发生的时间就刚好是 18 天。因此在小说中隐藏着一次时空穿越,即主人公"我"从 8 月 19 日穿越回 8 月 12 日,于是虽然"我"总共经历了 25 天,但现实中的时间只过去 18 天。只有这样解释,第二章中"故事从一九七零年八月八日开始,结束于十八天后"的说法才能够成立。

如果上述假说成立,那么很显然小说的一部分时间不是现实时间,而是超现实时间。一些学者认为小说中的重要人物"鼠"其实是主人公的分身,比如林正指出:"需要注意的是,这里的'鼠'其实是'我'的分身,也就是'我'的自我的一部分。"②山根由美慧也认为:"这里的'我'和'鼠'是同一个人物。"③小说中有多处情节暗示"鼠"就是主人公,比如每当他独处时"鼠"就会出现,而当主人公和别人相处时"鼠"就会因为各种巧合而消失。"鼠"和主人公既是两个不同的人又是一体的,这在现实中是不可能出现的,因此只能解释为:主人公和"鼠"是同一个人,但处于不同的时空之中。主人公处在现实时间之中,而"鼠"位于超现实的时间之中。加藤典洋也认为:"小说中鼠这一人物其实已经死亡,小说讲述的是'我'来往于没有小指头的女孩所生活的现实世界和鼠所在的'异界(幽灵世

---

① 张敏生:《时空匣子——村上春树小说时空艺术研究》,上海外国语大学博士论文,2011 年,第 82—83 页。
② 林正:村上春树論:コミニケション行為をめぐって、専修大学、博士論文(文学)、p. 24.
③ 山根由美惠:村上春樹『風の歌を聴け』論——物語の構成と〈影〉の存在、国文学攷(通号 163)、1999—09. p. 24.

界）'之间，是围绕着这两个世界展开的'一个夏天的物语'。"①

因此，当主人公进入异界变成"鼠"时，其所经历的时间也必然是超现实的。主人公在超现实时间中待了一周，所以现实时间虽然只过去18天，但他实际上经历了25天。小说中的非线性时间也可以用该理论来解释，即现实时间虽是线性的，但主人公不断地在现实世界和异界中来回穿梭，因此现实时间的顺序就被打乱。这使得小说的时间建构呈现出非线性、碎片化的超现实性。

基于非线性、碎片化的超现实时间，可以看出《且听风吟》中的时间建构是一种"超时间空白"。巴赫金在分析古希腊小说的时间建构时认为这种时间本质上是某种间隔、停顿或空白："它们不改变主人公生活里的任何东西，不给主人公生活增添任何东西。这也正是位于传奇时间两点之间的超时间空白。"②《且听风吟》的时间建构也具有类似性质。主人公"我"在经历与"没有小手指女孩"的相遇、交往与分离之后，其性格和心理状态没有任何改变。女孩杳无音讯，但主人公的生活没有变化。因此，在小说最后写道："一切都将一去杳然，任何人都无法将其捕获。我们便是这样活着。"③主人公虽然经历了一场夏日奇遇，却没有变得更加成熟，也没有获得成长。

之所以小说主人公没有改变，是因为他并不处于同一时间之中。在小说的开头注明了故事开始于1970年8月8日，结束于8月26日，但小说最后的落笔日期是1979年5月。张昕宇指出："叙述主体'我'讲述了自己在21岁和29岁两个时间段里的生活状态……同时在小说的叙述结构中又浑然一体，后者以一种回望的视角将前者包含其中。"④换言之，

① 转引自张敏生《时空匣子——村上春树小说时空艺术研究》，上海外国语大学博士论文，2011年，第81页。
② 巴赫金：《巴赫金全集》（第三卷），白春仁、晓河译，河北：河北教育出版社2009年版，第274页。
③ 村上春树：《且听风吟》，林少华译，上海：上海译文出版社2007年版，第139页。
④ 张昕宇：《岁月的歌谣：〈且听风吟〉的时间主题研究》，载《解放军外国语学院学报》2006年第1期，第96页。

《且听风吟》其实是一部1979年的主人公回望1970年之主人公的回忆小说。但小说从头至尾都没有采用回忆录的手法来写,现在的"我"和过去的"我"虽处于不同时间,但完全融为一体。之所以过去的"我"和9年后的"我"能融为一体,原因在于主人公虽然经过九年时间,但并没有改变和成长。小说第三十九章描写九年后主人公的生活状态:"我"仍然去杰氏酒吧喝啤酒、嚼马铃薯片,"鼠"仍然每年寄来他写的小说。一切如故,与九年前并无区别。因此正如巴赫金所指出的:"介乎传记时间两点之间的,是纯粹的空白;它在主人公的生活和他们的性格中,不会留下任何痕迹。"①《且听风吟》的"超时间的空白"也没有给主人公带来任何改变或成长。所以从小说体裁角度看,《且听风吟》不是一部成长小说,而是比较接近于古希腊的传奇小说。

通过以上分析,可以发现《且听风吟》的时间建构与巴赫金所论述的"传奇时间"具备相似的性质。所谓"传奇时间"是巴赫金在研究古希腊小说的时间建构时所提出的说法,"传奇时间"本质上是一种"超时间的空白"。此外,巴赫金指出:"希腊小说的传奇时间不具有任何自然界中和日常生活中的周期性。"②换言之,传奇时间是一种超现实的时间。巴赫金还指出,传奇时间"是由一系列短暂的与各次奇遇相对应的时光组合而成的……时间是用外在方法组织起来的"③。也就是说,古希腊小说中的传奇时间是非线性的。由此可见,巴赫金所论述的"传奇时间"具有非线性、超现实和超时间空白的特征,而这与《且听风吟》的时间相一致,因此可以借用巴赫金"传奇时间"的说法来概括《且听风吟》的时间建构。

在"传奇时间"的影响下小说情节的发展结构呈现出"非线性逻辑"的特征。如果分析《且听风吟》的情节就会发现,推进该作品情节发展或转折的不是线性时间的正常逻辑,而是非线性的偶然。主人公与"鼠"的

---

① 巴赫金:《巴赫金全集》(第三卷),白春仁、晓河译,河北:河北教育出版社2009年版,第275页。
② 同上书,第276页。
③ 同上。

相遇是偶然,他与"没有小手指的女孩"的邂逅也完全凭借偶然性。比如小说第八章写道:某天早上主人公醒来,突然发现枕边躺着"没有小手指的女孩",这是他与"没有小手指的女孩"第一次见面的场景。两人最后的分离也是依靠偶然性,"没有小手指的女孩"突然消失了,小说则没有交代其消失的具体原因。可以看出,该作品主线情节的推进充满了偶然性,之所以出现这样的情况,是因为小说的时间建构脱离了过去、现在、未来的发展顺序。这使得小说情节的发展不能依赖现实时间的因果规律,而只能依靠超现实的偶然性逻辑,因此可以说小说中充满偶然性的情节发展逻辑源于小说时间的非线性特征。

小说的非线性逻辑还使小说中的时间建构呈现出"时间空间化"的艺术表达效果。卢小合在运用时空体理论分析陀思妥耶夫斯基小说时发现其作品也呈现出"时间空间化"的特征,它具有如下特征:

第一,使时间"现在化"。"就是用记忆和联想把过去和将来联系起来,把一切都变成现在的时刻……'现在化'也就是时间的'空间化'。"[1]

第二,快速控制时间的方法。即"让情节事件出现令人瞠目的变化,'旋风般的运动',让事件在'现在'这个层面上快速出现,产生一种共存的视觉"[2]。

第三,对时间进行分割。"把它切成一段段、一块块,再重新安排,使得时间所呈现出来的不是时间的流程,而是时间的块状。"[3]

《且听风吟》的时间建构同样呈现出上述三种特征。首先,该作品采用了使时间"现在化"的手法,让九年后和九年前的主人公同时共存当下的空间当中。小说用记忆和联想将过去和未来联系起来,进而将一切时间"现在化"。其次,《且听风吟》中情节发展的偶然性与"快速控制时

---

[1] 卢小合:《艺术时间诗学与巴赫金的赫罗诺托普理论》,北京:北京大学出版社2016年版,第250页。
[2] 同上书,第251页。
[3] 同上。

间的方法"也是相似的。小说中的情节总是突然转折。比如"我"刚刚还在与"鼠"喝酒谈天,突然就在自己床上醒来,发现身边躺着"没有小手指的女孩",此外还有主人公第三任女友的突然自杀,"没有小手指的女孩"的突然消失等突发事件。最后,小说中最为明显的时间结构,就是对时间进行分割。小说中的时间被切割为一块块,再重新安排,小说的情节在过去、现在与未来的不同层面上来回跳跃。这使其时间不再是线性流动着的,而是变成了空间中的"时间的块状",进而小说文本最终呈现出"时间空间化"的表达效果。

由此可见,《且听风吟》的"传奇时间"呈现出三个主要特征:非线性、超现实性和超时间空白。而这些时间特征也体现在村上春树第一个创作阶段的其他作品之中。例如:发表于1980年的《1973年的弹子球》,该作品的主线情节是主人公寻找一台弹子球机的过程。中间插入了很多支线情节,比如一对双胞胎女孩突然住进了主人公的家里;主人公去汽车站台看狗;主人公与双胞胎女孩一起为配电盘举行葬礼等。小说的时间建构与《且听风吟》一样也具有非线性和超现实的特征,比如小说开头只用了短短十几页的篇幅描写了从1969年到1973年间的事情,这段描写充满了时空跳跃。主人公刚刚还在1969年的春天与小说人物直子对话,突然就跳跃到1973年5月,接着他又回想起1961年的事情。这一系列时间跳跃显然具有非线性时间的特征。小说中有一句话概括了这种时间建构:"有时候,昨天的事恍若去年的,而去年的事恍若昨天。严重的时候,居然觉得明年的事仿佛昨天的。"[1]从中可以看出,《1973年的弹子球》中的时间也是"传奇时间"。

除了长篇小说,在村上春树第一个创作阶段的短篇小说之中也能找到"传奇时间"的影子。例如:发表于1983年的短篇小说集《去中国的小船》中有一篇名为《纽约煤矿的悲剧》的作品。该作品的开头先描写了一

———————————————

[1] 村上春树:《1973年的弹子球》,林少华译,上海:上海译文出版社2008年版,第27页。

位经常去动物园的怪人,接着情节突然转折并描写了主人公参加一场葬礼的过程以及参加年会时遇到的奇特女子,最后在结尾小说场景又跳转到矿洞,用简洁的笔调刻画了一场矿难。很显然,该作品的情节与《且听风吟》类似,也具有情节事件突然转折的特征,而小说的时间也是在现在、过去与未来之间来回穿越,因此它符合非线性、超现实的"传奇时间"特征。

综上所述,《且听风吟》中的时间是一种"传奇时间",而该时间建构也体现在村上春树第一个创作阶段的其他作品之中,对其创作初期的作品产生了较为明显的影响。在"传奇时间"的作用下,《且听风吟》的情节结构具备了非线性逻辑的特点,具体表现为小说情节发展不依赖因果规律,而是依赖"无巧不成书"的非线性逻辑。而小说情节的非线性逻辑使村上春树小说呈现出与陀思妥耶夫斯基小说类似的"时间空间化"特征。可以说,这种"时间空间化"使小说中的时间建构与空间建构得到融合,为村上春树下一阶段的创作奠定了基础。

第二节 集体时间的中间性特征

与《且听风吟》的短篇幅不同,《奇鸟行状录》是一部鸿篇巨制,学界公认该作品是村上春树最优秀的作品之一,同时也是村上春树创作生涯的转折点。林少华认为:"在这部作品中,村上完全走出寂寞而温馨的心灵花园……由孤独的'小资'或都市隐居者成长为孤高的斗士。"[1]哈佛大学教授杰·鲁宾指出,《奇鸟行状录》"很明显是村上创作的转折点,也许是他创作生涯中最伟大的作品"[2]。明石加代认为:"众所周知,村上春树的《奇鸟行状录》所写的东西发生了很大的变化……已经不会有人评价

---

① 村上春树:《奇鸟行状录》,林少华译,上海:上海译文出版社 2009 年版,第 1 页。
② 杰·鲁宾:《洗耳倾听:村上春树的世界》,南京:南京大学出版社 2012 年版,第 185 页。

这部作品是'轻飘飘'的了。"①村上春树自己也指出:"随后的这个《发条鸟编年史》对我来说真的是一个转折点。"②由此可见,该作品在村上春树的创作生涯中具有重要地位,因而具有较高的研究价值。

《奇鸟行状录》分为三部:第一部《贼喜鹊篇》和第二部《预言鸟篇》发表于1994年,第三部《捕鸟人篇》发表于1995年。《奇鸟行状录》的时空跨度较大,时间上从20世纪30年代的诺门罕战役③跨越至20世纪80年代,空间上从蒙古大草原和西伯利亚荒野跨越至东京的繁华都市。因为该作品时空上的跨度很大,所以情节较为庞杂,出场人物众多。但如果抛开复杂的支线故事,《奇鸟行状录》的主线情节并不复杂,它讲述的是主人公冈田亨的妻子久美子突然失踪,然后被其兄长——具有暴力倾向的右翼政治家绵谷升软禁起来,主人公冈田亨尽一切努力与绵谷升对抗。最后久美子虽然没有回到冈田亨身边,但两人已经达成精神上的互相理解,某种意义上也算破镜重圆。因此该作品的主线情节可以总结为:久美子离家出走并被绵谷升软禁,主人公努力寻找,最后主人公打败绵谷升解救久美子,夫妻二人在精神层面上重逢。亦可将其情节公式概括为:分离→寻找→重逢。

可以看出,《奇鸟行状录》的主线情节就是在分离和重逢这两点之间展开的。而在这两点之间,该作品的情节虽然庞杂,但并不混乱。例如:支线情节中的人物间宫中尉与反派鲍里斯对抗的故事为主线情节中主人公与绵谷升的对抗埋下了伏笔,支线情节中赤坂母子的回忆则丰富了主线情节的故事背景。因此与《且听风吟》中碎片化、非线性的情节很不相同,可以说《奇鸟行状录》的主线与支线情节之间是相辅相成、互相依赖的关系,小说情节的展开与发展也基本上符合逻辑,这种情节结构的

---

① 明石加代:『ねじまき鳥クロニクル』の水脈——レイモンド·カーヴァーと村上春樹、心の危機と臨床の知、2006—07,p. 99.

② 河合隼雄、村上春树:《村上春树去见河合隼雄》,吕千舒译,上海:东方出版中心2011年版,第50页。

③ 诺门罕战役,又称"诺门坎战役""哈拉哈河战役",是第二次世界大战初期日本、苏联在中蒙边境发生的一场战役。战事于1939年在当时的伪满洲与蒙古的边界诺门罕发生。

变化显然与小说时间建构的变化有关。

　　基于《奇鸟行状录》的情节结构,可以发现该作品的时间是介于线性和非线性之间的。仔细分析该作品的情节,可以发现除了主线情节以外,还有两条支线情节:一是小说人物间宫中尉的战争经历,以及他后来被押送至西伯利亚战俘营与反派"剥皮鲍里斯"的对抗过程;二是小说人物赤坂肉豆蔻回忆自己少年时期在伪满洲国的经历,以及其子赤坂肉桂根据自己母亲的回忆写成的《拧发条鸟年代记》(这里的《拧发条鸟年代记》是小说中人物编写的虚构回忆录,由于其日文名与"奇鸟行状录"的日文名相同,都是"ねじまき鳥クロニクル",故将其写作"拧发条鸟年代记"以示区别)。如前文所述,《奇鸟行状录》主线情节的发展过程是按照分离→寻找→重逢的顺序来描写的。而间宫中尉的支线情节是从 1939 年的诺门罕战役开始,到 1945 年日本战败为止。赤坂母子的支线情节是以 1945 年日本战败为开端,依次描写了战败后滞留在伪满洲国的赤坂肉豆蔻回到日本的过程,以及留在伪满洲的赤坂肉豆蔻父亲的经历。由此可见,小说中一条情节主线和两条支线内部的时间发展顺序基本上是线性的。

　　虽然《奇鸟行状录》中三条情节线的内部时间是线性的,但三条情节线之间的外在排列顺序是非线性的。小说中的两条支线情节不是按照顺序依次排列在主线故事之前或之后,而是被打乱后穿插在主线情节之中。于是在主线情节和支线情节之间就形成了一种相互交叉的关系。例如:小说第一部《贼喜鹊篇》的第十章描写了主人公之妻久美子离家出走前的最后一晚,第十一章间宫中尉突然出现,并和主人公聊起自己在诺门罕战役中的经历,这使小说进入间宫中尉的支线情节,然后久美子失踪,故事又回到主线中来。而在小说第三部《捕鸟人篇》的第三十二章,描写主人公冈田亨与绵谷升的手下牛河对峙,接着村上春树笔锋一转写道:"回到家,信箱里居然有一封很厚的信。"[①]于是小说又进入间宫

---

① 村上春树:《奇鸟行状录》,林少华译,上海:上海译文出版社 2009 年版,第 640 页。

中尉的支线情节。可以看出,间宫中尉的支线故事被切割成几段,然后散布在主线故事之中,赤坂母子的支线情节也采用了类似的叙述手法。因此,整部作品的时间线在现代东京、1939 年的诺门罕以及 1945 年的伪满洲国之间来回穿插跳跃。这导致三条情节线之间的外在排列顺序是非线性的,进而使整部小说的时间建构呈现出介乎于线性和非线性之间的特征。

由于小说时间是介于线性与非线性之间的,所以小说中包含着双重时间轴。林少华指出:"暴力是这部长篇小说的中心点。有两条线交叉穿过这个中心点:纵线是历史线(时间纵轴),亦即'年代纪'(chronicle),其主轴是诺门罕战役;横线是现实线,现在进行时,主轴是一个男人到处寻找下落不明的老婆。"①也就是说,小说的主线情节是主人公冈田亨寻找妻子久美子的过程,这构成了小说中的时间横轴,而小说中关于二战历史的支线情节,则构成小说中的时间纵轴。时间横轴与时间纵轴的交叉点代表小说的中心主题,即对于暴力性的揭露与反抗。如果将林少华的观点与上文的论述相对照,可以看出《奇鸟行状录》中的时间横轴是线性的,而时间纵轴是非线性的。该作品中的历史世界仿佛一个远离现实的超现实世界,在小说描写历史事件时也多次出现诸如"现实感只存在于遥远的天际,这里有的只是不可思议的乖离感"②之类的语句。因此,小说中的历史世界和现实世界是被分隔开的两条时间轴,非线性的时间纵轴和线性的时间横轴也被区分开来并交织在一起。

基于时间纵轴和横轴的区分,可以说《奇鸟行状录》的时间建构是介于现实与超现实之间的。桥本雅之认为小说中存在着三个世界,即"冈田亨和久美子所在的现实世界,与井相联系的宾馆 208 号房间为中心的非现实世界,然后还有以间宫中尉和赤坂肉豆蔻父亲所属的曾经的伪满

---

① 林少华:《作为斗士的村上春树——村上文学中被东亚忽视的东亚视角》,载《外国文学评论》2009 年第 1 期,第 113 页。
② 村上春树:《奇鸟行状录》,林少华译,上海:上海译文出版社 2009 年版,第 448 页。

洲国。"①换言之,在小说中存在着现实世界、超现实世界和历史世界这三个时空维度,由于现实世界和历史世界是被分隔开的,所以需要设定一个超现实世界作为连接前两者的桥梁,这在小说中表现为神秘的古井。小说主人公冈田亨为了思考妻子离家出走的原因,于是进入家附近的一口古井之中,他在井下冥想时意外进入异世界的 208 号房间,并且在房间中见到疑似久美子的神秘女郎。之后冈田亨多次下井进入 208 号房间。在小说尾声,冈田亨在 208 房间中与疑似绵谷升的男子搏斗并杀死了他,与此同时久美子也获救。主人公并不知道久美子被软禁的具体位置,但他却能通过古井穿越到 208 号房间并解救久美子,这显然不符合现实世界的时间逻辑。因此,以古井和 208 号房间为中心的超现实世界,其时间建构也具有超现实的特征。

如果分析 208 号房间的时间,可以发现其时间建构与《且听风吟》中的"传奇时间"比较类似,都是一种超时间的空白。主人公每次进入 208 号房间都会见到很多相同的事物。例如:每次穿过客房走廊时都会遇到没有面孔的男侍,而男侍每次都会吹着《贼喜鹊序曲》的口哨。房间之中每回都摆着一瓶未开封的顺风威士忌(Cutty Sark)以及中国式花瓶,花瓶中每次都插着一模一样的鲜花,而且鲜花从未枯萎。这些迹象表明 208 号房间中的时间是停滞的,是一种超时间的空白或停顿。正如巴赫金所指出的那样:"传奇时间里的各个点,都处于正常事件进程、正常生活、因果或目的发生停顿的地方。"②因此,《奇鸟行状录》的时间建构在一定程度上继承了《且听风吟》的"传奇时间",这使得小说的部分时间呈现出超现实性。

虽然 208 号房间中的时间与《且听风吟》的"传奇时间"类似,但小说中还存在着更加接近客观现实的时间。西川智之指出:"小说第一部和

---

① 橋本雅之:『ねじまき鳥クロニクル』論:村上春樹が拓いた神話、相愛国文、2001—03,p. 4.
② 巴赫金:《巴赫金全集》(第三卷),白春仁、晓河译,河北:河北教育出版社 2009 年版,第 280 页。

第二部是第一人称的'我'所叙述的物语……与之相对应,第三部采用了复合的叙述构造。"①也就是说,小说第一、二部都采用了主人公冈田亨的主观视点来描写,而第三部采用了多重客观视点。比如在第三部中插入了小说人物笠原 May 的信、周刊杂志的文章、赤坂肉豆蔻的讲述以及赤坂肉桂编写的《拧发条鸟年代记》等,这些客观视角使小说更加具有现实感。因为小说第二部结尾处有主人公溺水的情节,所以明石加代认为:"作为视点人物的'我',在这一时间点,在结构上不是已经死亡了吗?"②由此可见,在《奇鸟行状录》第二部的结尾,出于某种原因小说的叙述视点脱离了主人公冈田亨的主观视点,走向了第三部的多重客观视点。因而其时间建构也从小说第一、二部的主观、超现实的时间向着第三部的客观时间转变。正因为此,《奇鸟行状录》中的时间既包含有超现实的时间,也包含客观现实的时间,这使得该作品的时间建构呈现出介于现实与超现实之间的特征。

由于小说具备多重视点,因此《奇鸟行状录》的时间具有集体性特征。由于小说具备多条情节线,而且包含多重叙述视角,因此其时间也不再是主人公的主观时间,而是包含了多重维度的"集体时间"。"集体时间"中的"集体"来源于村上春树很爱探讨的"集体无意识"这个概念,村上春树在小说和访谈中多次提到"集体无意识"这个词。杰·鲁宾在分析《奇鸟行状录》中的人物赤坂肉豆蔻时也写道:"她代表的是讲故事在最原始状态下的功能:源自或许可以称为集体无意识的深处。"③"集体无意识"是瑞士心理学家卡尔·荣格④提出的概念,其基本定义是:"个人

---

① 西川智之:ねじまき鳥クロニクル論、言語文化論集、名古屋大学大学院国际言語文化研究科、22(1)、2000,p. 111.
② 明石加代:『ねじまき鳥クロニクル』の水脈——レイモンド・カーヴァーと村上春樹、心の危機と臨床の知、2006—07,p. 111.
③ 杰·鲁宾:《洗耳倾听:村上春树的世界》,南京:南京大学出版社 2012 年版,第 201 页。
④ 卡尔·荣格(Carl Gustav Jung,1875—1961),瑞士著名心理学家,他的理论至今仍对心理学研究产生深远影响。

无意识有赖于更深的一个层次；这个层次既非源自个人经验，也非个人后天习得，而是与生俱来的。我把这个更深的层次称为集体无意识。"①也就是说，"集体无意识"是比个体无意识更深的一个层次，其存在是基于人类社会自古以来的文化和习俗，个人的行为会受到个体无意识的影响，而个体无意识则会受到"集体无意识"的影响，可以说"集体无意识"是个体无意识的根源和底流。小说中的人物赤坂肉豆蔻可以通过"试缝"深入集体无意识的层面去理解和治愈他人的心理创伤。而在小说第三部，主人公冈田亨通过进入古井也拥有了试缝的能力。冈田亨在发现妻子失踪后，并没有报警，也没有找私家侦探，而是首先进入家附近的一口古井当中，并在井底深入挖掘自己的内心。村上春树认为："只要一个劲儿往下深挖，就会在某处同别人连在一起。"②这里的"某处"就是指集体无意识。冈田亨通过下井的方式挖掘自己内心深处的集体无意识，并且领悟到自己主观视角的局限性，进而他超越自身的主观性，拥有了能够理解他人心灵底层的"试缝"能力。他通过该能力去把握自己与妻子之间的关系，从而可以超越自身视点的局限性并进入超现实的 208 号房间与失踪的妻子展开心灵上的交流。

当《奇鸟行状录》的主人公超越了自身视点的局限性后，小说中的第一人称的主观时间也过渡为第三人称的"集体时间"。例如：小说第三部第三十四章描写了间宫中尉与鲍里斯之间的斗争过程，通过前一章的叙述可以知道，此时主人公正在井下，因此该部分的叙述视角不可能是主人公的。另外，在第三部第五章描写了一个与主线情节不相干的故事，一位少年回忆自己小时候做的怪梦，梦醒后他就得了失语症，通过后文可以知道这位少年正是赤坂肉桂，这段描写也采用了第三人称客观视角。小说中还有很多类似的第三人称叙述视角，这些不同的视角并非相

① 卡尔·荣格：《原型与集体无意识》，徐德林译，北京：国际文化出版公司 2011 年版，第 5 页。
② 林少华：《为了灵魂的自由——村上春树的文学世界》，香港：天地图书有限公司 2014 年版，第 360 页。

互孤立,而是紧密相连的。可以说,小说中不同人物视角所拥有的时间最终汇聚为一个集体时间,这使得小说中的线性时间与非线性时间、现实时间与超现实时间都被集中在一起,最终形成了小说中具备多重维度的"集体时间"。

《奇鸟行状录》的时间与巴赫金所说的"集体劳动时间"有相似之处,但并不完全相同。巴赫金在研究拉伯雷小说时曾指出其小说时间是一种"集体劳动时间",在本书的第二章探讨过这种时间。"集体劳动时间"具有集体性和劳动性等特征,而《奇鸟行状录》中的时间具有集体性,但不具备劳动性,因此可以说《奇鸟行状录》的时间是一种"集体时间"。"集体时间"的基本定义是:小说中多个人物所具有的不同时间的集合体,多种不同时间不光代表着多种不同的人物视角,还代表着在这些不同人物视角的背后有一个"集体无意识"在发生作用。

《奇鸟行状录》的"集体时间"是不断传承、发展着的。从作为战争亲历者的间宫中尉和赤坂肉豆蔻,到作为战后出生第一代人的冈田亨,最后到代表战后出生第二代人的赤坂肉桂。反对战争、反抗暴力的思想在这些小说人物中代代相传。巴赫金强调:"繁殖总能超过个别的死亡……衰老、解体、死亡等因素只可能是服从于生长、繁殖的因素,是有效生长过程中不可或缺的成分。"①因而老一辈人与恶势力斗争的失败并不意味着最终的失败,其精神会传给下一代人,小说中的一代代人是不断生长着的,因而其对于暴力的反抗也会不断传承下去。

基于以上性质,可以发现"集体时间"在小说情节和人物形象上体现为战争记忆在几代人中的传承。刘研指出:"在村上春树的《奇鸟行状录》中,内在地潜藏着一个在代际间传承战争记忆的叙事结构。"②间宫中尉和赤坂肉豆蔻作为二战亲历者,他们与恶势力的斗争失败了,但他们

---

① 巴赫金:《巴赫金全集》(第三卷),白春仁、晓河译,河北:河北教育出版社 2009 年版,第 399 页。
② 刘研:《记忆的编年史:村上春树〈奇鸟行状录〉的叙事结构论》,载《东疆学刊》2010 年第 1 期,第 38 页。

的精神传承下来，并影响了主人公冈田亨的思想，而赤坂肉豆蔻的经历以及冈田亨与绵谷升的斗争过程最终也被年轻一代的赤坂肉桂记录下来。这样该作品完成了一个战争记忆在老、中、青三代人之间的传承。从这一角度上看，主人公的时间也就不再是孤立的个体时间，而是几代人前赴后继地为了某一更高目标，即"反抗暴力"而斗争的"集体时间"，主人公只是该"集体时间"中的一员。

由此可见，《奇鸟行状录》的"集体时间"具有三个主要特性：首先，其时间建构是介于线性和非线性之间的；其次，该时间既超现实又具有现实性；最后，这种时间还具有集体性特征。而这些时间特征也体现在村上春树第二个创作阶段的其他作品之中。例如：1999 年出版的长篇小说《斯普特尼克恋人》，该作品描写了一位热爱文学的少女堇爱上了比自己大 17 岁的女性敏，两人结伴前往希腊。但在希腊的某个小岛上堇却神秘失踪，主人公"我"在敏的要求下前往小岛调查堇的下落。小说中大部分情节的时间是线性的，但同时也包含非线性的时间。比如第十二章描写了敏的"摩天轮历险记"，她在瑞士的一个小镇上乘坐摩天轮时突然发现另一个自己同时处在摩天轮对面的房间之中："敏什么都思考不成了。自己在这里用望远镜看自己房间，房间里却有自己本人。"①一个人不可能在同一时间处在不同地点，因此这部分情节的时间线显然是非线性的。此外，主人公"我"在某天深夜被神秘的音乐所吸引，爬上了岛上的一座荒山，此时他也产生了时空错乱的感觉："时间前后颠倒、纵横交错、分崩离析，又被重新拼接起来。"②这里的时间也是介于现实与非现实之间的。小说运用了多重视点的叙述方法，"我"、堇和敏各自拥有不同的视点和时空感受，因而其时间建构与《奇鸟行状录》的"集体时间"非常相似。

---

① 村上春树：《斯普特尼克恋人》，林少华译，上海：上海译文出版社 2008 年版，第 162 页。
② 同上书，第 179 页。

总的来说,《奇鸟行状录》中的时间是一种"集体时间"。"集体时间"是小说中多个人物所具有的不同时间的集合体,它能够将小说中的线性与非线性、现实与超现实时间综合在一起,并且体现出这些不同时间背后所共有的"集体无意识"因素,进而"集体时间"能够将小说中的主要情节和人物都组织起来,并且形成了一个代表战争记忆在几代人中不断传承的时间整体。

第三节　历史时间的模拟现实感

如果说《奇鸟行状录》是村上春树创作生涯的转折点,那么可以说《没有色彩的多崎作》是一个隐秘的转折点。《没有色彩的多崎作》发表于 2013 年,该作品发表后创下一周内销量超过 100 万册的记录,并在短时间内就被翻译成三十多种语言,受到世界各地读者的欢迎。村上春树指出:"进入 2000 年后,我得到第三人称这个新的载体,从而踏入了小说的新领域。那里有巨大的开放感。"①换言之,进入新世纪后村上春树的小说创作达到了新阶段,那就是小说的叙述者从第一人称转变为第三人称,从而使其摆脱了第一人称的主观性和封闭性,而真正使村上春树获得突破的正是这部《没有色彩的多崎作》。村上春树原本想把该作品写成一部短篇小说,但在写作途中小说人物沙罗突然"自己行动"起来并要求他继续写下去:"'要写得更深入。'她说。"②村上春树认为:"在这层意义上,这部《没有色彩的多崎作》对我来说,也许是一部拥有绝不容小觑意义的作品。"③因此,在作家本人看来该作品是其创作生涯中的一个隐秘转折,它是使村上春树从第一人称转向第三人称,并且首次实现人物"自己行动"的突破之作,因此《没有色彩的多崎作》具有相当重要的研究

---

① 村上春树:《我的职业是小说家》,施小炜译,海口:南海出版公司 2017 年版,第 180 页。
② 同上书,第 182 页。
③ 同上。

价值。

《没有色彩的多崎作》的情节梗概如下:主人公多崎作读高中时通过参加义工活动认识了赤松庆、青海悦夫、白根柚木、黑埜惠理四人,他们共同组成一个形影不离的小团体。在这个小团体中其他四人的名字里都带有颜色,只有多崎作的名字与色彩无缘。大学二年级时,多崎作无缘无故地被排挤出小团体,这使他产生了轻生的念头,后来他通过努力学习火车站的建造课程而放弃了自杀念头。16年后,多崎作与女友木元沙罗相识,沙罗鼓励他去寻找过去的好友认清真相。于是多崎作先去名古屋见了青海悦夫和赤松庆,之后又去芬兰寻找黑埜惠理。这才了解到,原来当年是白根柚木说多崎作强暴了她,所以小团体才排挤多崎作。而白根柚木在几年前被人勒死家中,至今未能查明凶手下落。了解真相的多崎作回到日本,在观察新宿站时突然对人生有了新的领悟。

该作品的情节结构从形式上看是对《且听风吟》的回归。其情节模式也是由一条主情节线和散落在小说中的支线故事组成,小说的结尾也与《且听风吟》一样是开放式的。其主线情节公式可以总结为:首先多崎作与赤、青、白、黑四人组成亲密的小团体。接着多崎作被排挤出小团体。16年后,多崎作开启了寻找旧友的巡礼之旅,但他并没有与旧友们重新组成小团体,而是各自开启了新的旅程。也可以将其概括为:相遇后分离→寻找并重逢→再分离。从这一点上看,该情节公式与《且听风吟》的"相遇→交往→分离"具有一定的相似性,其开头和结尾都是"相遇"和"分离",因此两部作品在情节结构上是有内在关联的。

虽然两部作品具有内在关联性,但又有所不同。首先,与《且听风吟》碎片化的情节结构不同,《没有色彩的多崎作》的情节发展基本上是线性的。其主线故事中并没有出现时空跳跃或碎片化叙述,情节的发展也不再依赖偶然性,而是按照过去、现在、未来的时间顺序递进发展,从而使该作品的情节具有了现实感。虽然主线情节中穿插着主人公多崎作的回忆,但这些回忆只是作为主线故事的补充,并不影响主线故事的线性顺序。其次,小说人物形象是清醒且理智的,主人公多崎作曾因被朋友排挤而产生心理创伤,但他并没有拘泥于自己的主观情绪,而是通过资料搜集、实地考察、访谈对话等方式一步步揭开 16 年前被排挤的真相,从而展现出积极向上的行动力。这与《且听风吟》中孤独、空虚、颓废的人物形象产生了鲜明的对比。很显然,这些变化与小说时间建构的变化有关。

基于小说的情节和人物特征,可以发现《没有色彩的多崎作》的时间是线性的。申寅燮和尹锡珉认为《没有色彩的多崎作》的情节由两部分组成:"一是被共同体所驱逐的心灵创伤,一是治疗心灵创伤的巡礼。"[①]小说第一章至第三章描写了多崎作回忆自己与赤、青、黑、白四人间的过往,第四和第五章则叙述了多崎作的好友灰田突然离他而去的故事。因此第一至第五章可以看作小说的前半部分,这部分主要描写了多崎被共同体所驱逐的创伤性经历。而从第六章开始小说时间就回到当下,开始描写多崎作自我治愈的巡礼过程,虽然这中间也穿插着多崎作的回忆,但总体上是按照线性时间发展的。例如:多崎作先去名古屋见青,接着去赤的公司,然后他前往芬兰找到了黑,最后回到东京,这一线性的巡礼过程构成了小说的情节主线。在小说尾声,多崎作在观察东京新宿站时突然顿悟并决定向沙罗求婚,小说到此戛然而止,并留下一个开放式的悬念作为结尾,这种开放式结尾将小说的情节推向未来。可以看出,小说的主线情节呈现出过去、现在、未来的三段式结构,因而其时间总体上是线性发展的。

《没有色彩的多崎作》的时间之所以是线性的,主要原因在于小说采用了第三人称的叙述视角。太田铃子指出:"小说主人公的称呼,有'多

---

① 申寅燮、尹锡珉:《共同体伦理的失范与心灵创伤的治疗——评〈没有色彩的多崎作和他的巡礼之年〉》,载《外国文学研究》2013 年第 6 期,第 52 页。

崎作’、‘作’、‘他’这三种，这也成为其客观描述自己过去时的称呼。”①在《且听风吟》中无论描写现在还是过去都采用了第一人称的“我”这个称呼，因而过去与现在混在一起难以区分。而在该作品的日文原版中虽然“多崎作”“作”“他”三种称呼是混用的，但当描写多崎作的回忆时采用“多崎作”和“他”这类客观称呼的频次就会变多，而描写当下情节时采用“作”这种相对亲近称呼的频次就会变多，这样就很容易区分过去与现在。此外，在小说结尾有一段耐人寻味的描写：

> 作静下心，闭上眼睛入睡。意识尾部的灯火，如同渐渐远去的末班特快列车，徐徐增速，越变越小，被吸入黑夜的深处消失了。身后只留下风穿过白桦林的声音。②

这是小说结尾的最后一段话。需要注意的是这段话中出现了“风穿过白桦林的声音”的说法，这显然与《且听风吟》的意象相关联。另外，这段话描写的是多崎作入睡时脑中出现的意象，这些意象只有通过多崎作的主观视角才能感受到，却采用了客观的第三人称叙述手法。由此可见，在小说之中存在着一个超越性的、绝对客观并且掌握一切的第三人称视角。该视角类似上帝视角，它不光具备看到客观现实的视点，还具备看穿小说人物内部心理活动的视点，因此它能够将小说中的不同视点统摄起来。正是由于客观的第三人称视角的存在，小说中不同的时间才能被组织在一起并构成线性时间。

《没有色彩的多崎作》的时间还具有模拟现实感。根据速水健朗的考证，小说第二章特意强调了多崎作与沙罗喝莫吉托鸡尾酒（Mojito）的场景。“2011年是莫吉托鸡尾酒流行之年。”③所以他认为小说的故事背

---

① 太田鈴子:村上春樹『色彩を持たない多崎つくると、彼の巡礼の年』: 心から誰かを求められる素晴しさ,学苑、2015—03、p. 19.
② 村上春树:《我的职业是小说家》,施小炜译,海口:南海出版公司2017年版,第281页.
③ 速水健朗:「モヒート」と「レクサス」から考える高度資本主義社会,村上春樹『色彩を持たない多崎つくると、彼の巡礼の年』をどう読むか,東京:河出書房新社、2013、p. 185.

景应该是 2011 年。小说中对多崎作的心理创伤还有这样一段描写:"在他面前,黑暗的深渊张开巨口,直通地心。眼前浮现出化作坚硬云朵旋转的虚无,耳际传来压迫鼓膜的深深沉寂。"①这段描写很容易让人联想起地震来临时天崩地裂的场景,或者核爆炸时压迫鼓膜的轰鸣声,这与 2011 年发生的 311 大地震②以及福岛核事故③的意象相关联。此外,小说中还有诸如沙罗使用 Facebook 等社交网络软件查询多崎作旧友的信息(Facebook 于 2008 年 5 月进入日本市场,2011 年开始在日本普及),青所在的雷克萨斯汽车销售部门(雷克萨斯虽然是日本丰田汽车旗下的品牌,但主要在欧美市场销售,2005 年前后才进入日本市场),赤所在公司的北欧极简主义装修风格等充满时代感的描写。通过这些细节基本上可以确定小说故事的发生背景是 2011 年前后,同时这些描写还使得小说中的时间不再是某种虚假的超现实时间,而是与现实时间比较一致的具有真实感的"历史时间"。

除了小说的故事背景,小说中还有一个非常具有现实感的时间设定。主人公多崎作对沙罗说自己是 16 年前被排挤出小团体的,如果小说的故事背景是 2011 年,那么 16 年前刚好是 1995 年。清水凉典指出:"相隔 16 年,正好是阪神淡路大地震和地铁沙林毒气事件发生的 1995 年,而与东日本大地震和福岛第一原发事故发生的 2011 年相重合。"④

---

① 村上春树:《没有色彩的多崎作和他的巡礼之年》,施小炜译,海口:南海出版公司 2013 年版,第 2 页。

② 311 大地震,也称"东日本大地震",指的是当地时间 2011 年 3 月 11 日发生在日本东北部太平洋海域的强烈地震。

③ 2011 年 3 月 11 日日本东北太平洋地区发生里氏 9.0 级地震,继而发生海啸。该地震导致福岛第一核电站,福岛第二核电站受到严重的影响。

④ 清水良典:「魔都」名古屋と、十六年の隔たりの意味——『色彩を持たない多崎つくると、彼の巡礼の年』をめぐって」,村上春樹『色彩を持たない多崎つくると、彼の巡礼の年』をどう読むか、東京:河出書房新社、2013、p. 10.

1995 年发生了震惊全日本的阪神大地震①和地铁沙林毒气事件②,而《奇鸟行状录》也刚好出版于这一年。从这一角度上看,小说主人公心灵受创为什么一定要等到 16 年后才去治愈自己呢? 很显然这个 16 年是村上春树有意设置的时间间隔。其目的就是为了将 2011 年的东日本大地震与 1995 年的阪神大地震联系在一起,从而突出小说的历史背景,增加小说时间的现实感,《奇鸟行状录》与《没有色彩的多崎作》也通过这两次灾难产生了深层意义上的关联。

　　基于小说的主人公形象,可以看出《没有色彩的多崎作》的时间具有成长性。张阿莉认为:"多崎作曾在命运前倒下,但在作品的结尾我们看到了他站起来的希望,他有望携手并不完美的沙罗,共同迎接未来的命运。"③在小说开头陷入抑郁而产生自杀倾向的多崎作,在经历了巡礼之旅后获得了成长,因而他在小说结尾发生了脱胎换骨的变化,他开始变得积极向上,并产生出积极活下去的信念。很显然,这与《且听风吟》的主人公从头至尾几乎没有变化的情况形成了鲜明的对比。

　　小说的时间建构之所以呈现成长性特征,根本原因在于小说时间具有历史感的线性结构。沈宏芬指出:"成长意味着过去、现在与未来的线性历史进程。"④只有处在线性时间之中,人们才能吸取过去的经验教训,并将之用于现在,进而过好当下的生活并展望未来,这样就能获得成长。假如生活在碎片化的非线性时间之中,人就会在时间乱流中迷失自我,因而无法把握过去与未来,也就难以成长。小说中的线性时间将过去、现在、未来融合在同一个历史发展过程之中,这使得主人公多崎作对未

---

① 阪神大地震,又称神户大地震或阪神大震灾,是指 1995 年 1 月 17 日发生在日本关西地方规模为里氏 7.3 级的地震灾害。该地震造成 6434 人死亡,43792 人受伤。
② 东京地铁沙林毒气事件是指 1995 年 3 月 20 日发生于日本东京地铁的恐怖袭击事件。发动恐怖袭击的奥姆真理教邪教人员在东京地铁列车上释放沙林毒气,造成 13 人死亡及 5510 人以上受伤。
③ 张阿莉:《关注从精神废墟上站立起来的生命个体——〈色彩を持たない多崎つくると、彼の巡礼の年〉的色彩观及其意义》,载《中国语言文学研究》2016 年第 2 期,第 222 页。
④ 沈宏芬:《巴赫金成长理论:被忽略的诗学》,载《中国文学研究》2014 年第 4 期,第 10 页。

来的展望驱散了他的忧郁情绪,并使其充满了正能量。同时小说通过第三人称的叙述视角使时间具有了真实感,小说人物处在真实的历史时间之中,因而能够随着历史的发展而获得成长。

通过以上分析,可以使用"历史时间"一词来概括《没有色彩的多崎作》的时间建构。"历史时间"的定义如下:它不是指现实中真实的历史时间,而是指村上春树小说中虚构的历史时间。之所以采用"历史时间"这个词,是为了突出该时间所具有的真实感,但这个真实感是作家特意营造出来的,因此不能将小说中的"历史时间"与现实中的历史时间相等同。巴赫金在分析欧洲文学史上的"成长小说"时认为:"人的成长带有另一种性质。这已不是他的私事。他与世界一同成长,他自身反映着世界本身的历史成长⋯⋯发生变化的恰恰是世界的基石,于是人就不能不跟着一起变化。"①也就是说,在巴赫金看来,个人的生老病死只是生命的循环,在循环时间中是看不到成长因素的。真正意义上的成长不是个人的私事,而是现实社会的历史在发生着变化,个人的思想观念和行为模式也随着历史的发展而发生转变,这样才是成长。从这一点上看,《没有色彩的多崎作》的时间确实具有成长性,多崎作之所以能够获得成长,其根本原因是 2011 年发生的东日本大地震和福岛核事故这一真实的历史事件,该事件打破了多崎作安于现状的幻想,迫使其开启治愈自己心灵创伤的巡礼之旅。因此并不是多崎作个人在成长,而是历史时间的发展在推动他前进。可以说在小说情节的背后,隐藏着一个完整的现实世界以及充满现实感的"历史时间",多崎作个人的成长正是由现实世界中历史时间的演变所导致的。

"历史时间"凸显出小说中时间的空间化特征,因为在现实世界的历史时间之中时间与空间是不可分割的,而模拟现实的"历史时间"也具有相似的性质。巴赫金指出:"历史时间(本身含义上的)的复杂而可见的

---

① 巴赫金:《巴赫金全集》(第三卷),白春仁、晓河译,河北:河北教育出版社 2009 年版,第 228 页。

特征是人们创造能力的可睹结果、人的双手和智慧的结晶：城市、街道、楼房、艺术作品、机器、社会组织等等。"①因此，《没有色彩的多崎作》并没有采用《且听风吟》的艺术手法来表现时间的空间化，而是直接描写现实世界中存在着的具体空间。比如小说中描写了东京的新宿站并写道："吉尼斯纪录正式认定 JR 新宿站是'全世界上下车旅客最多的车站'。"②东京新宿站不仅是一个巨大的车站，而且它开通于 1885 年 3 月 1 日，是日本历史最悠久的车站之一。可以说，一部新宿站的历史正是日本近现代史的缩影，人们只需参观新宿站就能够直观地感受到历史时间的流动，因此新宿站是历史时间在现实世界中的空间化。除了新宿站，小说还描写了很多现实世界中的具体地点，通过这些描写读者们可以感受到真实的历史时间，这使《没有色彩的多崎作》产生出浓厚的模拟现实感。

基于以上分析，可以将《没有色彩的多崎作》的时间建构称之为"历史时间"。该时间呈现出三个基本特征，即：线性结构、模拟现实感和成长性。而这些时间特征也体现在村上春树第三个创作阶段的其他作品之中。例如：2017 年出版的长篇小说《刺杀骑士团长》讲述了主人公"我"与妻子离婚后暂时住进画家雨田具彦家中。雨田具彦在二战前夕前往奥地利学习油画，现在因为老年痴呆住进了疗养院。主人公在阁楼里发现了一幅古画，标题为"刺杀骑士团长"，接着他又结识了住在附近豪宅里的怪人"免色"。自那天开始家里就发生许多怪事，主人公为了调查真相而查阅了二战历史。了解二战史实后，主人公决定去疗养院拜访雨田具彦本人，在他的病房中主人公出现幻觉并进入了神秘的异界通道，在其中接受了心中恐惧的重重考验，最后他回归现实。经过这次奇异冒险，主人公似乎改变了想法，决定回归日常生活并与妻子破镜重圆。

《刺杀骑士团长》虽然采用了第一人称的叙述视角，但村上春树指

---

① 巴赫金：《巴赫金全集》（第三卷），白春仁、晓河译，河北：河北教育出版社 2009 年版，第 230 页。
② 村上春树：《没有色彩的多崎作和他的巡礼之年》，施小炜译，海口：南海出版公司 2013 年版，第 264 页。

出："想通过使用'私'这一新人称在同我过去使用的'僕'之间来一点儿区别：即便同是第一人称，也和以前的第一人称有所不同。"①也就是说，虽然这部作品采用的是第一人称，但运用的是"私"（わたし）这个词，在日语语境中"私"比"僕"更加具有客观性，因此也可以看作一种第三人称。此外，该作品的时间建构基本上是线性发展的，主人公从住进雨田具彦家中开始情节发展就是一步步推进的，这期间并没有在过去与未来间来回跳跃。而且小说中的历史描写具有现实感，通过大量篇幅描写了二战史实，并针对南京大屠杀的历史事实提出以下观点："反正有无数市民受到战斗牵连被杀害则是难以否认的事实。有人说中国人死亡数字是四十万，有人说是十万。可是，四十万人与十万人的区别到底在哪里呢？"②这体现了村上春树作为一名人文知识分子的历史担当和道德责任感。小说开头主人公与妻子离婚后的颓唐与小说结尾坚定信念并打算与妻子破镜重圆的情节产生了鲜明的对比，突出了主人公在经历重重考验后的成长。

概而言之，在《没有色彩的多崎作》中"历史时间"的作用下，小说主人公获得了成长，小说时间则呈出空间化的建构特征，并因此具备较强的模拟现实感。而"历史时间"也体现在村上春树第三个创作阶段的其他作品之中，对其之后作品的时间建构产生了较为明显的影响。也正由于这种现实感，相较第一阶段中荒诞的情节和人物形象，该创作阶段的作品情节发展具备更强的逻辑性，人物形象也更加符合现实。

第四节　村上春树小说时间建构的发展脉络

基于上文的论述，可以对以上三部作品的时间建构的演化过程进行

---

① 村上春树、川上未映子：《猫头鹰在黄昏起飞》，林少华译，上海：上海译文出版社 2019 年版，第 53 页。
② 村上春树：《刺杀骑士团长》（第二部），林少华译，上海：上海译文出版社 2018 年版，第 55 页。

总结,并且在这一变化过程中探索村上春树小说时间建构的本质性特征。

从时间结构角度上看,村上春树小说经历了从非线性时间到线性时间的转变。《且听风吟》的时间结构是非线性的,小说人物在过去、现在与未来之间来回跳跃,情节和人物形象也具有碎片化的倾向,这使得该作品呈现出荒诞的后现代艺术风格。《奇鸟行状录》的时间结构是介于线性和非线性之间的,该作品共有三条情节线,每条情节线内部的时间是线性的,而三条情节线之间的排列与组合又是非线性的。小说中的现实世界构成了线性的时间横轴,历史世界则构成了非线性的时间纵轴。横轴与纵轴、线性与非线性的交汇体现出村上春树小说的时间建构从非线性向线性过渡的特征。《没有色彩的多崎作》的时间建构是线性的,该作品采用了第三人称的叙述视角,它将小说中散乱的时间整合起来,从而体现出过去、现在、未来相统一的线性时间构造。

时间建构的演变体现在小说情节结构上,呈现为情节发展由非线性逻辑向线性逻辑的转变。《且听风吟》的情节发展主要依赖非线性逻辑,其时间建构脱离了线性的发展顺序,因而小说情节的发展不能依靠因果规律,体现出强烈的偶然性特征。《奇鸟行状录》的情节结构与其时间结构一样,是介于线性与非线性之间的。小说中代表现实世界的时间横轴是线性的,因而其情节发展逻辑也是线性的。但小说中还有一条时间纵轴,这部分时间结构体现为与古井相连的 208 号房间的相关情节,这些情节的结构呈现出非线性逻辑的特点。《没有色彩的多崎作》的情节结构具备线性的发展逻辑,小说情节呈现出过去、现在、未来的三段式结构。由此可见,从《且听风吟》到《没有色彩的多崎作》其情节结构具有从非线性过渡到线性的发展趋势。

从时间的现实性角度看,村上春树小说经历了从超现实性向模拟现实性的转变。《且听风吟》的情节时间间隔为 18 天,但是小说中实际时间间隔为 25 天。这多出来的 7 天只能解释为主人公"穿越"到了超现实的异世界,因而其时间是超现实的。而在《奇鸟行状录》中明确存在着现实与超现实的区分,作品中的现实时间与超现实时间混杂在一起,这使得《奇鸟行状录》的时间既超现实又具有一定的现实感。与前两部作品不同,《没有色彩的多崎作》取消了超现实世界的设定,小说人物全部处在模拟现实的时间之中。该作品通过各种细节描写来强调小说时间的模拟现实感,并通过主人公多崎作的巡礼之旅描绘出一个较为真实的 2011 年前后的日本。

时间现实性的转变体现在小说人物形象上,表现为人物形象由非现实走向现实。《且听风吟》的人物形象是比较消极颓废的,主人公和好友"鼠"整日在酒吧中酗酒,过着百无聊赖的生活,重要人物"没有小手指的女孩"则具有自杀倾向。小说中经常出现诸如"一切都将一去杳然,任何人都无法将其捕获。"①的语句,这体现出小说人物的虚无主义倾向。《奇鸟行状录》的主人公冈田亨的性格是徘徊于现实与非现实之间的,其日常生活与《且听风吟》的人物一样超然和颓废。但为了找回自己失踪的妻子,他努力与反派人物绵谷升周旋,并且在现实世界与异世界之间来回穿越,展现出坚强的意志力和回归现实的倾向。《没有色彩的多崎作》的主人公形象是比较现实的,虽然小说开头描写主人公多崎作 16 年前消极颓唐的生活,但 16 年后他开启了巡礼之旅,并通过调查取证、实地走访等方法,积极与他人交流,从而展现出强大的现实行动力。正如小说结尾写道:"并不是一切都消失在了时间的长河里……这样的信念绝不会毫无意义地烟消云散。"②这与《且听风吟》中人物的虚无主义形成了鲜明的对比。从中可以看出,从《且听风吟》到《没有色彩的多崎作》,其人物形象具有从非现实向现实发展的趋向。

从时间充实性角度看,村上春树作品中的时间建构从"超时间空白"

---

① 村上春树:《且听风吟》,林少华译,上海:上海译文出版 2007 年版,第 139 页。
② 村上春树:《没有色彩的多崎作和他的巡礼之年》,施小炜译,海口:南海出版公司 2013 年版,第 281 页。

逐步走向具有成长性的时间。《且听风吟》的主人公与"没有小手指的女孩"从邂逅到分手,在这一过程中他经历了复杂的心理过程,但其性格和心理状态没有改变。因而只能说小说中的时间是一种空白时间,主人公虽然经历了这段时间,但没有获得任何成长。《奇鸟行状录》的主人公冈田亨体现出一定的成长性,但这种成长性并不明显。虽然该作品完成了一个战争记忆在老、中、青三代人之间的传承,但小说重在描写主人公反抗暴力性,而没有突出其成长性。相较而言,《没有色彩的多崎作》比较明显地体现出主人公的成长性,主人公多崎作的性格从小说开头的消极颓废走向结尾的积极向上,其心境也走出了孤独和阴郁。可以说,该作品中的时间不再是一种空白时间,而是充实的成长时间,是现实历史的发展在推动着主人公不断成长。

时间充实性的转变也影响了村上春树小说的主题思想,使其作品的关注重点逐步从个人主观过渡到客观现实。在《且听风吟》中村上春树展现了一种"不介入"的态度。小说人物对于客观世界充满了距离感,这种距离感表现出作家不愿受到客观现实的束缚、追求个人自由的主观精神,这种主观精神是通过小说时间的空间化来表达的。而从《奇鸟行状录》开始,村上春树逐步从"不介入"转向"介入"。他开始关注日本的社会问题和东亚历史遗留问题,正如林少华所言:"由孤独的'小资'或都市隐居者成长为孤高的斗士。"①最后,在《没有色彩的多崎作》中,村上春树不仅关注日本社会问题,而且对于日本乃至世界的未来都有所展望。王晶和张青在分析该作品时指出:"村上试图通过'共同体'的重构,从精神层面拯救日本国民摆脱困境,进而提出重建日本未来的宏伟设想。"②可以看出,在这部作品中村上春树的思想格局进一步升华,其作品的关注重点也越来越深刻。

由此可见,村上春树小说艺术的时间建构具有一条从"传奇时间"到

---

① 村上春树:《奇鸟行状录》,林少华译,上海:上海译文出版社 2009 年版,第 1 页。
② 王晶、张青:《"共同体"的幻灭·寻找·重构——村上春树〈没有色彩的多崎作和他的巡礼之年〉解读》,载《西安外国语大学学报》2018 年第 4 期,第 108 页。

"历史时间"的发展演化脉络。从《且听风吟》到《奇鸟行状录》再到《没有色彩的多崎作》，这三部作品的时间从非线性走向线性，从超现实走向模拟现实，从空白走向充实。进而其小说的情节结构也随其时间建构的演化而更加具有逻辑性，小说人物形象也越来越丰满和真实。那么在这一变化发展过程中，是否存在相对稳定的时间建构模式呢？

在村上春树小说时间特征的变化过程中，可以发现其相对不变的本质性特征——时间的空间化。首先，《且听风吟》的"传奇时间"具有较为明显的空间化特征。它将时间切割为空间中的"时间的块状"，并且随意排列组合，进而使小说时间呈现出非线性、超现实的特征，而这些特征也体现在《1973 年的弹子球》《去中国的小船》等村上春树第一个创作阶段的作品之中。其次，《奇鸟行状录》的"集体时间"是一种具备第三人称视角的集体性时间，它通过第三人称的客观视角使小说中的不同时间在空间中并存，进而使时间空间化，这体现出战争记忆在几代人中的传承，而这些特征在村上春树第二个创作阶段的《斯普特尼克恋人》等作品中亦有所呈现。最后，《没有色彩的多崎作》的"历史时间"通过具有现实感的线性时间将空间与时间紧密相连。小说中出现很多具体的、现实的空间地点，使情节和人物仿佛处在真实的时空之中。由于现实中的时空是不可分割的，进而该作品亦凸显出时间的空间化结构，而该结构在《刺杀骑士团长》等村上春树第三创作阶段的作品中也能够感受得到。因此，虽然村上春树的三个创作阶段具有不同的时间特征，但在这些特征之中，唯有"时间的空间化"作为本质性特征贯穿始终。

时间的空间化建构赋予村上春树作品不断发展的特质。巴赫金在《陀思妥耶夫斯基诗学问题》中写道："陀思妥耶夫斯基艺术观察中的一个基本范畴，不是形成过程，而是同时共存和相互作用。"[①]由此可见，时

---

① 巴赫金：《巴赫金全集》（第五卷），白春仁、顾亚玲译，河北：河北教育出版社 2009 年版，第 36 页。

间的空间化正是陀思妥耶夫斯基小说常用的艺术表现手法。此外,巴赫金认为,时间的空间化还表现在但丁的经典作品《神曲》中。《神曲》描写了九层地狱、七层炼狱和十层天堂,作家将各个时代的不同历史人物放在地狱、炼狱或天堂的同一空间之中,从而使时间的流动性凝固在特定的空间中,实现了时间的空间化,这一特质也与村上春树《奇鸟行状录》中的表现手法类似。时间的空间化手法,使时间在空间中表现出来,这样时间就具有了直观性和可认识性,这使得陀思妥耶夫斯基和但丁的小说成为文学史上的经典。而村上春树小说在时间空间化的影响下,其时间建构也越来越接近陀思妥耶夫斯基和但丁的经典作品,从而使其作品的艺术价值得以不断提升。

综上所述,本章探讨了村上春树小说时间的建构模式、建构特征和建构意义。具体研究了《且听风吟》《奇鸟行状录》和《没有色彩的多崎作》这三部村上春树的代表作品以及《1973 年的弹子球》《去中国的小船》《斯普特尼克恋人》《刺杀骑士团长》等重要作品,进而总结出村上春树三个创作阶段的时间建构模式,即小说时间从非线性走向线性、从超现实走向模拟现实、从空白走向充实的发展模式。在该变化过程中我们也找到了村上春树小说中相对不变的时间建构特征——时间的空间化。时间的空间化特征具有重要的建构意义,它逐步加强了村上春树小说时间建构的直观性和可认识性,从而使其小说情节愈发合理化;小说的人物形象愈发具有真实感;作品的主题思想也愈发深刻。在时间空间化建构的影响下,村上春树作品的文学价值和艺术价值不断提升,呈现出一种不断向上发展的整体趋势。在把握小说时间的空间化建构基础上,下一章将对村上春树小说空间的时间化建构展开论述。

第四章　村上春树小说空间的时间化建构

　　上一章探讨了村上春树小说的时间建构。虽然时间建构对小说情节和人物形象有较大影响,但如果只研究时间建构就容易陷入片面的时间决定论。巴赫金指出:"文学作品中时空关系的研究,只是不久前才开始,而且主要研究时间关系,脱离了与之必然相连的空间关系;换言之是缺少始终一贯的时空体角度。"①也就是说,文学作品中的时间建构与空间建构是相互联系的,如果只研究时间而不研究空间就达不到相对全面的时空体视角,因此本章将专门探讨村上春树小说空间的时间化建构。

第一节　他人空间中的传奇时间

　　任何情节因素都具有时间和空间上的定规,比如小说人物的相遇情节要求他们处在同一时间和同一地点,这样才有可能相遇。分离情节也一样,小说人物之所以分离,是因为他们没有在同一时间到达同一地点或者他们虽处于同一时间但位于不同地点。因此当巴赫金分析完古希

---

① 巴赫金:《巴赫金全集》(第三卷),白春仁、晓河译,河北:河北教育出版社 2009 年版,第 452—
　453 页。

腊传奇教喻小说的时间建构后,他提出了一个问题:"希腊小说里的传奇时间是在怎样的空间里实现的呢?"①换言之,无论怎样的时间建构都必须在一定的空间中才能实现,所以本书对于《且听风吟》也需要提出一个问题,即该作品中的传奇时间是在怎样的空间里实现的呢?

基于对小说情节、人物形象和时间建构的认识,可以发现《且听风吟》的非线性时间需要一种广大且模糊的空间。巴赫金指出:"传奇故事要能展开。就需要空间,而且需要很多的空间。"②同样《且听风吟》的非线性时间也需要很多的空间,因而其空间具有一种广阔性。例如:小说主线情节的发生地点是一座港口都市:"前面临海,后面依山,侧面有座庞大的港口。"③小说第三章描写三年前主人公"我"和"鼠"驾车撞坏动物园的围墙,之后又去海边沙滩喝酒的场景。第七章描写主人公小时候去看心理医生的场景,其地点位于"看得见大海的高坡地段"④。第三十一章则描写"我"邀请"鼠""来到山脚下一家宾馆的游泳池……其中一半是美国住客"⑤。从动物园到沙滩、从酒吧到港口、从高山上的医院到山脚下的宾馆,可以看出小说中的空间是广阔的,而且由于酒吧是中国人开的,宾馆中有一半美国住客,因此小说中的空间还具有异国色彩。

虽然小说中的空间很广阔,但并非现实中的具体空间,而是抽象空间。按照石仓美智子的推测,小说主线情节的发生地点可能是位于日本兵库县的芦屋市。⑥ 其主要论据是村上春树本人曾在芦屋市长期生活过,而小说中并没有明确证据能够证明该地点的准确性。实际上《且听风吟》中关于空间的叙述相当含混,每个具体场景之间的距离和位置关系都是不明确的。例如第二十章主人公询问"没有小手指女孩"的家人

① 巴赫金:《巴赫金全集》(第三卷),白春仁、晓河译,河北:河北教育出版社2009年版,第284页。
② 同上书,第285页。
③ 村上春树:《且听风吟》,林少华译,上海:上海译文出版2007年版,第97页。
④ 同上书,第21页。
⑤ 同上书,第104页。
⑥ 石倉美智子:『村上春樹サーカス団の行方』.東京:專修大学出版局、1998、pp.24—25.

住哪里，女孩回答："三万光年之遥。"①第三十六章描写主人公与"没有小手指女孩"在海边仓库散步后回家的场景："我们花三十分钟走到她的宿舍。"②这里虽然有大致的距离感，但仓库和宿舍之间的位置关系是无法确定的。除了主线情节，小说支线情节的空间地点也是模糊不清的，比如"鼠"创作的小说故事背景是"太平洋中的小岛"，虚构作家哈特菲尔德小说《火星的井》的发生地点是"火星上的一口井"。

　　小说的空间是广阔且模糊的，原因在于小说时间的非线性。这是因为碎片化、多样化的时间建构导致人物在过去与未来间来回穿越，这些时间上的跳跃需要广阔且多样化的空间。从大海到高山、从太平洋到火星，小说人物自由穿梭在这些空间之中。此外，虽然小说空间是广阔且多样的，但这种广阔和多样完全是抽象的。要想表现时间的自由穿梭，就需要一个空间上能够体现出自由意象的地点，港口都市正是这样的地点，因为它与大海相连，并且具有异国情调，从而带来一种空间上无限宽广、无限延伸的感觉。但是正如巴赫金所指出的那样，"地点在传奇之中，仅仅是一个抽象而粗略的空洞场所而已"③。因此，小说中的港口都市只是一个象征符号，至于该都市具体是哪个国家的哪座城市那是不重要的。

　　除了抽象的广阔性，《且听风吟》中超现实的时间还需要超现实的空间，这种抽象且空洞的空间具有转移性，它可以是地球上的任何一个地方。巴赫金指出："传奇的时空特点也正在于时间与空间两者只具有机械性的抽象联系，时间序列可以易移，空间上也可以改换地方。"④《且听风吟》的空间也是这样，其场景可以是日本的港口都市，也可以是美国或其他欧洲国家的港口城市，因而具备可转移性。菅野昭正指出："作品

---

① 村上春树：《且听风吟》，林少华译，上海：上海译文出版 2007 年版，第 71 页。
② 同上书，第 128 页。
③ 巴赫金：《巴赫金全集》（第三卷），白春仁、晓河译，河北：河北教育出版社 2009 年版，第 285 页。
④ 同上书，第 286 页。

（指《且听风吟》——作者注）中出现的食物、饮料都极端的不同，并且被特别地强调。"①小说主人公吃的是三明治、炸薯片、炸面包圈（亦可翻译为"甜甜圈""多拿滋"），喝的是啤酒、葡萄酒、威士忌。小说人物似乎不吃日本食物，也很少喝日本饮料。再进一步分析会发现，小说人物不仅吃喝，连阅读的书和听的音乐也非常国际化。作品中出现了布鲁克·本顿、沙滩男孩、鲍勃·迪伦等西方歌手的音乐，还提到米什莱的《女巫》、卡赞扎斯基的《基督最后的诱惑》、罗曼·罗兰的《约翰·克里斯朵夫》等西方作家的经典作品，假如将《且听风吟》中的人物换成西方人，小说的故事背景换成西方，那么也是毫无违和感的。

　　小说空间上的转移性归根结底来源于其时间的超现实性。根据前文所述，小说故事的发生时间间隔是18天，但实际上主人公经历了25天时间，多出来的7天构成了神秘的超现实时间。小说人物在现实时间和超现实时间中来回穿梭，时间的线性顺序就被打乱，进而其时空呈现出非线性的特征。该设定导致小说时间不再具有确定性和具体性，从而营造了一种自由、随意、洒脱的艺术风格。由于时间建构的自由性和随意性，小说的空间建构也具备了类似的性质。正如巴赫金所指出的那样，"要知道任何的具体化，在地域、经济、社会政治、生活习俗方面的具体化，都会束缚传奇的自由和随意性"②。换言之，如果一部作品在时间和空间上要同现实中的某个具体地点联系起来，那么故事情节的发展就会受到现实时空的制约。小说的空间建构脱离了现实时空的束缚，因而作为小说空间背景的港口都市其具体位置从日本转移到美国、意大利或任何一个西方国家都是可以成立的。

　　由于《且听风吟》的时空不具有确定性和具体性，因此其超时间空白的时间在空间中呈现为"他人空间"。所谓"他人空间"是指小说中的空

---

① 菅野昭正：『村上春樹の読みかた』，東京：平凡社，2012，p.15.
② 巴赫金：《巴赫金全集》（第三卷），白春仁、晓河译，河北：河北教育出版社2009年版，第286页。

间不是主人公所熟悉的空间,主人公仿佛被某种外力"抛入"到这个不熟悉的他人空间之中,因而对空间中的一切事物都产生出陌生感和距离感。巴赫金认为:"希腊小说传奇时间所需要的那种抽象程度,在描写自己亲近熟悉的世界(不管是什么样的世界)时,则是根本无法实现的。"①也就是说,作者在描写自己所熟悉的世界时是很难做到陌生化②的,如果作家要想摆脱常理,即空间的确定性和具体性,就需要描写自己所不熟悉的"他人空间"。这在《且听风吟》中也有所体现,比如小说故事的发生地点虽然是主人公的家乡,但这个家乡就如同异乡一样。小说中基本没有出现主人公的家人,只在一处地方提到了他的哥哥:"两年前,哥哥留下满屋子的书和一个女友,未说任何缘由便去了美国。"③因此,主人公等同于孤身一人。此外,小说主要情节的发生场景都在海边的港口、杰氏酒吧以及"没有小手指女孩"的家,丝毫没有关于主人公自己家庭的描写,主人公虽身处家乡,但完全是一位"大地上的异乡者"。可以看出,村上春树特地避免描写主人公的家庭及其家人,其意图就是想营造某种陌生化的效果,从而刻画出一个不属于自己的"他人空间"。

　　小说的空间之所以是"他人空间",这与当时日本的历史背景也有一定关联。王向远在分析《且听风吟》时指出:"60 年代以后,日本的都市社会大规模形成……公寓的一层层墙壁和玻璃把人们隔开,把人们孤立开来。"④在日本经济高速发展的历史背景下,资本主义生产关系将人变为孤立的个体,传统的人情关系被淡化,同时经济高速发展使物质极大丰富,而人的精神却变得贫乏。因此,小说主人公作为孤立的个人,由于他

---

① 巴赫金:《巴赫金全集》(第三卷),白春仁、晓河译,河北:河北教育出版社,2009 年,第 286 页。
② 陌生化:是指俄国著名形式主义文艺评论家维克托·什克洛夫斯基(Viktor Shklovsky, 1893—1984)提出的文艺理论,该理论强调在文学作品的内容和形式上违反人们习以为常的常理和常境,这会给作品带来某种突如其来、意想不到的表达效果。
③ 村上春树:《且听风吟》,林少华译,上海:上海译文出版 2007 年版,第 94 页。
④ 王向远:《日本后现代主义文学与村上春树》,载《北京师范大学学报》(社会科学版)1994 年第 5 期,第 70 页。

与别人缺乏联系并且与现实世界也缺乏联系,因而他对于现实世界充满了陌生感。在这样一个陌生世界中,主人公无法获得任何有用的经验和教训,所以他无法成长,结果其时间也就变成了某种无聊、空虚的空白时间,这种时间在空间中就表现为"他人空间"。

基于以上认识,可以将《且听风吟》中的空间称为"他人空间",该空间与巴赫金所论述的"他人世界"具有类似的性质。巴赫金对于"他人世界"的定义如下:"人物同这一世界没有任何实质性的联系和关联;这一世界的社会政治、生活习惯等方面的规律性对人物来说是陌生的,人物不了解这些规律性。"①《且听风吟》的空间也是这样,小说人物仿佛同小说中的空间没有任何实质性的联系,他们对于小说空间中的事物充满了距离感和陌生感。比如小说第十章写道:"过去我也是学生来着,六十年代,蛮不错的时代。"②20 世纪 60 年代是日本学生运动层出不穷的时代,但小说主人公似乎并不知道当时发生了什么,只想起《米老鼠俱乐部之歌》,因此对于小说主人公来说整个世界都是陌生的"他人空间"。

不过,与巴赫金的"他人世界"不同的是,《且听风吟》的主人公将世界视为"他人空间"并非被动接受的结果,而是其主动选择。小说第二十二章写道:"游行示威、罢课之类。我还向她出示了被机动队员打断门牙的痕迹。"③也就是说,主人公其实是假装自己不了解 20 世纪 60 至 70 年代的日本社会,实际上他亲自参与了学生运动。他是在经历运动的失败之后,才对现实世界产生了疏离感和陌生感。菅野昭正认为:"《且听风吟》中的'我'虽然没有采用直率的语言,但也应该用同样清醒的双眼看到了(学生运动)崩坏的过程。"④20 世纪 60 至 70 年代的日本学生运动实际上分为不同派系,每个派系都认为自己代表绝对真理和正义,于是

---

① 巴赫金:《巴赫金全集》(第三卷),白春仁、晓河译,河北:河北教育出版社 2009 年版,第 286 页。
② 村上春树:《且听风吟》,林少华译,上海:上海译文出版社 2007 年版,第 41 页。
③ 同上书,第 80 页。
④ 菅野昭正:『村上春樹の読みかた』、東京:平凡社、2012、p. 18.

不同派系之间相互斗争,结果出现了类似"浅间山庄事件"①的恶性事件。很显然主人公对运动本身感到幻灭,因此他在提到 60 年代时故意不谈学生运动,而是反讽性地谈《米老鼠俱乐部之歌》。正因为主人公对于现实世界感到幻灭,所以他才自我放逐,进而主动将现实世界视为"他人空间"并与之保持距离。

"他人空间"对于小说的情节结构、人物形象以及思想主题都具有相当深刻的影响。小说的空间是一个广阔、抽象的陌生化世界,这使得小说的情节结构不再拘泥于现实的逻辑,从而获得了一定程度上自由发挥的余地。可以说,在"他人空间"与"传奇时间"的共同作用下,小说情节结构呈现出碎片化、多样化以及非线性的逻辑结构。人物形象方面,由于小说中的一切都是"他人空间"的产物,因此主人公在一个如同异国的家乡中超然物外、悠然自得。小说主人公虽然身处世界之中,但采取了在世界之外的局外人视角,整个世界都是"他人"的而非自己的,所以主人公与一切都保持距离,任何事物和事件都无法改变主人公独立的个性。巴赫金在分析古希腊小说中的"他人世界"时指出:"小说里描写的一切事物都具有这个特点:孤立而毫无联系。"②《且听风吟》中的空间也是如此,在"他人空间"的影响下,小说人物与现实世界相互疏离,小说情节也脱离现实束缚,走向自由性和随意性。这些特征反映出该作品与世界保持客观距离、追求精神自由的思想倾向。

可以看出,《且听风吟》中的"他人空间"呈现出模糊的广阔性、可转移性和陌生性的特点。而这些空间特征也体现在村上春树第一个创作阶段的其他作品之中。比如在《1973 年的弹子球》中,主人公转遍了整个东京城的游戏厅寻找一台名叫"三蹼宇宙飞船"的弹子球机。而小说中

---

① 浅间山庄事件:指 1972 年 2 月 19 日—2 月 28 日期间,日本左翼团体"联合赤军"在长野县轻井泽町的"浅间山庄"所做的绑架事件。该事件导致 3 人身亡,16 人受伤,并对日本社会造成很大影响,间接导致日本新左翼运动的退潮。
② 巴赫金:《巴赫金全集》(第三卷),白春仁、晓河译,河北:河北教育出版社 2009 年版,第 288 页。

的"东京城"并不一定是现实中的东京,小说写道:"'这里还是东京吗?'我这样问道。'当然。看起来像不像?''像世界尽头'。"①这里的"世界尽头"也出现在村上春树 1985 年发表的小说《世界尽头与冷酷仙境》之中,该作品中的"世界尽头"是一个完全脱离现实的幻想空间。很显然,《1973 年的弹子球》和《世界尽头与冷酷仙境》中的空间与《且听风吟》中的"他人空间"是相似的,它们都是某种抽象且陌生的"他人空间"。

短篇小说方面,在村上春树的第一部短篇作品《去中国的小船》中也能找到"他人空间"的影子。该作品的主人公回忆自己小时候被分配到中国人办的小学去参加某场考试,而此前主人公从未见过中国人,因此中国人小学对他来说是一个非常陌生且模糊的空间。小说写道:"因此对我来说,那里实际上无异于天涯海角。天涯海角的中国人小学。"②可以看出,该作品中的"中国人小学"对于主人公来说就是一个典型的"他人空间"。在小说结尾,主人公望着东京的街头遥想中国,他感叹道:"东京——甚至东京这座城市……也突然开始失却其现实性……我的中国如灰尘一般弥漫在东京城,从根本上侵蚀着这座城市。"③主人公并非中国人,但他却用了"我的中国"这样的说法,这说明此处的"中国"并非现实中的中国,而是主人公内心想象中的"中国",而"东京"也是一样。因此,小说中的"中国"和"东京"都是处于主人公内心之中的"他人空间"。由此可见,在"他人空间"的作用下,村上春树第一个创作阶段的作品中的时间建构和空间建构相互呼应,从而构成了时空统一体。小说的时间建构展现出非线性、超现实性和超时间空白的特征,这些时间建构在空间中呈现为模糊的广阔性、可转移性和陌生性,进而使小说的时间建构与空间建构紧密相连。这导致该作品具有了时空的稳定性和统一性,并形成了贯穿小说始终的时空体建构,该时空体是"传奇时间"与"他人空

<hr>

① 村上春树:《1973 年的弹子球》,林少华译,上海:上海译文出版社 2008 年版,第 132 页。
② 村上春树:《去中国的小船》,林少华译,上海:上海译文出版社 2008 年版,第 5 页。
③ 同上书,第 32 页。

间"的结合,故可以将其称之为"传奇时间中的他人空间"。

基于以上论述,可以认为村上春树第一个创作阶段中的《且听风吟》《1973 年的弹子球》《去中国的小船》等作品的时空体是"传奇时间中的他人空间",在该时空体的影响下,小说的情节结构呈现出非线性的特征,小说人物则是孤立且超然的,思想主题体现出对于精神自由的追求。虽然在其他作家的作品中也可以看到诸如非线性的情节逻辑、孤立的人物形象、追求自由精神等要素,但是这些要素很少能被有效整合在一起。而在"传奇时间中的他人空间"这个特殊的时空体中,上述要素遵从该时空体的一贯逻辑,从而被有机结合起来,最终形成了村上春树独特的艺术风格。可以说在"传奇时间中的他人空间"时空体的影响下,村上春树创作初期的小说呈现出忧郁但幽默、孤独而自由、随意又洒脱的后现代艺术风格。这种风格将村上春树与其他作家区别开来,为 20 世纪 70 年代末的日本文坛注入了新鲜的血液。

第二节　多维空间中的集体时间

与《且听风吟》中的"他人空间"不同,《奇鸟行状录》的空间发生了较大变化。通过第三章第二节的分析可以发现,虽然该作品是一部鸿篇巨制,但其时间建构具有中介性,具体表现为小说的时间建构介于线性与非线性、现实与超现实之间,从而构成一种将不同维度时间整合起来的"集体时间"。如果将该"集体时间"放置在从"传奇时间"向"历史时间"的发展过程中辨析的话,可以明显看出"集体时间"是一种介于个人主观与现实客观之间的过渡性时间建构。那么该时间呈现在小说的空间之中时会具备哪些特征呢?

《奇鸟行状录》中介于线性和非线性之间的时间需要的是介于清晰和模糊之间的空间,因此该空间具有半抽象、半具体的性质。如前文所述,该作品主要有三个时间维度,这三个时间维度在空间中则呈现为空间的三重维度。即与当下时间相对应的现实空间、与历史时间相对应的历史空间、与未来时间相对应的异空间。小说中三个维度的内部空间是相对清晰的，比如小说关于诺门罕战场的描写可谓细致入微，对哈拉哈河沿岸的一草一木都有着极为真实且细腻的描绘，让人读来有种身临其境的感觉。为了真实还原小说中的历史空间，村上春树于 1994 年 6 月特地前往位于中蒙边境的诺门罕考察。在诺门罕村上春树感叹道："炮弹片、子弹、打开的罐头盒……毕竟是五十五年前的战争了，然而就好像刚刚过去几年一样几乎原封不动的零乱铺陈在我的脚下。"①由于当地人迹罕至，所以诺门罕战役的遗迹都被完好地保存下来，这也是为什么该作品对于诺门罕的描写是如此真实。与历史空间一样，小说中另外两个空间维度也采用了类似的描写手法。

虽然小说中三个空间维度的内部描写是清晰具体的，但三个空间之间的外在关系又是模糊且抽象的。小说主人公虽然处在现实空间之中，但他可以通过下井进入异空间，并以此认识历史空间。也就是说，主人公在三个空间中来回穿越，但这三个空间之间的外在关系是不明确的。历史空间与现实空间之间的关系就如同现实空间与异空间之间的关系一样，是相互分离的，需要通过一定的方法才能联系起来。如前文所述，小说中存在着两条时间轴：一条是代表历史的时间纵轴，另一条是代表现实的时间横轴，两条时间轴虽然有关联，但本质上是两条不同的时间轴。两条时间轴在小说空间中呈现为现实空间与历史空间的分离，为此村上春树特地设定了一个异世界作为通道，主人公只有通过下井进入异世界的 208 号房间才能将现实空间与历史空间连接起来。由此可见，该作品的空间之所以具有半抽象、半具体的特征，本质上是由其多维空间之间复杂的相互关系所导致的。

小说中介于现实和超现实的时间需要的是现实与超现实并存的空

---

① 村上春树：《边境·近境》，林少华译，上海：上海译文出版社 2011 年版，第 155 页。

间,因此其空间建构具有联系性。正如作品的时间既超现实又具有现实感一样,小说中的现实空间和超现实空间也是并存着的。例如:在小说第三部中多次出现的"新京动物园"在现实世界中也存在,该动物园建于1938年,在当时号称"亚洲第一园"。1945年,日本军队在投降前夕将园内狮子、老虎等大型猛兽全部毒杀或枪杀,而《奇鸟行状录》用大量篇幅描写了日本军国主义者屠杀动物的场景。1987年,我国政府将动物园改名为"长春动植物公园"并重新开放。1994年,村上春树专门前往此地考察,为了仔细观察老虎等猛兽,他还冒险抱着东北虎拍照。村上春树回忆道:"在土耳其深山里被库尔德游击队包围的时候和在墨西哥看见大概是被击毙的人的时候也够害怕,但还是抱着老虎时更害怕。"①由此可见,与《且听风吟》不同,此时的村上春树并没有只凭借自己的想象去描写小说中的空间,而是通过自己的亲身经历和实际观察去描绘现实空间,这才使得小说空间具有一定的现实感。

《奇鸟行状录》的空间除了具备现实感,同时也具有较强的超现实感。在小说第二部第八章中,主人公在井底通过静坐冥想进入了异世界的208号房间,他在房间中见到一位女郎,接着有一位神秘男子闯入房间。女郎让主人公赶紧逃跑,这时:"墙壁犹如巨大果冻一般冷冷的稠稠的,我须紧闭嘴巴以防它进入口中。我暗暗称奇,自己竟破壁而过。"②主人公在穿过果冻墙后又回到了井底。这一段描写颇具奇幻性,展现出小说人物在现实世界和异世界中来回穿越的场景。而电话女郎的真实身份在后文中有所提示:"毫无疑问,那女郎是久美子。"③因此,在异世界的208房间中被软禁的就是久美子,而神秘男子就是她的哥哥绵谷升。小说尾声主人公在208房间中与神秘男子搏斗并杀死了他,与此同时现实中的久美子也获救了。主人公能通过井底穿越到208房间解救久美子,

---

① 村上春树:《边境·近境》,林少华译,上海:上海译文出版社2011年版,第124页。
② 同上书,第278页。
③ 同上书,第407页。

这显然是一种超现实空间的表现手法。

现实空间与超现实空间并存而不发生冲突，这体现出小说空间之间既相互分离又具有一种联系性。村上春树在谈到人与人之间的关系时曾指出："（人与人的关系）并不是像平常人们说得那样'我明白你说的意思，来，我们牵手吧'，而是那种在'井'中一直掘呀掘，打通原来根本无法逾越的厚壁彼此相连的参与方式。"①这里的"井"是历史的象征，指涉日本与东亚的历史遗留问题。而村上春树将该遗留问题的根源推至 1930年代的诺门罕战役，因此贯穿《奇鸟行状录》的纵向时间之轴正是日本从诺门罕战役到二战结束期间的历史遗留问题。主人公通过下井挖掘并反思自己潜意识的底层，通过这种挖掘他意识到自己潜意识中隐藏的暴力性。这种暴力性按照田中雅史的说法是："历史的巨大洪流中产生的暴力性。"②也就是说，这种暴力性并非主人公所独有，而是每个没有充分反思历史的日本人潜意识中都隐藏着的。

小说主人公冈田亨敢于正视历史、承认自身潜在的暴力性，这使他达到了对他人的深层理解。进而冈田亨在潜意识底层与他人建立了联系。因此小说中的主要人物都愿意与主人公交流。桥本牧子认为："可以说《奇鸟行状录》是直接且真挚地面对了'如何言说历史'这一问题的文本。"③通过主人公与不同空间中人物的对话，小说中的不同空间被联系起来，最终使历史空间、现实空间和异空间等不同维度之间具有了联系性。

除了联系性，《奇鸟行状录》中的空间建构还具备传承性。小说中多重维度的集体时间需要的是多重维度的空间，而不同维度的空间之间又

① 河合隼雄、村上春树：《村上春树去见河合隼雄》，吕千舒译，上海：东方出版中心 2011 年版，第 51 页。
② 田中雅史：村上春樹「ねじまき鳥クロニクル」にみられる他者の理解と「対象」，甲南大学紀要．文学編(158)、2008、p. 45.
③ 橋本牧子：村上春樹「ねじまき鳥クロニクル」論——〈歴史〉のナラトロジー、広島大学大学院教育学研究科紀要、第二部、文化教育開発関連領域 (51) 2002、p. 256.

具有一种代际传承的关系。小说中的每个人物形象都拥有独立的时空维度，而主人公与这些人物对话并将不同人物的记忆综合起来，从而使不同的时空维度之间产生联系。例如：在小说第一部中冈田亨通过阅读间宫中尉的长信了解了诺门罕战役的历史。第二部中冈田亨倾听了加纳克里他被绵谷升强暴的回忆；第三部中冈田亨通过与赤坂肉豆蔻对话来了解伪满洲国的历史，赤坂肉桂将主人公的记忆和自己母亲的记忆综合起来写了《拧发条鸟年代记》；最后冈田亨在阅读了《拧发条鸟年代记》后获得了与绵谷升对抗的坚定意志。因此主人公冈田亨将自己的记忆与他人的记忆融合起来，将历史空间、现实空间和异空间相结合，从而获得了与恶势力斗争的信念。在主人公将不同人物记忆融合起来的同时，小说中的不同维度的空间也被组织成一个有机整体，从而构成了反抗暴力的精神在几代人中不断传承的多维度空间。

小说多维空间的传承性体现出空间的时间化特征。巴赫金在分析歌德小说时指出："现象间的单纯的空间毗邻是与歌德格格不入的。他用时间去充实这种空间毗邻关系，贯穿在其中，并揭示出它生成和发展的过程；他把空间并列的东西分别属于不同的时间阶段、不同的成长时代。"①《奇鸟行状录》的空间也具有类似的特征，它将 20 世纪 30 年代的诺门罕、40 年代的伪满洲国和西伯利亚战俘营、80 年代的日本东京以及异世界的 208 号房间等不同维度的空间统摄在一个善与恶不断斗争的历史进程之中。最初，在诺门罕和西伯利亚是间宫中尉和反派剥皮鲍里斯的斗争，在伪满洲国是兽医与不可名状之恶的斗争；接着，在 80 年代的东京是冈田亨和绵谷升的斗争；最后，在异世界的 208 号房间中冈田亨成功打倒神秘男子，进而通过某种力量使现实世界中的绵谷升失去了意识。太田铃子指出："间宫对于鲍里斯的憎恶和冈田亨对绵谷升的憎

---

① 巴赫金：《巴赫金全集》(第三卷)，白春仁、晓河译，河北：河北教育出版社 2009 年版，第 234 页。

恶是相似的。"①换言之，主人公与绵谷升的斗争其实是间宫中尉和鲍里斯斗争的历史轮回。由此可见，该作品作为一部多维时空的编年史，实际上是通过艺术的表达方式描写了一个经过几代人在不同维度时空中的不懈努力，最终使善战胜恶的总体历程。这样，小说中的多维空间就不再是分散且孤立的空间，而是被纳入历史发展的进程之中，成为时间化的空间。

通过以上分析，可以将该作品的空间建构称为"多维空间"。所谓"多维空间"，是指小说中的空间建构不仅局限于主人公主观的空间维度，而且小说中的每一个人物都具有自己独立的时空维度，这使得小说空间拥有了多重维度。巴赫金在分析拉伯雷小说中的时空体时指出：

> 人可以有人世间的生理上和历史上的相对不朽，即人种不死、姓氏不死、事业不死……最重要的是使人继续人世间的成长和发展，使人类进一步完善起来……拉伯雷把后代的成长同文化的发展和人类历史的发展联系起来。②

也就是说，在巴赫金看来拉伯雷小说体现出一种人类文化和历史的传承性。对于个人来说，最重要的不是使自己永存，而是使美好的愿望和对善的追求永存。因而从本质上看，人类的文化和历史的传承正是对于善的追求以及对于恶的反抗在无数代人当中的传递。《奇鸟行状录》的空间也具有这样的性质，该空间具有传承性，体现出战争记忆在几代人中的传递，而且它通过空间的时间化将不同维度的空间统摄在同一个时间流之中。进而该作品呈现出一幅几代人在不同维度的时空中传递善的力量并与恶势力做斗争的史诗画卷。由此可见，《奇鸟行状录》的空间既是"多维空间"，也是这些不同维度空间之间的传承、对立和统一。

"多维空间"对小说的情节结构、人物形象和创作主题具有重要影

---

① 太田鈴子：村上春樹「ねじまき鳥クロニクル」——高い壁と卵，学苑，2013—11，p.46.
② 巴赫金：《巴赫金全集》(第三卷)，白春仁、晓河译，河北：河北教育出版社2009年版，第395页。

响。介于现实和超现实的空间使作品的情节发展逻辑也具有了半现实、半虚幻的特征。一方面,村上春树通过实地考察、资料收集等方法详细了解二战史实,从而使该作品中关于历史的描写具有较高的现实感。另一方面,小说中关于古井以及 208 号房间的描写又显得超现实,这使得该作品最终呈现出既现实又虚幻的情节特征。它在揭示二战史实的同时又增加了小说情节解读上的潜力。从人物形象上看,空间建构上的对话性使主人公敢于正视历史事实、反省自己意识底层的暴力性。因而主人公没有将自己的主观性强加给他人,而是充分认识和肯定他人独立的主体性。因此主人公能够通过不断与他人对话将自己的记忆与他人的记忆综合起来,从而获得了与恶势力斗争的信念。空间上的传承性则使小说中处于不同维度空间中的人物和情节被统一在同一个时间流之中,形成了一个代表历史发展过程的有机整体。

在"多维空间"的影响下,小说人物和情节被统一起来,从而突出了该作品不忘历史,要将战争记忆传承下去并与暴力性斗争的主题思想。正如芳川泰久所指出的那样,"作品中人物的自我同一性被'切断',这和日本的'集体记忆丧失'的历史'切断'性实践是相似的。而小说要超越'切断',夺回失去的事物(对主人公来说是妻子久美子,对作家来说是无法言说的作为暴力装置的战争历史)"①。超越"日本集体记忆丧失",夺回被忘却的战争记忆,这正是村上春树通过该作品与暴力性斗争的方法。

总的来说,《奇鸟行状录》中的"多维空间"具有半抽象、半具体性以及联系性和传承性。而这些空间特征也体现在村上春树第二个创作阶段的其他作品之中。例如:在《斯普特尼克恋人》中出现了各不相同的空间视点,小说前几章采用的是主人公"我"的叙述视点,该视点下的小说

---

① 芳川泰久:『村上春樹とハルキムラカミ:精神分析する作家』、東京:ミネルヴァ書房、2010、p. 153.

空间是相对具体的。但从第十一章开始小说转向了小说人物堇的叙述视点,该视点下的空间是某种抽象的异空间。小说写道:"她沿着长长的阶梯去见她死去的母亲,不料她赶到时母亲已经循往那一侧。而堇对此无能为力,以致在无处可去的塔尖被异界存在物所包围。"①很显然,这里的"异界"与《奇鸟行状录》中的异世界类似,都是抽象的空间。此外,小说中的重要人物敏与《奇鸟行状录》的主人公一样也是一个游走于现实与异界之间的人物,堇在日记中写道:"我爱敏,不用说,是爱这一侧的敏。但也同样爱位于另一侧的敏。"②可以看出,小说中的空间是包含了"这一侧"和"另一侧",介于现实与超现实之间的"多维空间"。

除了长篇小说,在村上春树同时期创作的短篇作品之中也能够找到"多维空间"的迹象。例如,发表于1996年的短篇小说《列克星敦的幽灵》讲述了主人公"我"在好友凯锡家遇到幽灵的故事。小说中反复出现的"列克星敦"作为一个象征符号有着特殊的寓意。"列克星敦"与美国二战期间服役的列克星敦级航母同名,而该级航母共有两艘,一艘在珍珠港事件③中被日本空军击沉,另一艘于1946年作为核试验的靶船被美军的原子弹炸沉。可以说,"列克星敦"的意象与二战历史紧密相连,而闹鬼的凯锡家老宅作为一个神秘的空间,成为非现实的历史时空与现实时空的中介点。代表二战历史时空的"列克星敦的幽灵"使小说空间呈现出历史时空与现实时空之间的联系性和传承性,因而该空间也符合"多维空间"的特征。

综上所述,《奇鸟行状录》中的空间是一种"多维空间",而这一空间建构也体现在村上春树第二个创作阶段的其他作品之中。这些作品中的"集体时间"和"多维空间"相结合,从而构成了"集体时间中的多维空

① 村上春树:《斯普特尼克恋人》,林少华译,上海:上海译文出版社2008年版,第172页。
② 同上书,第169页。
③ 珍珠港事件:是指1941年由日本政府策划的针对美国海军基地的偷袭事件,也是二战太平洋战争的导火索。

间"时空体。在该时空体的影响下,小说的时间建构是介于线性与非线性、现实与超现实之间的,并且展现出集体性特征。这些特征在小说空间中呈现出来,从而使其空间建构具备了半抽象、半具体性以及联系性和传承性。在这些时空特征的作用下,小说的空间被时间化,不同的空间维度被统一在同一个历史进程之中,进而实现了时间建构与空间建构的结合。林少华指出:"可以断言,村上试图以这种'轮回'暗示历史与现在之间的某种'关联'。"①应该说,小说中的历史时空与现实时空的关联正是通过"集体时间中的多维空间"时空体才得以成立的。

第三节　模拟现实空间中的历史时间

《奇鸟行状录》展现出村上春树对于社会历史问题的关注,但进入新世纪后的《没有色彩的多崎作》则体现出某种回归个体性、不再关注社会问题的倾向,因而从表面上看《没有色彩的多崎作》的关注重点与《且听风吟》比较相似。但根据前文的论述,《没有色彩的多崎作》中的"历史时间"比前两部作品的时间建构更加贴近现实。村上春树并没有简单地回归个体性,而是在更高层次上关注个体的成长。所以从本质上看,其关注重点的回归并不是倒退,而是一种螺旋式上升。因此当"历史时间"在小说的空间中呈现出来时,小说的空间建构也具备了相应的特点。

基于《没有色彩的多崎作》的文本建构,可以发现线性时间在小说空间中呈现出确定性和具体性。木部则雄指出:"自从多崎作去东京的工科大学读书开始,小团体就产生了破绽。"②小说人物赤、黑、青、白四人原本都可以考上更好的大学,但为了不使小团体解散才都选择留在名古屋,只有多崎作一个人选择去东京,这也是他被小团体排挤的原因之一。

---

① 林少华:《莫言与村上:似与不似之间》,载《中国比较文学》2014年第1期,第84页。
② 木部则雄:『色彩を持たない多崎つくると、彼の巡礼の年』の精神分析的考察——グループ心性とコンテイナーの機能、白百合女子大學研究紀要(49)、2013—12、p.105.

其中:"赤考进名古屋大学经济学院……黑考进一所英文系很出名的私立女大。"①可以看出,小说中的空间地点是比较具体的,比如多崎作学习车站建造专业的大学很可能就是培养了许多著名建筑师的东京工业大学,赤所在的名古屋大学经济学院在现实中也比较有名,黑所在的以英文系见长的私立女大很明显是指名古屋的爱知淑德大学。这些现实中实际存在着的具体空间地点与《且听风吟》中模糊且虚构的地点形成了鲜明对比。

此外,小说相当细致地描写了日本中部都市名古屋。小说大部分情节的发生地就位于名古屋,因此对于该城市的街道景观、社会状况、生活习俗都有所描写。例如,多崎作去名古屋的雷克萨斯展销大厅见青时,他先在接待处遇到一名女子,然后村上春树用很长一段文字描写了"名古屋很常见的一类女性"的生活常态。多崎作与赤交谈时也说道:"这是一片乡缘关系大行其道的土地……名古屋产业界存在这种牢固的关系网。"②村上春树还借赤之口感叹道:"名古屋就规模来说在日本都是屈指可数的大都会,但也是个狭隘的城市。人多、产业兴盛、商品丰富、可选项却出乎意料的少。"③三轮太郎和重里彻也认为,与名古屋相似的地方性大城市还有福冈、札幌、广岛和仙台。札幌和仙台位于日本的北方,自古与俄国有来往,福冈离韩国很近,与东亚各国的交流颇多,广岛由于经历过原爆而坚持对外开放,只有名古屋代表了"无穷无尽的自我目的化,无穷无尽的自我封闭性"④。因此,小说中具有封闭性特征的名古屋并不是村上春树构想出来的虚幻空间,而是真实反映了现实中名古屋的特色,从中也可以看出小说空间所具有的确定性和具体性。

除了确定性和具体性,《没有色彩的多崎作》的空间建构还具有模拟

① 村上春树:《没有色彩的多崎作和他的巡礼之年》,施小炜译,海口:南海出版公司2013年版,第17页。
② 同上书,第150页。
③ 同上书,第157页。
④ 重里彻也、三轮太郎:『村上春树で世界を読む』、東京:祥伝社、2013、p.244.

现实感。以小说第十九章描写的东京新宿站为例：村上春树在描绘新宿站时，先采用了整体视角对该站的结构进行概述："许多线路在站内交汇……乘车站台多达十六处。再加上小田急线和京王线这两条私铁线和三条地铁线分别像电线插头般接在它的侧腹。"①新宿站是日本最大的铁路枢纽之一，也是世界上客流量最大、最繁忙的车站之一。如果查阅新宿站的结构图，可以发现村上春树的描写是符合客观现实的。接着，村上春树采用局部视角对新宿站内部的工作状态进行刻画："清洁工迅速走进到站列车回收垃圾，把座位整理干净……车厢更换目的地标识，列车被赋予新的编号。一切均以秒为计时单位，秩序井然、精准高效、顺畅无阻地进行。"②最后，作者描绘出站内不同乘客的状态："要乘坐这趟车的人们匆匆忙忙在小卖店里买便当、点心或啤酒，准备几本杂志……到处都有人用指尖灵活地操作智能手机，或者用不输于站内广播的声音冲着手机吼叫。"③

可以看出，村上春树为描绘出真实的新宿站而采用了三种不同的观察视角，全方位地展现出新宿站的空间结构。巴赫金在分析歌德小说时指出："要理解评价一处地方的标准、评价的尺度，理解这地方人们的活动范围，只能采取建设者视角。"④所谓建设者视角，就是运用第三人称的生产建设者视角观察某一空间整体，村上春树在观察新宿站时显然采用了类似的视角。首先，他使用一个整体性视角观察整个新宿站，接着，他采用相对较小的局部性视角观察车站内部的工作情况，最后，通过观察乘客的状态，村上春树描绘出站内的具体细节。这三个不同角度的观察范围由整体到局部、由外到内、由表及里，进而客观地呈现出新宿站空间的全貌，使其空间描写具有模拟现实感。

---

① 村上春树：《没有色彩的多崎作和他的巡礼之年》，施小炜译，海口：南海出版公司 2013 年版，第 264 页。
② 同上书，第 268 页。
③ 同上书，第 269 页。
④ 巴赫金：《巴赫金全集》（第三卷），白春仁、晓河译，河北：河北教育出版社 2009 年版，第 243 页。

此外,村上春树还写道:"万一这种拥挤至极的列车或车站成为有组织的狂热恐怖分子袭击的目标,无疑将造成致命的事态……而且这样的噩梦一九九五年春天曾在东京真实发生过。"①巴赫金指出:"歌德具有在空间中看出时间的非凡能力。"②显然当村上春树在描写新宿站时也从空间中看出了历史时间,他将空间中的新宿站与 1995 年发生的地铁沙林毒气事件相联系,从而将该空间与真实发生的历史事件联系起来,这使得小说中的空间得以时间化,让读者能够透过其空间了解现实中的历史事件。这种时间与空间相互印证、不可分割的必然性进一步凸显出其空间的模拟现实感,体现出空间的时间化建构。

《没有色彩的多崎作》具有成长性的时间使其空间呈出个体性空间与社会性空间的结合。巴赫金在研究歌德作品时指出:"小说中那些常用作情节运动的牢固的背景、不变的常数、静态的前提的东西,在这里恰好变成了运动的主要载体、运动的肇始者,成为情节运动的组织中心。"③也就是说,在歌德以前的小说当中,作为背景的社会历史往往是固定不变的,人的成长只是去适应社会的固有规则。然而在歌德作品中,运动恰恰出现在那个固定不变的社会历史背景中,人的成长是由于时代背景的变化而推动的,这就构成一种人与世界共同成长的特征。《没有色彩的多崎作》也具有该特征,比如千叶俊二认为:"保持摇曳和流动性,就能够柔软地适应环境的变化。村上春树的作品的确很符合这种自然科学的法则。"④也就是说,小说体现了主人公多崎作的成长历程,但这只是小说主线情节的明线,在这条明线背后还有一条暗线,即 2011 年的东日本大地震与福岛核电站事故导致的日本社会历史的变化。在灾难面前人们不得不面对痛苦的洗礼,从而改变自己并且适应环境的变化而获得成

---

① 村上春树:《没有色彩的多崎作和他的巡礼之年》,施小炜译,海口:南海出版公司 2013 年版,第 265 页。

② 巴赫金:《巴赫金全集》(第三卷),白春仁、晓河译,河北:河北教育出版社 2009 年版,第 237 页。

③ 同上书,第 236 页。

④ 千葉俊二:『色彩を持たない多崎つくる』の物語法則、日本文学、2013(11)、p. 81.

长。《没有色彩的多崎作》正是通过艺术的表现手法来体现这种人与世界共同成长的过程,因此小说中的个体性空间不仅是人物形象的私人空间,而且是与现实社会历史背景相结合的成长性空间。

具有成长性的空间使小说时空更加符合客观现实,表现出人与世界共同成长的主题思想。巴赫金认为:"歌德的任务,不仅是以现在成熟的认识和理解来描绘自己过去的世界,而且要描写自己过去对这一世界的认识和理解。"①不同成长阶段的人对于现实世界有着不同的认知,歌德将人的不同成长阶段都描绘出来,从而具体地呈现出人与世界共同成长的发展过程。相较于没有血肉的纯粹客观现实,从不成熟走向成熟的过程描写更加具有活生生的成长性和现实感。《没有色彩的多崎作》也一样,木部则雄指出:"考虑到'多崎'一词具有'很多陡峭和崎岖'的意思,这个名字恐怕也隐喻了从青春期成长为大人的进程。"②从小说开头的消极抑郁到小说结尾的积极向上,村上春树描绘出主人公多崎作的不同成长阶段,这些成长阶段从侧面呈现出日本社会历史的不同发展阶段。从90 年代日本泡沫经济破灭导致的长期不景气和精神萎靡,到 2011 年东日本大地震后日本社会秩序的重新恢复。可以看出在灾难的磨砺下,日本社会本身也在成长。而多崎作充满艰辛和崎岖的成长历程从侧面反映出日本社会向着经济复苏艰难前行的现实状况。

基于以上论述,可以认为小说中的空间建构是一种"模拟现实空间"。所谓"模拟现实空间"不是现实世界中的空间,而是小说中具有强烈真实感和现实感的虚构空间。《没有色彩的多崎作》的时间建构具有线性、现实性和成长性的特征,在时间建构的影响下,其空间建构产生出某种趋势,即要以现实世界中具体空间地点来维持其存在。换言之,其空间建构的最大特点就在于,读者几乎可以直接指出其所处的现实位

---

① 巴赫金:《巴赫金全集》(第三卷),白春仁、晓河译,河北:河北教育出版社 2009 年版,第 237 页。
② 木部則雄:「色彩を持たない多崎つくると、彼の巡礼の年」の精神分析的の考察――グループ心性とコンテイナーの機能、白百合女子大學研究紀要(49)、2013—12、p. 103.

置,例如新宿站、名古屋大学等。村上春树笔下的新宿站现在成了东京
著名的旅游景点,每年都有很多游客前往新宿站目睹其庞大人流所带来
的震撼感。虽然没有直接证据能够证明是《没有色彩的多崎作》使新宿
站成为热门景点,但现实地点与小说空间的联动使其情节仿佛是实际发
生过的事情。也就是在真实时间里的现实空间中完成的事件,于是小说
空间与现实空间中的墙壁仿佛被打破了。由此可见,与《且听风吟》相
比,该作品的空间建构已经不再是抽象且模糊的,这一空间建构已经成
为现实世界中的确定不移的一个部分在小说世界中的反映。简单地说,
虽然小说中的空间是虚构的,但读者仿佛能够在现实中看得见摸得着这
个空间,因此可以将其称为"模拟现实空间"。

　　"模拟现实空间"对小说情节建构和人物形象的展开具有较大的影
响。由于这种"模拟现实空间"的影响,作家在构思情节和人物时所依据
的便是一个现实中的具体空间。该空间不再是作者想象出来的抽象空
间,而是现实中真实存在着的、结合了历史时间的空间。在这种情况下,
小说的情节和人物就不再是纯粹虚构的,而是具有了较强的现实性和历
史感。正如巴赫金指出的那样:

　　　　情节(所写事件的总和)与人物不是从外部进入场景的,不是凭
　　空硬加上去的,而是原本就在其中而后渐渐展开的。这是一种创造
　　力,能赋予景致以形态和人格……①

　　可以看出,当小说的空间是"模拟现实空间"、时间是"历史时间"的
状态下,其时空建构本身拥有了一种创造力。它使情节和人物能够自动
生成,并且不具有生硬性。村上春树在其自传性作品《我的职业是小说
家》中也回忆道:"小说若是顺利地上了轨道,出场人物会自己行动起来,
情节也会自然发展下去。"②千叶俊二在分析《没有色彩的多崎作》时也认

① 巴赫金:《巴赫金全集》(第三卷),白春仁、晓河译,河北:河北教育出版社 2009 年版,第 262 页。
② 村上春树:《我的职业是小说家》,施小炜译,海口:南海出版公司 2017 年版,第 181 页。

为:"由于某种化学反应而促进了小说连续不断地自我组织化(自动生成)。"①之所以出现这样的情况,根本原因在于小说时空本身是模拟现实的,现实的空间建构赋予时间以具体可见的形态,进而能够不断创造出贴近现实的情节建构和人物形象。

概而言之,《没有色彩的多崎作》中的"模拟现实空间"呈现出具体性、真实感和成长性的特征。这些空间特征也体现在村上春树第三个创作阶段的其他作品之中。例如:村上春树于 2017 年发表的长篇小说《刺杀骑士团长》中的空间地点基本上都是现实中存在着的空间地点,小说第二章描写主人公开车:"到达新潟后,右拐沿海边北上。丛山形进入秋田县,从青森县开往北海道。"②如果查阅日本地图,我们可以发现这段描写符合现实中的日本地理空间,因而具有较强的真实感。此外,村上春树在与川上未映子的访谈中指出:"以《刺杀骑士团长》为例,有了画家'我',画室里开始有各种各样的人出来进去……在这当中热能就会自发地喷涌出来。长篇小说这东西,在某种意义上,就是持续发现那种自然发热情形的作业。"③在这里也提到了小说情节与人物的自动生成机制,之所以能够自动生成正是因为小说时间与空间上的模拟现实性,因此,该作品的空间符合"模拟现实空间"的特征。

短篇小说方面,同时期村上春树发表了短篇小说集《没有女人的男人们》(2014),其中也能够发现"模拟现实空间"的影子。例如,在这部短篇集中有一篇名为《驾驶我的车》的作品,讲述了主人公家福雇用了一位司机渡利并和她谈起自己妻子出轨的故事。小说中出现了这样的描写:"从天现寺十字路口右拐,在明治屋地下停车场停车……然后上坡开去有栖川公园那边,从法国大使馆前面进入明治大街。"④如果查阅东京地

---

① 千葉俊二:『色彩を持たない多崎つくる』の物語法則、日本文学、2013(11)、p. 81.
② 村上春树:《刺杀骑士团长》(第一部),林少华译,上海:上海译文出版社 2018 年版,第 25 页.
③ 村上春树、川上未映子:《猫头鹰在黄昏起飞》,林少华译,上海:上海译文出版社 2019 年版,第 53—54 页.
④ 村上春树:《没有女人的男人们》,林少华译,上海:上海译文出版社 2015 年版,第 8 页.

图的话,会发现这段描写完全符合现实。另外,在短篇集中的另一部作品《昨天》中出现了这样的描写:"别人一问我的出生地就说是芦屋的话,别人会以为我是有钱人家的孩子。"①芦屋是日本兵库县靠近神户市的一座小城市,辖内有多个高级住宅区,因此常被日本人视为有钱人居住的城市,可以看出这些短篇小说中的空间描写非常符合现实世界的真实状况,因此也是一种"模拟现实空间"。

综上所述,《没有色彩的多崎作》中的空间是一种"模拟现实空间"。而这一空间建构也体现在《刺杀骑士团长》《没有女人的男人们》等村上春树第三个创作阶段的其他作品之中。这些作品中的"历史时间"与"模拟现实空间"相结合,从而构成了"历史时间中的模拟现实空间"时空体。在该时空体的影响下,小说中的时间和空间紧密结合、相互联动,并产生出贯穿小说始终的时空体逻辑。该时空体逻辑决定了小说情节和人物的自动生成模式,从而为小说人物提供一个开放透明的时空场域。小说中的人物在"模拟现实空间"中自由行动,由这些行动产生的相关情节显得浑然天成、流畅自然,没有作者刻意干预的痕迹,这样就形成了具有村上春树特色的文体韵律。村上春树曾说过:"文体中最重要的元素是节奏或韵律(rhythm)。"②由此可见,在"历史时间中的模拟现实空间"时空体的影响下,该作品整体上呈现出一种回归现实、回归自然韵律的艺术风格。

第四节 村上春树小说空间建构的发展脉络

经过上文的探讨,可以对村上春树小说的空间建构的发展脉络进行总结,从而在整体上把握其空间建构的本质性特征。

---

① 村上春树:《没有女人的男人们》,林少华译,上海:上海译文出版社 2015 年版,第 45 页。
② 转引自林少华《村上春树的文体之美——读〈没有色彩的多崎作和他的巡礼之年〉》,载《艺术评论》2014 年第 6 期,第 111 页。

从空间具体性角度上看,村上春树的作品经历了从抽象空间向具体空间的演变。《且听风吟》的空间是广大且模糊的,具有抽象的广阔性。小说主要情节的发生地点是海边的某港口城市,但该城市的具体位置是模糊不清的,小说中每个具体场景的空间结构和位置关系也是不明确的。此外,在小说的支线情节中还出现了诸如火星的井、太平洋上的无人岛之类的抽象空间。《奇鸟行状录》的空间具有半抽象、半具体的性质。小说中出现了现代空间、历史空间和异空间这三个空间维度,每个空间内部的描写是清晰具体的,但三个空间之间的关系又是模糊且抽象的,村上春树采用了"井"这一象征符号将三个空间维度联系起来,从而体现出多维度空间之间的联系性和传承性。与前两部作品相比,《没有色彩的多崎作》的空间具有比较明显的确定性和具体性,小说中出现了很多现实中实际存在的具体地点,此外该作品对于名古屋市的描写非常贴近现实,从而体现出其空间的具体性。

空间具体性的演变反映了村上春树把握小说空间能力的提升,表现为其对空间的认知从抽象走向具体。马克思指出:"抽象的规定在思维行程中导致具体的再现……从抽象上升到具体的方法,只是思维用来掌握具体,把它当作精神上的具体再现出来的方式。"[1]可以看出,从抽象上升到具体是人类主观思维把握现实世界的一般方法,村上春树对于小说空间的把握也经历了这一过程。比如《且听风吟》中虽然出现了港口、酒吧、动物园等空间,但它们普遍缺乏细节描写,让读者无法在脑中再现这些空间的场景构造,因此它们只是一些抽象且单薄的空间符号。而在《没有色彩的多崎作》中出现了很多具体场景,由于采用了第三人称的客观视角,因此该作品对于场景的结构、空间的远近大小、场景中不同事物和人物的位置关系等各个方面都有着相当真实的描绘。这样读者就很容易在思维中再现这些场景,并将其与现实中的空间进行比较,从而产

---

[1] 马克思、恩格斯:《马克思恩格斯全集》(第三十卷),北京:人民出版社1995年版,第40页。

生出现实感。由此可见,村上春树小说的空间建构呈现出从抽象上升到具体的发展趋势。

从空间现实性角度上看,村上春树的作品体现了从可转移性空间向拟现实性空间的转变。《且听风吟》的空间具有可转移性,小说主要情节的发生地点——某港口城市,其中出现的各种事物或人物不具备明显的地方色彩,也不反映当地的政治经济状况和文化习俗。它本质上只是一个空洞的符号,所以可以将其转移至世界上的任何一个地方。《奇鸟行状录》的现实空间和超现实空间相辅相成、并行不悖,这体现出其多维空间之间的传承性。为了写该作品,村上春树专门前往诺门罕和中国东北考察,因而小说中的一部分空间是作者通过自己的亲身经历描写的,具有一定的现实感。小说中的超现实空间则是基于作者的想象,因此该作品总体上呈现出现实与超现实相融合的多维度空间特征,这些空间之间相互联系,代际传承。与前两部作品相比,《没有色彩的多崎作》的空间具有较强的模拟现实感,该作品通过第三人称叙述视角描写小说中的空间,此外作者还将小说空间与现实中发生过的历史事件相联系,这使其空间得以时间化,让历史时间与小说空间相互印证,突出其空间的现实感。

空间现实感的转变反映出村上春树空间观察视角的改变,表现为从第一人称向第三人称视角的转变。村上春树指出:"使用第一人称写小说时,在多数情况下,我是把主人公(或者叙述者)'我'草草当成了'广义可能性的自己'。"[①]也就是说,第一人称视角的局限性就在于,小说的情节和人物叙述局限在主人公的主观视角当中,主人公目光无法到达的地方,无论发生什么事情都很难反映在小说文本里,因此小说的空间描写就存在着技术性的界限。为了打破该界限,村上春树写道:"我也针对第一人称小说的形式,从多种方向努力摇撼它,努力开辟新的疆域,然而到

---

① 村上春树:《我的职业是小说家》,施小炜译,海口:南海出版公司 2017 年版,第 178 页。

了《奇鸟行状录》的时候,村上春树终于感到:'这差不多是极限啦'。"①所以《奇鸟行状录》的第一部和第二部采用第一人称的叙述视角,而第三部采用了第三人称视角,这也使得该作品成为村上春树首部第一人称和第三人称视角并存的小说。而在《没有色彩的多崎作》中,其叙述视角已经完全转向第三人称,该作品突破了主观视角的局限性,为小说空间带来了较强的现实感。

从空间充实性角度上看,村上春树作品的空间从他人空间走向个人空间与社会空间的结合。《且听风吟》的空间是他人空间,具有较强的陌生性。小说中的港口城市虽然是主人公的家乡,但并没有关于其家庭或家人的描写,也没有描写主人公家乡的文化习俗,因此该空间名为家乡实为异乡。这种他人空间本质上是一种主观空间,主人公沉浸在自己的主观世界当中,因而对客观世界充满了陌生感。《奇鸟行状录》的空间具有多重维度,并表现出传承性的特征:从代表过去的历史空间,到代表当下的现实空间,再到代表未来的异空间。这些不同维度的空间通过小说人物间的对话而联系起来,进而形成了一个战争记忆在老、中、青三代人中传承的过程。小说中既存在主人公所熟悉的现实空间,也存在着陌生化的异世界。《没有色彩的多崎作》的空间具有模拟现实感,小说中的大部分空间对于主人公来说都是比较熟悉的,即使主人公前往芬兰时也能够与当地人友好交流。可以看出,小说主人公已不再拘泥于自己的主观世界,而是将个人空间与社会空间相结合,加强了自我与他人的联系。

空间充实性的转变反映了村上春树空间认知能力的提升,表现为其对现实世界的认识从感性上升到理性。毛泽东同志在《实践论》中指出:"理性认识依赖于感性认识,感性认识有待于发展到理性认识,这就是辩证唯物论的认识论。"②也就是说,从感性认识上升到理性认识是辩证唯

---

① 村上春树:《我的职业是小说家》,施小炜译,海口:南海出版公司2017年版,第179页。
② 毛泽东:《毛泽东选集》,北京:人民出版社1966年版,第280页。

物主义认识论的一般规律。《且听风吟》的空间由于是一种陌生的他人世界,因而只能是一种空洞主观的虚无空间,这种虚无空间是不具备发展性的。在这样的空间当中,个人与社会相互孤立。小说人物所能够把握的只能是空间中的感性表象,因而其对于空间的认识是感性的。在《奇鸟行状录》中,作者对于社会和历史有了更为深刻的把握,因而其对于小说空间的描写已经超越了感性,部分地达到了理性认识。在《没有色彩的多崎作》中,村上春树对于现实世界的认识上升到理性阶段。他扬弃了自身主观思维的局限性,回归现实世界。小说主人公通过实地考察、当面访谈等方法认识现实,并将其与历史事件相结合,把握社会历史发展的基本状况。进而该作品能够透过表象看本质,将个人命运与历史进程相结合,实现了人与世界的共同成长。

可以说,从"他人空间"到"多维空间"再到"模拟现实空间"。村上春树小说的空间建构从抽象走向具体,从可转移性走向模拟现实性,从他人空间走向个人空间与社会空间的结合。在此基础上,村上春树把握现实空间的能力从抽象上升到具体,其观察视角从第一人称转向第三人称,对于现实空间的认识也从感性上升到理性。那么在这一变化发展过程中,是否存在相对稳定的空间建构模式呢?

在村上春树小说空间特征的变化过程中,可以发现其相对不变的本质性表达方式——空间的时间化。首先,《且听风吟》的空间是具有陌生性的"他人空间"。在 20 世纪 60 至 70 年代,由于"全共斗"运动的失败,日本出现了许多迷惘、彷徨的青年人。在该背景下,《且听风吟》通过陌生化的他人空间来刻画青年人的消极心理,进而从侧面反映当时日本的社会历史背景,体现出空间的时间化,而该特征亦体现在《1973 年的弹子球》《去中国的小船》等作品之中。其次,《奇鸟行状录》的"多维空间"具有明显的空间时间化特征,小说中的不同空间被统一在同一个时间进程之中,从诺门罕到现代东京、从伪满洲国到西伯利亚,小说中的不同维度空间都被纳入一个战争记忆在几代人中传承,最终使善战胜恶的时间流之中,进而使空间时间化。而在《斯普特尼克恋人》《列克星敦的幽灵》等村上春树第二个创作阶段的作品中也能找到空间时间化的影子。最后,《没有色彩的多崎作》的"模拟现实空间"也体现出空间的时间化特征,作家将小说中的虚构空间与现实中发生的历史事件联系起来,让读者透过小说空间了解历史事件,进而使小说中具有现实感的空间与真实的历史时间相融合,凸显出空间的时间化,而这一空间特征也体现在《刺杀骑士团长》《没有女人的男人们》等村上春树第三个创作阶段的作品之中。由此可见,虽然村上春树三个创作阶段的空间建构各不相同,但它们都具有"空间的时间化"的本质性特征。

空间的时间化赋予村上春树小说以优秀作品的特质。巴赫金在分析歌德作品时指出:"歌德能够从空间中看到人物或事物背后的时代背景和历史发展过程,从而将空间时间化。"①其著名作品《浮士德》和《威廉·迈斯特的学习时代》都是体现了空间时间化的经典之作,而这一手法在村上春树的多部作品中有着较为明显的呈现。现实中的人或事物都处在变化发展过程之中的,人一般只能看到当下而看不到整个过程。而村上春树克服了空间的片面性,他将空间与时间统一起来,回溯空间中的人或事物的过去,分析其当下状态,进而展望未来。这样他对人或事物的理解就比一般人更为全面,其作品中体现出的空间建构也就更加具有现实感。

本章主要探讨了村上春树小说空间的建构模式、建构特征和建构意义。具体来说是以《且听风吟》《奇鸟行状录》和《没有色彩的多崎作》这三部作品为主要研究对象,以《1973 年的弹子球》《去中国的小船》《斯普特尼克恋人》《列克星敦的幽灵》《刺杀骑士团长》《没有女人的男人们》等重要作品为辅助研究对象。从中可以发现村上春树小说的空间建构呈现出从"他人空间"到"多维空间"再到"模拟现实空间"的发展建构模式,

---

① 巴赫金:《巴赫金全集》(第三卷),白春仁、晓河译,河北:河北教育出版社 2009 年版,第 237 页。

而在该发展过程中也能够找到村上春树小说空间相对不变的建构特征——空间的时间化。与时间的空间化一样,村上春树小说空间的时间化特征也具有重要的建构意义。它的最主要功能是将小说中处于不同空间中的情节、人物和事物纳入同一个时间流之中,从而将小说空间中的人物和事物与其背后的时代背景和历史进程相联系,使其作品的空间具有真实感并使作品整体具有时代气息,进而能够反映出作家所处时代的社会历史状况。因而村上春树的作品可以被视为一面反映日本当代社会问题的镜子,当这面镜子随着村上春树小说空间叙述技巧的不断发展而越来越明亮时,其作品所反映出的社会问题和历史问题就越来越清晰和深刻。在充分把握村上春树小说时间建构和空间建构的基础上,下一章将探讨作为时间建构与空间建构之结合的时空体建构。

第五章　村上春树小说的时空体建构

上一章探讨了村上春树三部主要作品的空间建构并总结其时空体类型,但时空体并不只是抽象的时间与空间的结合。巴赫金指出:"小说里一切抽象的因素,如哲理和社会学的概括、思想、因果分析等等,都向时空体靠拢,并通过时空体得到充实,成为有血有肉的因素,参与到艺术形象中去。"①也就是说,小说中某个特殊的艺术形象能够反映时空体的基本建构,代表时空体在文学形象中的具体呈现。因此只要找到小说中能够代表时空体的艺术形象并进行分析,就能从形式和内容两个方面理解作品的时空体建构,故本章将对村上春树小说中能够反映时空体的艺术形象进行专门研究,从而探讨其时空体建构的本质特征。

第一节　人物形象的他人时空体建构

要想把握小说的时空体建构,就需要研究作品中的艺术形象。巴赫金在分析了古希腊小说的时间建构和空间建构后指出:"现在既然我们把希腊小说的特殊性搞得更清楚了,我们便有可能提出希腊小说中人的

---

① 巴赫金:《巴赫金全集》(第三卷),白春仁、晓河译,河北:河北教育出版社 2009 年版,第 445 页。

形象问题了。"①换言之,古希腊小说中的人物形象正是其时空体建构的具体体现。通过分析这一形象,就可以在具体层面上把握小说的时空体特征。由于《且听风吟》中时间和空间建构的抽象性和模糊性,小说中的大部分艺术形象都是空洞且单薄的,只有人物形象算得上有血有肉,因此,与古希腊传奇教喻小说类似,《且听风吟》中的"传奇时间中的他人空间"时空体主要体现在其人物形象上。

通过分析小说的人物形象,可以发现《且听风吟》的非线性时空导致了小说人物的消极被动性。小说时间是非线性、超现实的,在这样的时间之中小说人物只能是消极的。如果小说人物处在线性时间之中,那么他们就可以通过吸取过去的经验教训从而把握当下的生活并展望未来,这样才能掌控自己的命运。然而《且听风吟》的主要人物都处在非线性时间之中,其中过去、现在与未来的顺序是混乱的,时间是碎片化的,小说人物无法像在线性时间中那样把握现实世界的规律,因此他们无法掌控自己的命运。正如巴赫金在分析古希腊小说的人物形象时所指出的那样:"在这里只能是一切事情发生在人的身上,人本身却没有任何的主动性。"②也就是说,由于非线性时空的影响,小说情节的发展总是突然转折,伴随着各种各样的偶然事件。小说人物在不同时空中来回跳跃,他们只能消极地接受这些转折并且没有办法改变或影响这些事件的走向。

小说人物的行动需要最起码的空间性,《且听风吟》的空间是抽象且陌生的"他人空间"。处在该空间中的人物无法把握事物之间的相互关系,也无法通过逻辑推理认识现实状况,因此他们只能是被动的。例如:小说主人公虽然对"没有小手指的女孩"暗生情愫,但他没有主动追求而是被动等待。主人公对于"没有小手指的女孩"不明原因的怀孕与堕胎也并不在意,只是被动地接受事实。当女孩想要告诉主人公真相时,他

---

① 巴赫金:《巴赫金全集》(第三卷),白春仁、晓河译,河北:河北教育出版社2009年版,第291页。
② 同上。

却说:"去年啊,解剖了一头牛……牛何苦好多遍好多遍地反复咀嚼这么难吃又难看的东西呢?"①这里提到的是牛的反刍现象,临床心理学中有一个重要概念叫"反刍思维"。即"反刍反应一种消极的思维方式,表现为遇到痛苦情绪时反复思考情绪本身、产生情绪的原因和各种可能的不良后果,而不进行积极的问题解决"②。换言之,反刍思维是一种不够积极的思维方式,处在反刍思维中的人往往是被动的。而在小说尾声描写九年后的主人公时写道:"唱片架旁边是一张桌子,上方悬挂着干得如同木乃伊般的草块——从牛胃里取出的草。"③由此可见,九年后的主人公还是没法抛弃"牛胃里的草",而村上春树使用牛的反刍这一意象隐喻了小说人物消极被动的心理状态。

小说人物之所以具有消极被动性,根本原因在于小说中非线性时空的高速变化使人物无法适应。联系时代背景可以发现,《且听风吟》重点刻画的 20 世纪 60 年代末的时间点正是日本学生运动走向解体的时刻。尚一鸥认为:"被时代所伤害的这一代日本青年,当稚嫩的激情骤然冷却之后,只剩下了背向'体制'的失落和生存的茫然。"④村上春树也指出:"'全共斗一代'的出现,包含着诸多复杂的因素……到了 1970 年,我们则被瞬间地冷冻起来,可以说《且听风吟》这部小说的价值观是从冷冻状态开始的。"⑤这里所说的"瞬间冷冻"指的就是学生运动的突然解体,面对这样的转折和变化,很多有理想、有抱负的青年人都感到幻灭和无所适从,因而产生出消极被动的悲观情绪。由此可见,小说中的人物形象正是经历过学潮后失去方向了的一代青年人群体之缩影。

《且听风吟》的超现实时空表现为人物内在的心理时空。如果说小

---

① 村上春树:《且听风吟》,林少华译,上海:上海译文出版 2007 年版,第 122 页。
② 来水木、韩秀、杨宏飞:《国外反刍思维研究综述》,载《应用心理学》2009 年第 1 期,第 90 页。
③ 村上春树:《且听风吟》,林少华译,上海:上海译文出版 2007 年版,第 142 页。
④ 尚一鸥、尚侠:《村上春树〈且听风吟〉的文本价值》,载《社会科学战线》2009 年第 2 期,第 207 页。
⑤ 川本三郎:「村上春樹特別インタビュー・"物語"のための冒険」,文学界(8)、1985,p.37.

说的人物形象是"全共斗一代"青年人的缩影,那么当这些人物无法适应现实世界时,为了自救,他们就会逃到自己内心的超现实世界当中。2001年,村上春树以"远游的房间"为题给中国读者写了一封信,信中写道:"我只是想在那里建造一个能使自己心怀释然得住起来舒服的房间——为了救助自己。同时想到,但愿也能成为使别人心怀释然得住起来舒服的场所。这样,我写了《且听风吟》这部不长的小说。"①村上春树将自己的处女作比作"房间",很显然这不是现实世界中的"房间",而是位于人物内心的超现实"房间"。在日文版中村上春树用了「ヘヤ」一词指代"房间",而非「イエ」。「ヘヤ」和「イエ」都有房间之意,但「イエ」更多指一家人共同居住的房子,「ヘヤ」更多指个人独立居住的房间。可以看出,在这里村上春树更加强调的是个人主观心理中的"房间"。因此,小说中的空间是主观的心理空间,无论是"某港口城市"还是"火星的井"或"太平洋上的小岛",它们都不具备确定性和具体性,原因在于这些空间都是作者内心虚构出来的,是脱离现实的幻想空间。

当小说人物脱离现实、逃到自己内心的幻想时空中之后,他们便产生出强烈的独立性。村上春树在《挪威的森林》中写道:"罢课被制止后,在机动队的占领下开始复课。结果首先出席的竟是曾经雄踞罢课领导高位的几张嘴脸……如此卑劣之小人,唯有见风使舵投敌变节之能事。"②也就是说,当轰轰烈烈的学生运动走向解体之时,最先变节的竟是学生运动的领袖,这样的现实状况对于"全共斗一代"青年们来说是难以接受的,因此他们选择逃离现实也是可以理解的。菅野昭正在分析《且听风吟》中的人物形象时也指出:"(小说人物)从与世界的斗争中撤退,选择了与世界保持距离的生存方式。"③可以看出,小说中的人物之所以消极被动,是因为他们无法承受现实的打击,也不愿与现实同流合污。

① 村上春树:《且听风吟》,林少华译,上海:上海译文出版2007年版,第2页。
② 村上春树:《挪威的森林》,林少华译,上海:上海译文出版社2007年版,第62页。
③ 菅野昭正:『村上春樹の読みかた』、東京:平凡社、2012、p.19.

而他们救助自己的方式就是逃入自己内心的幻想世界当中,在那里他们才能暂时脱离现实的束缚,拥有精神上的绝对自由和独立性。因此在小说开头主人公就说:"十五年里我舍弃了一切,身上几乎一无所有……心情变得痛快这点倒是确确实实。"①从中也可以看出主人公具有某种舍弃现实、超然物外的独立精神。

当《且听风吟》中的人物具有了脱离现实、回归自我的独立性之后,他们就能够在高速变化的非线性时空中保持绝对不变的自我,这一特点与古希腊小说的人物形象比较类似。巴赫金在分析古希腊小说中的人物形象时指出:"他在自己的生活中是完全消极的,左右他的是'命运',但他承受住了命运的摆布。岂止承受住了,而且保全了自己;经过命运的捉弄,经过命运和机遇的波折险恶,竟能绝对完好如初,毫无改变。"②这段话用来描述《且听风吟》中的人物也是可以成立的,这些小说人物虽然不具备成长性,但他们在经过一系列突发事件之后其性格和行为方式没有任何改变,从而保持了自我的绝对不变性。

从时间角度上看,小说人物之所以具有绝对不变性,主要原因就在于人物所经历的时间不是现实时间,而是超时间的空白。小说人物为了脱离现实于是逃遁到自己内心的幻想时空当中。幻想世界中的时间受到人物主观意识的摆布,要么一瞬间被拉得很长,要么很长时间被缩短成瞬息。因此在《且听风吟》中虽然九年后的主人公与九年前的主人公基本没有区别,但这九年很有可能只是小说人物幻想出来的空白时间,所以小说人物看似经历了很长时间,但并没有获得任何改变或成长。

从空间角度上看,由于小说人物不愿改变自己以适应现实世界,因而与现实保持了距离,这反而使其获得了超然物外的性格特征。巴赫金指出,在希腊小说中:"其中的主要人物,实质上总是不参与日常生活,他

---

① 村上春树:《且听风吟》,林少华译,上海:上海译文出版2007年版,第4页。
② 巴赫金:《巴赫金全集》(第三卷),白春仁、晓河译,河北:河北教育出版社2009年版,第291页。

像是另一世界的人超越着日常生活领域……正因此才能更好地观察和研究这一生活的全部奥秘。"①《且听风吟》中的人物与现实保持距离,这使其获得了超越现实的客观外在视角,当他们以这种视角观察世界时,这些人物仿佛就成了一个与世界无关的局外人。进而人物与世界的联系愈发稀薄,现实对于人物来说也愈发陌生,正如小说第一章中写道:"我们要努力认识的对象和实际认识的对象之间,总是横陈着一道深渊,无论用怎样长的尺都无法完全测出其深度。"②小说人物与一切保持距离并对现实世界充满陌生感,但也正因为此,虽然他们无法改变世界,世界也无法改变他们,于是小说人物就在这种代表着超时空空白的他人空间中产生出绝对不变性。

以上特征反映了《且听风吟》中的人物与世界变化相对抗的、一如故我的独立精神。巴赫金指出:"这种特有的一如故我的性质,是希腊小说中组织人物形象的核心因素。"③可以说,《且听风吟》中组织人物形象的核心要素也是这种一如故我的精神。回顾小说的历史背景,可以发现在1960 年代日本学生运动解体的同时还伴随着经济的高速成长。从 20 世纪 50 年代到 70 年代,日本国民生产总值每年增长 10% 以上,这一时期被称为"高度成长时期"。但这也带来了新的问题,那就是一体化和同质化。当时的日本中产阶级几乎住着相似的公寓、穿着相似的西服、过着几乎相同的三点一线生活。哈佛大学教授、历史学家安德鲁·戈登指出:"在高度成长年代的新社会秩序中,家庭生活体验亦被同化到一定程度。"④也就是说,当时的日本社会不仅在工作上产生了同质化,就连家庭生活也被同质化。随着电视、广播的普及,各种大众传媒节目也开始以城市家庭为中心,宣扬中产阶级的生活方式,这也使人们在观念上形成

① 巴赫金:《巴赫金全集》(第三卷),白春仁、晓河译,河北:河北教育出版社 2009 年版,第 295 页。
② 村上春树:《且听风吟》,林少华译,上海:上海译文出版社 2007 年版,第 6 页。
③ 巴赫金:《巴赫金全集》(第三卷),白春仁、晓河译,河北:河北教育出版社 2009 年版,第 291 页。
④ 安德鲁·戈登:《日本现代史》,李朝津译,北京:中信出版社 2017 年版,第 418 页。

一体化和同质化的感受。

对一体化和同质化之世界进程的反抗正是《且听风吟》中人物的基本信念,同时也反映出小说创作的中心理念。随着经济不断增长,越来越多的日本人获得了相对稳定的物质生活,但由于产业资本的高度集中化,日本国民经济命脉被少数几个巨型私有企业所把控。井村喜代子指出:"以 1964 年的企业数为例,只占全体 0.02% 的 100 家公司占有了日本 39.0% 的资本。"①这些巨型企业为了管理方便形成了严格的企业内部等级制度,在该制度的影响下企业中的普通职员只能对上级管理人员唯命是从,这种一体化和同质化的管理制度也阻碍了人的个性自由。在当时也有很多日本人反思该问题,例如,"到 1970 年前后,'摆脱受薪阶级'成为最为大众欢迎的说法"②。而《且听风吟》的故事背景正是 1970年。由此可见,小说中的人物之所以坚持一如故我的独立精神,除了不愿接受学生运动的失败以外,还有一个重要的原因就是不愿被高速发展且高度发达的资本主义所同化。因而小说人物产生了一种朴素的自我保存愿望,这一愿望是该作品中人物形象的内在驱力,这种驱力促使他们产生出脱离现实的消极被动性、构建自己幻想时空的独立超然性,并最终赋予人物形象一如故我的绝对不变性。2003 年,林少华赴日访问村上春树时,村上说:"我已经写了 20 多年了。写的时候始终有一个想使自己变得自由的念头。即使身体自由不了,也想使灵魂获得自由。"③作为村上春树的处女作,《且听风吟》传达出他创作小说之初所抱有的一种信念。即他相信人在同陌生世界的接触中、同一切反人类力量的对抗中具有坚不可摧的自我保存性;他相信人拥有即便肉体不自由,灵魂也能获得自由的精神力量。

对于自由精神的追求影响了小说的艺术风格,村上春树在回忆自己

---

① 井村喜代子:『現代日本経済論(新版)』、東京:有斐閣、2005、p. 196.
② 安德鲁·戈登:《日本现代史》,李朝津译,北京:中信出版社 2017 年版,第 438 页。
③ 村上春树:《1973 年的弹子球》,林少华译,上海:上海译文出版 2007 年版,第 11 页。

创作该作品的情形时写道:"写小说时,我感觉与其说在'创作文章',不如说更近似'演奏音乐'……也就是保持节奏,找到精彩的和声,相信即兴演奏的力量。"①换言之,在村上春树自己看来《且听风吟》是一部"即兴演奏的音乐"。所谓即兴演奏需要演奏者抛弃乐谱的束缚,回归自己的感性直觉,并根据当时的情境和氛围自由演奏,优秀的即兴演奏是充满个性并能带来新鲜感的。很显然,《且听风吟》也是这样一部作品,小说中的时空是非线性的,人物处在具有传奇色彩的幻想时空当中。超现实的时空构成非线性的不和谐感,使小说情节的发展看似不符合现实逻辑,但呈现出自由发展的偶然性和不确定性,从而具有较强的新鲜感。而处在该时空中的小说人物看似消极被动,实则独立超然。

基于以上分析,可以将《且听风吟》的时空体建构的具体表现归纳为"他人时空中的人物形象"。所谓"他人时空"是第四章第一节所论述的"传奇时间中的他人空间"时空体的简称,因此"他人时空中的人物形象"实际上是指"传奇时间中的他人空间"时空体中的人物形象。在"传奇时间中的他人空间"时空体的影响下,小说人物呈现出消极被动性、内在独立性和绝对不变性的特征,而这些人物形象特征也体现在村上春树第一个创作阶段的其他作品之中。例如:《1973 年的弹子球》中的人物性格与《且听风吟》的人物几乎相同,人物姓名也没有变化,因此两部小说的人物形象是一脉相承的关系。而在村上春树 1982 年发表的第三部长篇小说《寻羊冒险记》中,虽然主人公的性格和行为模式开始由消极趋于积极,但总体上仍然是消极被动的。比如在三部作品中都出现过的小说人物"鼠"说道:"总而言之,我就是懦弱……心里再明白也无法自行医治,又不可能碰巧消失,只能越来越糟。"②这种消极无奈性和绝对不变性与《且听风吟》中的人物形象是类似的。

---

① 村上春树:《我的职业是小说家》,施小炜译,海南:南海出版公司 2017 年版,第 35 页。
② 村上春树:《寻羊冒险记》,林少华译,上海:上海译文出版社 2007 年版,第 327 页。

而在短篇小说集《去中国的小船》中，这种消极被动的人物形象得到了更为明显的体现。例如，在这本短篇集中有一篇名为《袋鼠通讯》的作品，该作品的主人公说道："但不管怎样，我追求的是不完美性。或者说放弃了追求完美的必要性。"①本书的另一部短篇《她埋在土中的小狗》的女主人公则说道："'归根结底'，她说，'一切都白费了，什么用也没有……事情就这样结束了。'"②可以看出，这些人物形象也符合"他人时空中的人物形象"的特点。

综上所述，《且听风吟》的时空体建构是"他人时空中的人物形象"。在该时空体建构的影响下，村上春树创作初期所发表的《1973 年的弹子球》《寻羊冒险记》《去中国的小船》等作品中的小说人物呈现出消极被动性、内在独立性和绝对不变性，这些特征是小说时空体建构在人物形象上的具体体现。这些人物性格特征使村上春树笔下的人物呈现出追求自由的独立精神，并体现出村上春树小说创作初期特有的艺术风格。

第二节　艺术形象的多维时空体建构

与《且听风吟》不同，《奇鸟行状录》的时空体建构具有某种过渡性。那么该作品中的"集体时间中的多维空间"时空体具有怎样的特征呢？为了回答这个问题，我们需要研究小说中的艺术形象。通过分析小说文本可以发现其中有一个反复出现的象征符号"井"。"井"虽然不是人物形象，但也是一种客观的文学形象。巴赫金指出："时空体作为主要是时间在空间中的物质化，乃是整部小说中具体描绘的中心、具体体现的中心……任何一个文学形象，都具有时空体的性质。"③也就是说，能够体现时空体建构的具体艺术形象并不一定必须是人物形象，小说中的任何一

---

① 村上春树：《去中国的小船》，林少华译，上海：上海译文出版社 2008 年版，第 95 页。
② 同上书，第 160 页。
③ 巴赫金：《巴赫金全集》(第三卷)，白春仁、晓河译，河北：河北教育出版社 2009 年版，第 445 页。

个文学形象都具有时空体的性质,而最能够代表时空体的艺术形象必然是小说具体描绘的中心,它是小说情节和人物组织的中心。

虽然《奇鸟行状录》中出现了不少文学形象,但"井"这个形象显然具有特殊的寓意。小说中的"井"是唯一一个在现实、历史和异世界这三个空间维度中都出现过的艺术形象。例如,在现实空间中主人公冈田亨家后院的巷子中有井,历史空间中的诺门罕大草原上也有井,处于现代东京的冈田亨和诺门罕战役中的间宫中尉都通过井进入了异世界。因此"井"是一个联系起现实空间、历史空间和异空间的中心纽带,它是一个具有多重意蕴、复杂且暧昧的文学形象。

很多学者都注意到小说中反复出现的"井"。例如田中雅史认为:"井是现实的对象——物,同时又是和冈田亨内心相连的超现实主义'对象'的状态。"①日置俊次指出:"在那里出现的井这一意象,是下降到自身内核的通道,是具有多种规定性的暧昧且多意的空间。"②西川智之认为:"井＝历史"③,也就是将"井"视为隐喻了历史的象征符号。松枝诚则将"井"视为"忘却之穴",并将其看作被遗忘的历史之象征。④ 上村邦子写道:"《奇鸟行状录》中显而易见且最为重要的隐喻就是'井'。"⑤1996 年,村上春树获得"读卖文学奖"时,作为评委的大江健三郎特地朗诵了小说中一段关于"井"的描写,同为作家的大江健三郎也注意到"井"在小说中的重要作用。小说中的"井"具有一种将不同人物形象和情节线聚合在一起的功能,作品中的所有出场人物几乎都与"井"有所关联。同时"井"

---

① 田中雅史:村上春樹『ねじまき鳥クロニクル』にみられる他者の理解と「対象」、甲南大学紀要．文学編（158）、2008、p. 45.
② 日置俊次:村上春樹『ねじまき鳥クロニクル』試論、日本文学、1998(6)、p. 55.
③ 西川智之:ねじまき鳥クロニクル論、言語文化論集、名古屋大学大学院国際言語文化研究科、22(1)、2000、p. 116.
④ 松枝誠:『ねじまき鳥クロニクル』における「忘却の穴」をめぐって、立命館文學、2004. 3、p. 565.
⑤ 上村邦子:韜晦することの快楽——『ねじまき鳥クロニクル』の登場人物の名前と井戸のメタファーをめぐって、甲南大学紀要．文学編（通号 161）2010、p. 148.

作为现实空间、历史空间和异空间的中介点，将不同空间联系起来，进而关联起小说中的不同情节线。可以说，该作品中的"井"是组织小说时间、空间、情节和人物形象的一个核心要素，因此可以被看作小说时空体的具体体现。

通过分析"井"这一艺术形象，可以发现小说中介于线性与非线性之间的时空使"井"产生出联系性，它将不同人物和时空联系在一起。例如，主人公冈田亨正是通过下井才进入异世界的208号房间的，反派绵谷升也是因为冈田亨在井下进入208号房间而被打倒，进而与"井"产生联系。小说第三部的重要人物赤坂肉豆蔻和赤坂肉桂，他们帮助主人公买下了古井所在的土地并盖了房子保护古井，因此他们也和"井"有着很明显的关联。小说人物笠原May与"井"也有关联，她由于车祸受伤而休学在家，经常在枯井附近徘徊。桥本雅之认为："需要指出的是，从日本神话的文脉角度来看，笠原May身上存在着浓厚的司管井户的印象。"①"井"作为一种象征符号在日本古代神话中具有重要地位，比如高天原中净化物品的"天之真名井"，能够涌出神圣之水的"天之八井"等，笠原May在小说中的作用就相当于司管古井的巫女或精灵。此外，间宫中尉曾被推入蒙古草原上的一口枯井之中，而他在井中受到神秘之光的照耀，小说写道："此时此刻，似乎这里的一切都浑然融为一体，无可抗拒的一体感。"②这类似于主人公在井底进入异世界的奇幻经历。由此可见，小说的主要人物都与"井"有着直接或间接的关联。

从象征符号的层面上看，"井"作为语言符号也具有一种将主要人物联系起来的功能。上村邦子指出：村上春树"会将一些细致入微的设计通过毫不起眼的方式表现出来。"③如果查阅日语词典，就可以发现"井"

---

① 橋本雅之：『ねじまき鳥クロニクル』論：村上春樹が拓いた神話、相愛国文、2001(3)，p. 12.
② 村上春树：《奇鸟行状录》，林少华译，上海：上海译文出版社2009年版，第187页。
③ 上村邦子：韜晦することの快楽——『ねじまき鳥クロニクル』の登場人物の名前と井戸のメタファーをめぐって、甲南大学紀要. 文学編（通号 161）2010，p. 146.

的平假名"いど"在日语里还可以写成"居处""異土""id""緯度"①这四个词。"居处"是指居住的地方，小说主人公为了找回妻子，确实在井下住了几天。而"異土"是指异国或异世界的土地，这暗示了"井"具有联通东京和蒙古大草原以及连接现实世界和异世界的功能。"id"是精神分析学术语，指"本我"，也就是人类精神的最底层——潜意识的领域，这与井底的意象相一致。而"緯度"是指地图上的纬度线。按照上村邦子的说法："由静冈县三岛市的纬度（35度）向东西方向延伸，村上春树仔细调查了延长线上的城市名并取了登场人物的名字。"②小说中出现的冈田、笠原、赤坂、间宫等主要人物的姓居然都是同一纬度线上日本城市的名字，因而"井"通过平假名谐音"纬度"也可以将小说中主要人物联系起来。由此可见，"井"在象征符号层面上实现了小说人物的组织功能，因而具备强大的联系性。

　　"井"之所以具有联系性，根本原因在于它是线性时空和非线性时空的交汇点。小说主人公可以通过下井从现实世界进入异世界的208号房间，所以"井"是某种传送门，它位于线性时空的边缘，与非线性时空交汇。主人公在井底并没有做什么神秘的事情，他只是在回忆过去、反思历史，通过反思历史，主人公脱离了现实世界的线性时空，进入了历史世界的非线性时空，因此可以说"井"是小说中代表现实的时间横轴与代表历史的时间纵轴的交汇点。

　　除了联系性，《奇鸟行状录》中的"井"还具有中介性，这是因为小说中的时空体建构是介于现实与超现实之间的，这使得"井"成为连接现实世界和历史世界之间的桥梁。从时间维度上看，主人公冈田亨与参加过诺门罕战役的间宫中尉都下过井，但下的是不同的井。间宫中尉是20世纪30年代在蒙古草原下的井，冈田亨是20世纪80年代在东京的某处

---

① 新村出：『広辞苑』（第三版）、東京：岩波書店、1988、p. 152.
② 上村邦子：韜晦することの快楽——『ねじまき鳥クロニクル』の登場人物の名前と井戸のメタファーをめぐって、甲南大学紀要. 文学編（通号 161）2010，p. 149.

居民区下的井。虽然他们下井时间不同,但两人的经历却很相似。首先,他们都是由于反派的力量而被迫下井,间宫中尉是被剥皮鲍里斯推下井,冈田亨是因为妻子被绵谷升软禁而下井。其次,他们都在井中见到了异世界,间宫中尉见到了神秘阳光普照的异世界,冈田亨见到了208号房间。最后,他们都是在井下遇到生命危险时被一个拥有特殊能力的人救出,间宫中尉是被拥有预言能力的本田先生救出,冈田亨是被拥有治愈能力的赤坂母子救出。由此可见,两人虽然处在不同时间和不同地点,但他们下井经历却是高度相似的。30年代的诺门罕和80年代的东京通过"井"被联系在一起,这可以看作是一种历史的重复或轮回。所以"井"在小说中具有一种时间上的中介作用,它能够将不同的时间线整合起来,从而联系起小说中的不同情节线,并使现实世界和历史世界发生关联。

使用某个具体事物作为现实时空与超现实时空之中介的想法,可能来源于村上春树的真实经历。1994年,村上春树在诺门罕参观时遇到一件怪事,他看到炮弹片、子弹、罐头盒之类的物品完好地散落在当年战场的遗迹之中,于是捡起一片炮弹残骸打算带回日本。他之所以这样做是因为"仅仅为了不忘记——我觉得这是我唯一能做到的行为"①。但是当天晚上发生了超自然现象:"深夜醒来,它在猛烈地摇晃着这个世界,整个房间就好像被装进拼命翻滚的混凝土搅拌机一样上下剧烈振动,所有东西都在伸手不见五指的一片漆黑中咔咔作响。"②一开始村上以为发生了地震,但很快反应过来这并不是地震,而是某种超自然现象。作为战争遗物的弹片似乎产生了某种魔力,它将村上春树拖入了异世界,在异世界中村上春树感受到超乎寻常的震撼与恐惧:"那和从道路正中豁然开出的洞口遥遥窥看世界深渊的同一程度的恐怖——至少对我而言。"③

---

① 村上春树:《边境·近境》,林少华译,上海:上海译文出版社2011年版,第156页。
② 同上书,第162页。
③ 同上书,第164页。

而这次超自然经历更加坚定了村上春树不忘历史的决心,他写道:"不忘,我能做的事仅此而已,大概。"①由此可见,虽然村上春树这段奇幻经历的真实性是无法考证的,或许这仅仅只是他做的一个噩梦。但这段经历确实启发了村上春树,在炮弹残片的中介作用下,现实世界和历史世界之间的隔阂被打通了,这与小说中的"井"作为现实与历史之中介的结构是一致的。

在联系性和中介性的基础上,小说中多维度的集体时空使"井"具备了第三人称的客观视角,它使主人公能够将不同人物的历史叙述组织成一个有机整体,从而把握到历史事实的不可动摇性。巴赫金指出:"不管我所观察的这个他人采取什么姿势,离我多么近,我总能看到并了解到某种他从我之外而与我相对的位置上看不到的东西。"②换言之,由于自我具有主观性也具有唯一性,因此自我在空间中所占据的唯一位置是他人所看不到的。在此基础上,巴赫金进一步指出:"我所看到的、了解到的、掌握到的,总有一部分是超过他人的,这是由我在世界上唯一而不可代替的位置所决定的。"③自我通过这个主观性视角看到的事物他人不一定能看到,反过来也一样,因此自我与他人在空间视角上就能形成相互补充。自我可以通过他人的视角来丰富自己的认识,他人也可以通过自我的视角来补充自己。历史叙述也是这样,采用单一视角去看历史往往会使其变成枯燥乏味的独白,或者变成主观性的虚构。为了减少单一视角的主观性,就有必要引入外位性的第三人称视角,这样才能使历史叙述更加客观。这也是为什么小说第三部中主人公频繁下井,每当他下井时小说的叙述视角就变成了第三人称,从而脱离了第一人称的主观视角。

第三人称叙述使小说产生出多维度的历史视角,从而使其历史叙述

---

① 村上春树:《边境·近境》,林少华译,上海:上海译文出版社2011年版,第164页。
② 巴赫金:《巴赫金全集》(第一卷),晓河、贾泽林等译,河北教育出版社2009年版,第119页。
③ 同上。

具备真实感。在小说第二部第十章中,主人公在下井时变身为"拧发条鸟":"不觉之间,我的身体便掌握了飞天技术,毫不费力地在空中自由翱翔起来。我以拧发条鸟的视角眺望世界。"①主人公通过下井让自己变成"拧发条鸟",从而突破自身主观视角的局限性,获得第三人称视角的客观性,因此主人公愿意倾听和接受他人的历史叙述并能够站在客观角度整合这些历史叙述。英国历史学家杰弗里·埃尔顿主张区分"事实"与"真实",他认为:"在事实的延长线上摆放着真实。"②换言之,历史事实本身是不可动摇的,但历史叙述中很多细节的真实性还有待检验。因为历史是过去已发生过的事情,没有人能回到过去重温历史,所以现代人所描述的历史往往会加入自己主观臆断的成分,从而其细节的真实性或许会出现偏差,但事实本身是不会因为细节上的偏差而被推翻的。日本右翼往往在细节上做文章,比如因为南京大屠杀的具体死亡人数还有争议,于是就因为细节证据不充分而全盘否定这一不可动摇的历史事实。但村上春树指出:

> 在细节上即使历史学家之间也有争论。但是,反正有无数市民受到战斗牵连被杀害则是难以否认的事实。有人说中国人死亡数字是四十万,有人说是十万。可是,四十万人与十万人的区别到底在哪里呢?③

很显然,村上春树这番话是对日本右翼的明确反驳,他的论述表明:无论历史细节的真实性有多少争议,但历史事实本身的真实性是不可动摇的。《奇鸟行状录》的主人公也一样,他通过"井"的第三人称视角扬弃了自己的主观性,从而能够倾听不同人物的历史叙述,这使小说的历史叙述具备客观性。小说主人公游走于现实空间、历史空间和异空间之间

---

① 村上春树:《奇鸟行状录》,林少华译,上海:上海译文出版社2009年版,第289页。
② 遅塚忠躬:『史学概論』,東京:東京大学出版会,2010、p. 163.
③ 村上春树:《刺杀骑士团长》(第二部),林少华译,上海:上海译文出版社2018年版,第55页。

并最终回归现实,他通过下井所获得的第三人称视角,将不同时空、不同人物的历史叙述整合起来,从而将小说的情节组织成一个有机整体,并把握到不可动摇的历史事实。

"井"的以上特征反映出《奇鸟行状录》具有从超现实向现实过渡的思想倾向。"井"是"集体时间中的多维空间"时空体在小说艺术形象中的具体呈现,在时空体的作用下它呈现出联系性、中介性和第三人称的客观性特质。仔细分析这些特征可以发现:"井"的联系性是要将非现实的历史空间、异空间与现实空间联系起来,中介性也是为了打通历史世界与现实世界,第三人称视角则是要将现实与历史相结合,从而把握历史事实的客观性。由此可见,"井"具备的所有特征都体现出一种过渡性,即从非现实向现实过渡。1995 年 11 月,当时正在写作《奇鸟行状录》的村上春树与日本著名心理学家河合隼雄进行了一次谈话,他说:"原先在日本的时候,特别想成为一个没有羁绊的'个人',也就是特别想逃离社会啊、组织啊、团队啊、规则啊这一类的东西。"①但是随着年龄的增长,村上春树的思想产生了转变,他说:"关于'人与人之间的关联'最近也经常引起我的思考。比方说,写小说的时候,人和人之间的参与和关联对我来说是件相当重要的事情。虽然以前我最关注的是人和人之间的互不干预的关系。"②换言之,村上春树在其创作初期更加关注的是个体的独立性方面,但在写《奇鸟行状录》时他开始关注现实中的"人与人之间的关联",他要从超现实的幻想时空中脱离出来并回归现实本身,因此从超现实向现实的过渡正是村上春树在写作该小说时最主要的创作动机之一。

从超现实向现实过渡的创作动机也体现在《奇鸟行状录》的整体结构中。村上春树曾指出:"近半个世纪以来,我一直是热心的爵士乐迷,

① 村上春树、河合隼雄:《村上春树,去见河合隼雄》,上海:东方出版中心 2011 年版,第 3 页。
② 同上书,第 4 页。

对古典音乐也相当钟情。"①因此无论是在《且听风吟》中还是在《奇鸟行状录》中都出现了大量爵士乐和古典乐的名字,其中有一首古典乐在《奇鸟行状录》中反复出现,即《贼喜鹊序曲》。按照日本学者小岛基洋的考证:"村上于 1992 年 11 月购入了《贼喜鹊序曲》的录音,而刚好在一个月前他开始在《新潮》杂志上连载《奇鸟行状录》的第一部。"②巧合的是《奇鸟行状录》第一部的标题就叫《贼喜鹊篇》,从中可以看出《贼喜鹊序曲》对该作品的影响。从古典音乐的体裁结构上看,《贼喜鹊序曲》采用了奏鸣曲式(Sonata Form)的音乐体裁。奏鸣曲式是指:"通常是为一两件乐器演奏的乐曲形式,包括钢琴独奏套曲(钢琴奏鸣曲)或小提琴与钢琴合奏曲(小提琴奏鸣曲)……奏鸣曲式是现在序曲中取得成熟样式并成为交响乐的雏形的。"③也就是说,奏鸣曲式是一种介于独奏与合奏之间的过渡性音乐体裁,它既可以是单一乐器的独奏,也可以加入其他乐器形成复调式的协奏,因而它也是交响乐的雏形。

《奇鸟行状录》的整体结构类似于奏鸣曲,小说第一、二部采用了第一人称视角,相当于奏鸣曲中的独奏部分,而小说第三部采用了多维度的第三人称视角,相当于奏鸣曲中的协奏部分,多种不同视角共同构成了小说中的不同时空维度。独奏与协奏的同时存在使得整部作品的艺术表现形式呈现出多样化的特征,多种维度的时间与空间被整合在同一部作品当中,多个人物形象的不同视角也被组织起来,进而形成了"集体时间中的多维空间"时空体,而这一时空体建构在小说中具体体现为"井"所具有的联系性、中介性和客观性特征。小说第一部中的第一人称主观视点在第三部逐渐发展为第三人称客观视点,这也反映了小说从主观到客观的过渡,这种过渡最终使《奇鸟行状录》的主人公摆脱自己的主

---

① 村上春树、小泽征尔:《与小泽征尔共度的午后音乐时光》,海南:南海出版公司 2014 年版,第 2 页。
② 小岛基洋:村上春樹『ねじまき鳥クロニクル』論——鐘楼のスプーンあるいは208 号室の暗闇で光るもの、文化と言語(札幌大学外国語学部紀要)、2008—03、p. 50.
③ 吾淳:《西方古典音乐入门》,广西:漓江出版社 2017 年版,第 113—114 页。

观局限性并走向客观现实。

　　基于以上分析,可以将《奇鸟行状录》的时空体建构的具体体现归纳为"多维时空中的艺术形象"。所谓"多维时空"是"集体时间中的多维空间"时空体的略称,"多维时空中的艺术形象"指的就是小说中的"井"这一艺术形象。在"集体时间中的多维空间"时空体的影响下,小说中的"井"展现出联系性、中介性和客观性的特征,而这些形象特征也体现在村上春树第二个创作阶段的其他作品之中。例如:《斯普特尼克恋人》中的人物堇作为一名同性恋者爱恋着敏,但敏无法接受堇的爱,与此同时主人公"我"则暗恋着堇,堇也无法接受"我"的爱。林少华认为:"堇置身于'中间地段'……她既不能同身为男性的'我'享受两性之爱,又不能在同为女性的敏身上得到满足。"①可以说,堇是一位处在中介位置上的小说人物,整部作品的情节都是围绕着堇的失踪展开的,她作为一个关键的艺术形象将小说中的不同人物和情节联系起来,因而她具有联系性和中介性。林少华还指出:"'中间地段'也是过渡地段,意味着转机即将到来,新的一步即将迈出。"②在小说结尾堇从异世界中脱离出来,回到了现实并与主人公"我"走到了一起,这也象征着小说人物堇从非现实向现实的一种过渡。

　　而在短篇小说集《列克星敦的幽灵》中也可以找到这种"多维时空中的艺术形象"。比如在该短篇集中有一篇名为《第七位男士》的作品,该作品讲述了一名男子的奇幻经历,他小时候与好友 K 一起去海边时突然遇到海啸,男子因为恐惧在逃跑时落下了 K,结果 K 被海浪卷走。男子在一瞬间看到了超自然现象:"K 的身体活像被封在透明胶囊里似的整个横浮在浪尖上。不仅如此,他还从那里朝我笑。"③这次超自然经历给男子留下了心理阴影,从此他沉迷于异世界的幻想中无法自拔。多年后

---

① 村上春树:《斯普特尼克恋人》,林少华译,上海:上海译文出版社 2008 年版,第 4 页。
② 同上书,第 4 页。
③ 村上春树:《列克星敦的幽灵》,林少华译,上海:上海译文出版社 2015 年版,第 94 页。

他偶然找到了童年时 K 送给他的画，意识到 K 的笑不一定是冷笑，而是告别时的微笑，这才解开了心结并回归现实。该作品的主人公同样体现出从异世界向现实过渡的倾向。

综上所述，《奇鸟行状录》的时空体建构是"多维时空中的艺术形象"。在"集体时间中的多维空间"时空体的影响下，小说中的"井"这一艺术形象展现出联系性、中介性和客观性的特征，这些特征体现了该作品从超现实向现实过渡的创作理念。而该创作理念对村上春树第二个创作阶段的《斯普特尼克恋人》《列克星敦的幽灵》等作品产生了较为深刻的影响。

第三节　主人公形象的模拟现实时空体建构

《没有色彩的多崎作》在形式上是对《且听风吟》的回归，但在主题思想和内容层面上发展和继承了《奇鸟行状录》，从而该作品的创作理念可以被看作是村上春树在进入新世纪后的又一次突破。《没有色彩的多崎作》中刻画最为细致的也是其人物形象。

与《且听风吟》中主观、消极、颓废的人物形象相比，《没有色彩的多崎作》的人物形象具备了不同的性格和行为特征。两部作品中人物形象的不同主要体现在三个方面：一是主人公的叙述视角从第一人称转为第三人称；二是小说人物从只有代号、没有姓名转变为有明确姓名；三是《且听风吟》中的人物性格相对单一，而《没有色彩的多崎作》中的人物性格变得多样化。小说中的主人公和沙罗以及赤、青、黑、白等人物的成长背景各不相同并且性格迥异，因此需要一个中心人物将不同人物组织起来，进而整合起小说的情节。在小说中这个中心人物就是主人公多崎作，小说的主线情节是多崎作寻找自己旧友的巡礼过程，其中的每个人物形象都是在与多崎作的来往过程中被刻画出来的，小说的时间与空间也是围绕着主人公的巡礼之旅来展开的。加藤典洋指出："对多崎作来说,修建火车站具有心系世界的象征意义……将自己的余力奉献给建立人与人之间的关系上。"①由此可见,作为主人公的多崎作是小说人物形象和情节组织的核心要素,代表了小说时间建构和空间建构的结合,因而可以将其视为该作品时空体建构的具体呈现。

通过分析主人公形象,可以发现与《没有色彩的多崎作》的线性时空相对应的是多崎作积极主动的性格特征。在小说开头,多崎作认为自己应该忘掉 16 年前的创伤经历,这样就可以治愈自己。但其友沙罗说:"记忆可以巧妙地隐藏起来,可以牢牢埋进地底,可是它形成的历史却无法抹消。"②正是在沙罗这番话的启发之下,多崎作决定寻找自己的旧友,从而弄清楚 16 年前的真相。此后这句话在小说中多次出现。可以说,沙罗关于"历史无法抹消"的言论具有重要的意义。重里彻野在分析沙罗的话时指出:"这里的'历史'具有怎样的意义呢? 我认为有三种,一个是二战,一个是学生运动,还有一个是核电站事故。"③换言之,不论二战、还是日本 20 世纪 60 至 70 年代的学生运动,或者 2011 年的福岛核电站事故,它们虽然处于不同的时空,但都是历史发展过程这个线性整体的组成部分。所以无论怎样篡改和隐瞒记忆,历史本身是无法被抹消的。

在沙罗的影响下,主人公多崎作在面对历史创伤时没有选择消极逃避,而是通过与他人的对话了解事实真相,从而将被掩盖起来的历史重新补全,而这一补全历史的过程又对多崎作产生出治愈的效果。也就是说,多崎作通过重塑自身历史的整体性建立自我统一性,从而治愈自己的心灵创伤。李星指出:"车站连接过去和未来。这个车站也预示了多

---

① 加藤典洋:一つの新しい徴候——村上春樹「色彩を持たない多崎つくると、彼の巡礼の年」について、村上春樹『色彩を持たない多崎つくると、彼の巡礼の年』をどう読むか、东京:河出书房新社、2013、p.36.

② 村上春树:《没有色彩的多崎作和他的巡礼之年》,施小炜译,海口:南海出版公司 2013 年版,第 28 页。

③ 重里徹也、三輪太郎:『村上春樹で世界を読む』、東京:祥伝社、2013、p.252.

崎作将会迎来沙罗,象征着多崎作将会面向未来。"①在小说中,过去、现在与未来是紧密联系在一起的时间整体,因此多崎作得以充分地反思过去并做好当下的事情,这样他才能够积极地面向未来。可以说,多崎作作为小说人物组织的中心,他通过自身强大的行动力去挖掘历史真相,将空间中的各种因素统一在线性时间的发展过程之中,这一过程充分展现出多崎作性格的积极主动性及其时空统一性。

多琦作积极主动的性格特征使他坚定了自己的理想。小说人物青原本想做运动员,但后来做了汽车销售经理;赤原本想做学者,但后来自己创业开公司;黑原本可能成为艺人,但后来成了陶艺家。只有多崎作坚持自己从小到大唯一的梦想——造火车站,因此他维持了自我统一性。正是由于多崎作一直坚守自己的理想信念,所以青认为多崎作"虽然话不多,但总是脚踏实地,给团体带来宁静的稳定感"②。小说中的时空是线性的,是处在发展过程中的,有发展就会有对于未来的向往,发展是事物性质的突破和飞跃,是新事物代替旧事物的前进、上升运动。事物的发展虽然具有崎岖性和反复性,但总体上其前途是光明的。因此,处在线性时空中的多崎作自然会产生出一种对于发展的信念以及对于理想的坚持。小说结尾写道:"我们坚定地相信某种东西,拥有能坚定地相信某种东西的自我。这样的信念绝不会毫无意义地烟消云散。"③太田铃子在分析小说结尾时也指出:"沙罗的选择隐秘地包含了这样的可能性,即对于多崎作的人生以及他的想法指出了一条新的道路。"④可以看出,多崎作对于未来的态度是积极的,他相信只要坚持理想信念就一定

---

① 李星、李爽蓉、李琴:《"两个世界"的巡礼之旅——以〈没有色彩的多崎作和他的巡礼之年〉为中心》,载《语文学刊》2015 年第 11 期,第 13 页。
② 村上春树:《没有色彩的多崎作和他的巡礼之年》,施小炜译,海口:南海出版公司 2013 年版,第 130 页。
③ 同上书,第 281 页。
④ 太田鈴子:村上春樹「色彩を持たない多崎つくると、彼の巡礼の年」:心から誰かを求められる素晴しさ、学苑、2015.3、p. 27.

能够走向光明的未来。

小说中具有现实感的时空支撑了多崎作的客观性。小说时空的现实感,得益于叙述形式的第三人称视角,而这种客观视角也为多崎作带来了客观性特征,比如在小说第十六章中多崎作认为:"也许我身上早就有本能地在自己和他人之间设置缓冲地带的倾向。"①这说明多崎作与他人保持着一定的距离感,从而获得了客观性的位置。在第十九章中,多崎作反思当年的小团体时想到:"人的成长速度各不相同,前进的方向也彼此相异。随着时间的流逝,其中难免要产生不和谐,恐怕还会现出微妙的裂痕。"②可以说,绝对和谐的小团体在现实中是难以维持的,因为除了外在的公共时空外,每个人也有自己内在的心理时空。有的人成长速度快一些,有的人慢一些,因为内在时空各不相同,所以每个人的想法、目标也各不相同,难免会产生矛盾。而为了防止小团体的分崩离析,有时就必须设定一个绝对中心,让小团体中的每个人都追求那个中心。然而这会导致小团体中的每个成员压抑自己个人的想法和欲望,这会导致个性自由的丧失。三轮太郎认为村上春树将小说的故事背景放在名古屋是有特殊用意的,名古屋虽然是一座大都市,但和东京这类国际化都市不同,它具有很强的"自我完结性和自我封闭性"③。清水凉典也指出:"名古屋的'特殊性',被村上称为'普遍日本人'内心拥有的'异界=暗部',或者是'暗部性'。即'魔都'名古屋是日本人心中的象征性故乡。"④换言之,小说中的小团体不仅仅是名古屋的象征,也是日本社会的象征,村上春树通过反思小团体崩塌的原因,间接批判了日本社会的自我封闭

---

① 村上春树:《没有色彩的多崎作和他的巡礼之年》,施小炜译,海口:南海出版公司2013年版,第222页。
② 同上书,第275页。
③ 重里徹也、三輪太郎:『村上春樹で世界を読む』,東京:祥伝社,2013,p. 246.
④ 清水良典:〈魔都〉名古屋と、十六年の隔たりの意味——『色彩を持たない多崎つくると、彼の巡礼の年』をめぐって、村上春樹『色彩を持たない多崎つくると、彼の巡礼の年』をどう読むか、東京:河出書房新社、2013、p. 8.

性和压抑性。而多崎作由于与他人保持客观性的距离，从而没有被小团体的封闭性所吞噬，这使他能够坚持自我的独立性。

正因为多崎作具有客观性特征，所以他可以将不同时间中的人物统一起来。多崎作总是觉得自己没有个性，没有色彩，并且"总觉得自己是腹中空空的容器"①。但黑对他说："那你索性就当个形态美丽的容器好了。当个能让人有好感、情不自禁想往里放点什么的容器。"②之后黑又告诫多崎作，要想与女友沙罗相处，不应当小心翼翼地怕说错话，而是应当将自己打造为"一个哪怕无事可做，电车也情不自禁想停靠下来的车站"③。黑实际上是想表达的是，无须刻意追求人与人之间的关系，关键在于做好自己，只有做好自己才能打动他人。为自己的目标而努力奋斗，同时充分尊重他人想法，如果能够做到这一点，那么多崎作自身就会变成一座"火车站"。"火车站"虽然只是一个空间地点，但每个人都能自由地进入车站乘车，进而前往自己的目的地。这样，多崎作作为一个"火车站"就能将处于不同时间中的人物统一起来。应该说"火车站"处于这样一种客观性的位置，它没有一个绝对中心的理念去强迫他人服从，而是处在客观性视角尊重每个人的个性。因此小说中的每个人物都愿意与多崎作对话，并且也都对其敞开心扉，这使他能够通过与他人的交往揭开 16 年前的真相。由此可见，通过客观性特征，多崎作自身作为一个"火车站"成为联系小说中不同人物的中介点。

小说中个体与社会时空的结合体现为多崎作能够自我治愈的适应性。多崎作通过客观性保持了自我的个性，但他并没有像《且听风吟》的主人公一样脱离现实。而是在保持自我独立性的基础上理性客观地与他人交流，并从中获得前进的动力，进而他能够与世界共同成长。这种

---

① 村上春树:《没有色彩的多崎作和他的巡礼之年》,施小炜译,海口:南海出版公司 2013 年版,第 245 页。
② 同上书,第 246 页。
③ 同上书,第 247 页。

成长的动力来源于伤痛,村上春树在评价该作品时写道:"这是一个成长的故事。要成长,伤痛就得大一点,伤口就得深一点。"①当人们经历伤痛时,如果能够从中振作起来并且适应这种伤痛,就能够获得成长,这也是村上春树通过该作品想要表达的中心理念之一。比如在小说第十七章中,多崎作认为自己是受害者,而小团体的另外四人是加害者,但在了解真相后他逐渐意识到自己不光是受害者。他与黑见面时说:"我以前一直认为自己是个牺牲者……也许我不单是个牺牲者,同时还不知不觉给周围的人造成了伤害。"②而黑也承认:"在某种意义上,也是我杀了阿柚。"③在这里,两人同时承认自己杀了白的情节具有非常深刻的内涵,因为两人同时体会到失去白的伤痛,同时也意识到自身的不完美性,因此两人在伤痛层面上达到了真正意义上的相互认同。正如小说中写道:"心与心之间不是只能通过和谐结合在一起,通过伤痛反而能更深地交融。疼痛与疼痛,脆弱与脆弱,让彼此的心相连。"④通过这种伤痛意义上的相互认同,多崎作才真正与旧友和解,他从中意识到人的不完美性以及世界的不完美性,从而最终接纳了这一不完美的自我与世界。

在适应伤痛的基础上,多崎作不再将自己视为被害者。他意识到自己的不完美性,肩负起自身的责任,进而建立起人与世界相和谐的世界观。重里彻也指出:"多崎作在寻找自己过去伙伴的巡礼之旅过程中,逐渐开始拥有了自己是加害者的意识。"⑤多崎作在无意中伤害了白,而黑、青和赤为了保护白又给多崎作带来了伤害,因此在现实中几乎不存在完美的选择和完美的人。正因为人是不完美的,所以才需要不断成长,而人类世界是由所有不完美的人共同活动所构成的,因此世界也不是完美

---

① 村上春树:《没有色彩的多崎作和他的巡礼之年》,施小炜译,海口:南海出版公司 2013 年版,封底。
② 同上书,第 242 页。
③ 同上。
④ 同上书,第 235 页。
⑤ 重里徹也、三輪太郎:『村上春樹で世界を読む』、東京:祥伝社、2013、p. 252.

的,而是充满矛盾和斗争的,正是矛盾斗争使人类世界处在不断变化和成长的进程之中。这就是为什么人可以与世界共同成长,原因在于人自身的不完美性,以及由此带来的世界的不完美性。于是通过意识到自身的不完美性,多崎作建立起人与世界共同成长的世界观,这种世界观承认人类本质上的不完美性。由于每个人都是不完美的,所以每个人都是在这一不完美的世界上忍受着各自伤痛,并且肩负起自身不完美性责任的难兄难弟,正是在这一点上人与人之间能够达成共识,并且由此相互联系。人是不完美的,所以才要进行自我反思,在反思中与世界共同成长,每个人过好自己的生活,努力做好自己,世界就会向着更好的方向前进。在这层意义上多崎作达到了与他人相互认同的世界观,这使得他能够从过去的创伤中走出来,展现出自我治愈的适应性。

小说主人公多崎作的性格特征反映出《没有色彩的多崎作》具有个人与世界和谐共生、共同成长的思想理念。主人公多崎作作为"历史世界中的模拟现实空间"时空体在小说中的具体体现,他具有积极主动性、外位性和适应性的特征。通过分析这些特征可以发现:积极主动性是将自我与他人联系起来,从而使小说空间中的不同人物组织起来;客观性是通过空间上的外位将小说中的人物联系起来;适应性是通过承认自身和现实世界的不完美性,将个体时空与社会时空相结合。由此可见,多崎作具备的所有特征都是为了达成主观个人与客观世界的和谐共生,即扬弃人与世界、主体与客体的二元对立,实现主体与客体在动态矛盾发展过程中的和谐统一。在此基础上,村上春树描绘了一种以不完美性为其本质的世界观:每个人都是不完美的,如果每个人都能意识到这一点,那么人类就能够在伤痛的基础上达成相互认同并且联合起来。这种认同并不是强行的服从某个理念或小团体,而是通过认识自身的不完美性而自由自觉地走到一起。此外,由不完美的人所组成的世界也是不完美的,因此人与世界需要共同成长,从而理解和接纳自身的矛盾性和世界的矛盾性。这样,个人与他人、个人与世界就在不完美性中得到了调和,并最终走向人与世界精神的和谐统一。由此可见,从《且听风吟》所提倡的脱离现实世界的个人自由精神,到《奇鸟行状录》所提倡的"人与人之间的关系",再到《没有色彩的多崎作》的"人与世界相和谐"。这三部作品创作理念的发展过程,在某种意义上也展现出村上春树对于人与现实世界之间关系的探索。

纵观《没有色彩的多崎作》的时空构造,可以发现它的时空结构与协奏曲有着异曲同工之妙。协奏曲(Concerto)是指:"巴洛克时期由几件独奏乐器(也被称作主奏乐器)与乐队(也被称作辅奏乐器)的竞奏被叫作大协奏曲,到古典乐派时期遂发展出由单一小提琴、钢琴或大提琴与乐队竞奏的形式。"①也就是说,协奏曲是一种由乐器独奏和乐队演奏相结合的古典音乐体裁。小说主人公多崎作通过客观性保持了自我的独立性,因而相当于协奏曲中乐曲独奏的部分。而小说中的模拟现实时空则相当于协奏曲中的乐队,作为个人的多崎作与模拟现实时空和谐共生、共同成长,最终合奏出一首代表着人与世界共同成长的协奏曲。

通过以上分析,可以将《没有色彩的多崎作》的时空体建构称为"模拟现实时空中的主人公形象"。所谓"模拟现实时空"是"历史时间中的模拟现实空间"时空体的略称,而"模拟现实时空中的主人公形象"指的正是小说主人公多崎作。在"历史时间中的模拟现实空间"时空体的影响下,多崎作具备了积极主动性、客观性和适应性,这些人物形象特征也体现在村上春树第三个创作阶段的其他作品之中。例如:《刺杀骑士团长》的主人公在发现古宅中的一系列怪事后,没有逃避现实,而是积极主动地调查事实真相,从而逐步了解二战历史。而在异世界中主人公为了克服自己的内心深处的恐惧与黑暗,爬过了一段及其狭窄的"隐喻通道",他"全力以赴地将身体捅向更为狭窄的空间……但无论如何也必须

---

① 吾淳:《西方古典音乐入门》,广西:漓江出版社 2017 年版,第 125 页。

往前移动。哪怕全身关节尽皆脱落,哪怕再痛不可耐!"①最终,主人公从异世界中爬了出来并回归现实,他克服了自身潜意识中根深蒂固的负面情绪并决定与妻子破镜重圆。这段描写体现出《刺杀骑士团长》的主人公积极主动的性格特征以及不断自我突破、自我成长的适应性。

而在短篇小说《没有女人的男人们》中也可以找到类似的人物形象。该作品讲述了主人公"我"一天夜里接到一个陌生电话,电话里的男人说"我"的初恋女友 M 去世了,于是"我"变成了"世界上第二孤独的男人"。这部作品的文风类似一篇祭奠 M 的悼文,但主人公并没有表现出消极的情绪,而是平静地接受事实,甚至开起了玩笑:"大概(我用'大概'这句话用得太多了,大概)。"②此外,小说还描写了"我"14 岁时的状态,彼时的青涩与当下的成熟相对比,突出了主人公的成长。最后,主人公由衷地祝福 M:"我也祈祷 M 在天国与那永垂不朽的电梯音乐在一起,幸福而安宁地生活。"③从中可以看出主人公并没有一味强调某种"丧失"或者消极颓废的情绪,而更多地表现出对于现实生活中种种苦难和矛盾的观照与接纳。

概而言之,《没有色彩的多崎作》的时空体建构具体体现为"模拟现实时空中的主人公形象"。在时空体建构的影响下,小说主人公多崎作这一艺术形象展现出积极主动性、客观性和适应性的特征。村上春树通过刻画这些形象特征展现出人与世界和谐统一的精神境界,而这种精神境界也影响了《没有女人的男人们》《刺杀骑士团长》等村上春树第三个创作阶段的作品。

第四节　村上春树小说时空体建构的发展脉络

基于以上论述,可以对村上春树作品的时空体建构的发展脉络进行

---

① 村上春树:《刺杀骑士团长》(第二部),林少华译,上海:上海译文出版社 2018 年版,第 278 页。
② 村上春树:《没有女人的男人们》,林少华译,上海:上海译文出版社 2015 年版,第 241 页。
③ 同上书,第 248 页。

总结,进而把握村上春树小说时空体建构的本质特质。

通过分析村上春树作品中代表时空体建构的艺术形象,可以发现从《且听风吟》到《没有色彩的多崎作》,小说的艺术形象从消极被动走向积极主动,体现出村上春树小说富于变化、不拘泥于固定框架的时空体建构。《且听风吟》中的人物形象是消极被动的,非线性时空的高速变化使人物无法把握现实规律,他们无法改变现状,只能被动接受各种突然事件。这些独特的人物形象也是日本"全共斗一代"青年人的写照。《奇鸟行状录》的"井"则具有联系性,它处在消极被动和积极主动的中介点上。"井"作为小说中线性时空和非线性时空的交汇点,它将现实时空、历史时空和异时空等不同时空中的不同人物联系起来。该作品中的人物有的消极、有的积极,而他们都被"井"这一艺术形象联系起来,这使其人物形象更加多元化。与前两部作品相比,《没有色彩的多崎作》的主人公形象展现出较为明显的积极主动性,小说中的时空是线性的,主人公多崎作处在线性时空之中,进而他能够通过自己的行动来改变现状,从而坚定自己的理想信念,并最终完成自我治愈的巡礼之旅。

从中可以看出,村上春树小说中的艺术形象在不断变化,而这些变化也呈现在小说文本之中。村上春树在评价自己的作品时指出:"重要的是将零零星星的小插曲、意象、场面、语言等,不断地扔进小说这个容器里,再将它们立体地组合起来⋯⋯在推进这种作业时,音乐发挥了最大的作用。我采用与演奏音乐相同的要领去写文章。"①也就是说,村上春树小说中的各种要素如人物形象、意象、场面、语言等,这些都是其信手拈来的音符。在将这些元素组合成作品时,村上春树运用了类似爵士乐即兴演奏的表现手法,他最大限度地发挥自己的想象力和创造力,将这些元素以意想不到的方式排列组合,进而构成了村上春树独特的文体风格。独特的文体给村上春树小说带来了一系列特殊而新颖的艺术形

---

① 村上春树:《我的职业是小说家》,施小炜译,海口:南海出版公司 2017 年版,第 93 页。

象,这些形象不断打破村上春树小说创作的固定框架,从而推动其作品持续发展。

小说艺术形象从独立性走向客观性,体现出村上春树小说人物的超然物外特征。好的作品不光要有艺术形象上的创新,同时也要有文学形象上的继承性,从而让读者留下深刻印象。比如《且听风吟》中的人物形象具有内在性和独立性,这些人物在自己的内心构筑了一个超现实的世界,从而展现出超然物外的独立精神。《奇鸟行状录》中的"井"作为多维世界的交汇点,它既处在世界之中,又处在世界之外,与世界保持距离,因此"井"也具有超然物外的特征。《没有色彩的多崎作》中的人物形象具有客观性,主人公多崎作与他人保持着一定的距离,从而获得了第三人称的客观视角。而这种客观性特征也使得多崎作成为小说中连接过去、现在与未来的节点,进而他能够将小说中的不同人物和情节组织起来。由此可见,三部作品中的艺术形象都具有一种超然物外的客观性。

小说艺术形象从绝对不变性走向自我治愈的适应性,体现出小说时空体的内在发展性。从艺术角度来看,村上春树的小说和音乐类似,是人类特有的抽象思维和创造力的表达。它是对韵律、重复、节奏等宇宙规律的重新编织,是现实时空在小说文本中的呈现。现实世界在不断发展,因而村上春树的小说也在不断与时俱进。《且听风吟》的人物形象具有绝对不变性,他们在纷繁复杂的世界中保持着自己独有的节奏,进而展现出与变化着的世界相对抗的、一如故我的独立精神。《奇鸟行状录》的"井"具有客观性,它不再拘泥于自我的绝对不变性,而是从历史事实出发把握客观现实,从而具有了第三人称的客观性。《没有色彩的多崎作》的人物形象则具有适应性,主人公多崎作在保持自我独立性的基础上回归现实,他在经历了一系列伤痛后接纳了自己的不完美和世界的不完美性,从而达到了人与世界相和谐的境界。

基于以上分析,可以将本书所论述的三部作品看作同一部音乐作品中的三个乐章。第一乐章作为一种即兴演奏,它体现出不拘泥于固定框架的随意性和自由性,反映了人类成长过程中青年阶段的叛逆性以及敢于打破陈规的创新精神。第二乐章作为一部奏鸣曲,它脱离自己的主观局限性,逐步走向客观现实,反映了人类成长过程中的壮年阶段从关注自我走向关注社会现实的过渡。第三乐章作为一部协奏曲,它在保持自我个性的前提下,进一步回归客观现实,体现出人类成长过程中的中老年阶段从关注社会现实走向人与世界共同成长、和谐统一的精神境界。可以说,这三个乐章刚好构成了一部反映人类从青年阶段到中、老年阶段的成长史诗,呈现出一种不断成长、不断发展的特征。

在村上春树小说时空体建构的变化过程中,可以发现其相对不变的本质性特征之一——超然性。除了以上三部作品,如果阅读过村上春树的其他小说,可以发现超然性几乎贯穿其每一部作品,成为村上春树小说中反复出现的一种艺术表现手法。村上春树曾提出过"中间地点论"概念,他将其定义为:"在和异域文化对话和交流时,我们应当建立一个言语的中间地点,我能在其中行进,你也能进入的场所。"①可以看出,所谓"中间地点"是一种客观中立的第三人称视角。正因为村上春树能够通过这种类似旁观者的外在视角来观察日本,才使得他对日本文化和日本社会有着更为清醒的认识。村上春树在一次采访中说道:"我住在美国,想描写的却是日本社会,是想从外面的视点来描绘日本社会。"②由此可见,达到"外面的视点"是其一贯追求的目标。对于该目标的追求也体现在村上春树的每部作品之中,成为其作品中反复出现的一种表现手法。

超然性使村上春树小说具有优秀作品的特质。卡尔维诺指出:"一部经典作品是这样一部作品,它把现在的噪音调成一种背景轻音,而这

---

① ジェイ・マキナニ一、村上春樹:『芭蕉を遠く離れて——新しい日本の文学について』、すばる、1993(3)、p. 208.
② 同上书,第205页。

种背景轻音对经典作品的存在是不可或缺的。"①这里所说的"现在的噪音"是指当下的现实，因为卡尔维诺认为："大概最理想的办法，是把现在当作我们窗外的噪音来听。"②也就是说，好的作品往往会将现实当作自己的背景，而且这一背景是不可或缺的。卡尔维诺又指出："一部经典作品是这样一部作品，哪怕与它格格不入的现在占统治地位，它也坚持至少成为一种背景噪音。"③换言之，好的作品不仅将现实当作自己的背景，而且能够超越当下的背景，对现实有所超越。任何一部优秀作品不仅能够在一定程度上体现其历史文化语境，而且还能脱离其语境的束缚，具备超然物外的特征，从而具备意义无限生成的可能。由此可见，村上春树小说时空体的超然性特征使其作品的艺术价值得以不断发展。

除了超然性，村上春树小说的时空体还具有另一种本质性特征——时空发展性。赫拉克利特④有一句名言：世上唯一不变的就是变化本身。村上春树小说也是这样，虽然其小说时空处在不断变化发展的过程中，但其不断向上发展的倾向性本身未曾改变。卡尔维诺指出："一部经典作品是一本永不会耗尽它要向读者说的一切东西的书。"⑤村上春树小说中的艺术形象从消极被动走向积极主动，体现出小说时空的自我革新性；从独立性走向客观性，体现出小说时空的自我继承性；从绝对不变性走向适应性，体现出小说时空的自我发展性。小说时空建构的自我革新、自我继承和自我发展的特征，构成了村上春树小说创作的内在驱动力，促使其作品不断创新、不断成长，因而其作品的意义也能够不断生成，使得解读的空间得以无限扩展，最终形成一种不断发展的符号意义衍生机制。

---

① 卡尔维诺：《为什么读经典》，黄灿然、李桂蜜译，南京：译林出版社，2015年，第9页。
② 同上书，第8页。
③ 同上书，第9页。
④ 赫拉克利特(Herakleitos，约前544—前483年)，古希腊著名哲学家。他认为万物都处于不断的变化之中，持对立统一观念，列宁称其为辩证法的奠基人。
⑤ 卡尔维诺：《为什么读经典》，黄灿然、李桂蜜译，南京：译林出版社2015年版，第4页。

时空发展性融入村上春树的每部作品之中，使其作品拥有了特殊的律动感。村上春树指出："如果问我是从哪儿学会写作的，答案就是音乐。音乐最重要的要素就是节奏。文章如果少了节奏，没有人想读。诱使读者逐字逐行往前推进，似乎需要一种律动感。"①可以说，向着更好方向成长和发展的律动感是村上春树小说的内在驱力。村上春树在其自传中写道：

> 换句话说，就是到了某个时间点，就需要将"剃刀的锋利"转换为"砍刀的锋利"，进而将"砍刀的锋利"转换为"斧头的锋利"。巧妙地度过这几个转折点的作家，才会变得更有力量，也许就能超越时代生存下去……小说家和某种鱼一模一样，倘若不在水中始终游向前方，必然只有死路一条。②

从村上春树第一个创作阶段的《且听风吟》《1973 年的弹子球》《去中国的小船》等作品的"剃刀"，到第二个创作阶段的《奇鸟行状录》《斯普特尼克恋人》《列克星敦的幽灵》等作品的"砍刀"，再到第三个创作阶段的《没有色彩的多崎作》《没有女人的男人们》《刺杀骑士团长》等作品的"斧头"，村上春树小说的发展演变也具有一种催人奋进的节奏。可以说，时空发展性是村上春树主要作品中贯穿始终的内在动力，它决定了小说时空的建构模式，也影响了作品中的人物形象、情节结构、主题思想等一系列基本要素。

概而言之，本章主要探讨了村上春树小说时空体的建构模式、建构特征和建构意义。具体来看，本章研究了《且听风吟》《奇鸟行状录》和《没有色彩的多崎作》这三部村上春树的代表作品，并将《1973 年的弹子球》《去中国的小船》《斯普特尼克恋人》《列克星敦的幽灵》《没有女人的

① 村上春树、小泽征尔：《与小泽征尔共度的午后音乐时光》，海南：南海出版社 2014 年版，第 86 页。
② 村上春树：《我的职业是小说家》，施小炜译，海南：南海出版公司 2017 年版，第 16 页。

男人们》《刺杀骑士团长》等重要作品作为参考对象。在研究过程中可以发现,村上春树小说的时空体建构呈现出从"他人时空中的人物形象"到"多维时空中的艺术形象"再到"模拟现实时空中的主人公形象"的发展建构模式。而这一发展过程也反映了村上春树小说时空体的两大建构特征——"超然性"和"时空发展性"。可以说"超然性"和"时空发展性"对于村上春树小说来说具有重要的时空体建构意义,它们是贯穿村上春树小说创作历程始终的内在发展动力,进而深刻影响了作家的世界观和审美观,使其作品产生出无限的意义衍生机制。

结　论

认识世界和认识人性是文学研究的重要意义之一，任何一种新的认识视角对于文学研究来说都应当具有新的意义与价值。本书采用时空体理论探讨了村上春树小说的时间建构、空间建构与时空体建构，分析了村上春树小说时空体的建构模式、建构特征和建构意义。通过本研究可以发现村上春树小说时间的空间化建构、空间的时间化建构和时空体建构都对其作品的情节结构、人物形象、主题思想和艺术手法等诸多方面产生了重要影响。运用巴赫金时空体理论研究村上春树的小说艺术，有利于拓宽文化符号学的批评视野，为解读村上春树文学文本提供方法论意义上的参考，这对于文化符号学、外国文学理论和当代外国文学的跨文化研究都具有一定的积极意义。

为探索村上春树小说的时间建构、空间建构和时空体建构，本书运用巴赫金文化符号学中的时空体理论研究了村上春树三个创作阶段中具有代表性的作品：《且听风吟》《奇鸟行状录》和《没有色彩的多崎作和他的巡礼之年》，同时将村上春树各个创作阶段中的其他重要作品作为补充材料展开论述。本书在文化符号学视域下通过时空体理论的研究方法，首先探索村上春树作品时间的空间化建构；然后分析该时间建构在小说空间中的呈现，进而探讨其空间的时间化建构；最后研究小说时空体在其艺术形象中的具体表现来把握其时空体建构的本质属性。由于事物存在的基本形式是时间与空间，因此通过把握小说时间的空间化建构、空间的时间化建构以及时空体建构，就可以从整体上深化理解村上春树小说符号文本的意义衍生机制。

时空体理论所关注的是时间与空间的相互关系，它们密不可分、相互参照。为了便于阐明村上春树小说创作中独具风格的时空体形成过程，本书先从时间角度入手，研究了村上春树小说时间的空间化建构。其中，《且听风吟》的"传奇时间"呈现出非线性、超现实性和超时间空白的特点，这些特征也体现在《1973 年的弹子球》《去中国的小船》等村上春树第一个创作阶段的其他作品之中。《奇鸟行状录》的"集体时间"呈现出介于线性与非线性、现实与超现实之间的中介性和过渡性，以及集体性的特征，而该特征在《斯普特尼克恋人》等村上春树第二个创作阶段的其他作品中亦有所呈现。《没有色彩的多崎作》的"历史时间"具有线性结构、现实感和成长性之特点，而在《刺杀骑士团长》等村上春树第三个创作阶段的其他作品也能找到类似的时间建构。从中可以看出，村上春树小说的时间建构模式经历了从"传奇时间"到"集体时间"再到"历史时间"的演化。

在村上春树小说时间建构模式的演化过程中，可以发现其相对不变的建构特征——时间的空间化。时间的空间化具有重要的建构意义。根据巴赫金的分析，时间的空间化也是但丁《神曲》和陀思妥耶夫斯基小说所采用的艺术表现手法。时间的空间化建构逐步加强了村上春树小说创作三阶段中时间建构的直观性和可认识性，从而使其小说情节逐步合理化，小说的人物形象描写愈发具有真实感，作品的主题思想也愈发深刻。在时间空间化建构的影响下，村上春树作品的文学价值和艺术价值不断提升，进而呈现出一种不断自我革新、自我发展的整体趋势。

本书在探讨了村上春树小说时间的空间化建构后，接着分析其空间的时间化建构。其中《且听风吟》的"他人空间"呈现出抽象性、可转移性和陌生性的特点,这些特点亦体现在《1973 年的弹子球》《去中国的小船》等村上春树第一个创作阶段的其他作品之中。《奇鸟行状录》的"多维空间"呈现出半抽象、半具体性以及对话性和继承性,而在《斯普特尼克恋人》《列克星敦的幽灵》等村上春树第二个创作阶段的其他作品中也能找到这些空间建构特征。《没有色彩的多崎作》的"模拟现实空间"呈现出具体性和现实性,以及个体空间与社会空间相结合的特点,这些空间特点也影响了《没有女人的男人们》《刺杀骑士团长》等村上春树第三个创作阶段的其他作品。从以上三部作品的空间特征中可以看出,村上春树小说的空间建构模式经历了从"他人空间"到"多维空间"再到"模拟现实空间"的变化。

在村上春树小说空间建构模式的变化过程中,可以发现其相对不变的建构特征——空间的时间化。村上春树小说空间的时间化的建构特征也具有重要意义。巴赫金认为空间的时间化也是歌德小说的重要时空特征,其著名作品《浮士德》和《威廉·迈斯特的学习时代》都是体现了空间时间化的经典之作。空间时间化建构的最主要功能是将小说中处于不同空间中的情节、人物和事物纳入同一个时间流之中,从而将小说空间中的人物和事物与其背后的时代背景和历史进程相联系,使其作品充满了时代气息。因而村上春树的作品可以被视为一面反映日本当代社会问题的镜子,当这面镜子随着村上春树小说空间建构的不断发展而越来越明亮时,其作品所反映出的社会问题就越来越清晰和深刻,这一特征促使其作品的批判性不断加强。

时空体建构作为小说情节和人物组织的中心要素,它必然会在某个艺术形象中呈现出来。因此本书对村上春树作品中体现了时空体建构的艺术形象进行了专门分析。其中《且听风吟》的时空体主要体现在人物形象上,小说人物具备消极被动性、内在的独立性以及绝对不变性。而《1973 年的弹子球》《寻羊冒险记》等村上春树第一个创作阶段的其他作品也具有类似的特征。《奇鸟行状录》的时空体主要体现在"井"这一艺术符号中。"井"具备联系性、中介性和过渡性，该特征对《斯普特尼克恋人》《列克星敦的幽灵》等村上春树第二个创作阶段的重要作品产生了较为深刻的影响。《没有色彩的多崎作》的时空体主要体现在"多崎作"这一人物形象上，在时空体的作用下，小说主人公多崎作具备积极主动性、外位性和适应性的特征，该时空体建构也影响了《刺杀骑士团长》等村上春树第三个创作阶段的作品。可以看出，村上春树小说的时空体建构模式经历了从"他人时空中的人物形象"到"多维时空中的艺术形象"再到"模拟现实时空中的主人公形象"的变化过程。在该过程中，其艺术形象的时空体建构模式是不断发展的，但唯有"超然性"和"时空发展性"的建构特征未曾变过。

"超然性"和"时空发展性"对于村上春树小说来说具有重要意义，它们影响了村上春树小说文本的意义衍生机制。如果阅读过村上春树的其他小说，可以发现超然性几乎贯穿其每一部作品。村上春树曾提出过"中间地点论"概念，所谓"中间地点"是一种客观中立的第三人称视角。正因为村上春树能够通过这种类似旁观者的外在视角来观察日本，才使得他对日本文化和日本社会有着更为清醒的认识。对于"超然性"的追求也体现在村上春树的每部作品之中，成为其作品中反复出现的一种艺术表现手法。此外，"时空发展性"使得村上春树小说中的艺术形象从消极被动走向积极主动，从独立性走向客观性，从绝对不变性走向适应性。这体现出其作品时空的自我革新性、自我继承性以及自我发展性。小说时空自我革新、自我继承和自我发展的特征构成了村上春树小说创作的内在驱动力，促使其作品不断创新、不断成长，因而其作品的意蕴也能够无限生成。

小说时空体的建构特征不仅是作家最核心的创作原则之一，也是作家世界观和审美观在小说时空建构中的反映。"超然性"和"时空发展性"体现了村上春树不断成长发展的世界观和审美观，使其作品具备了无限的意义衍生机制。卡尔维诺认为：一部经典作品是一本每次重读都像初读那样带来新发现的书。换言之，优秀的文学作品具有无限的意义衍生机制，它应该是常读常新的。而村上春树小说时空体的"超然性"和"时空发展性"使其作品的时空体能够产生出自我批判、自我继承和自我发展的建构效果，进而构成一种不断与时俱进、不断自我发展的符号意义衍生机制。

近代以来的世界进程是一个多民族相互交流、多文化相互融合的历史过程。虽然存在着种种障碍，但从整体上看，人类文明正逐步朝着东西方思想互通互融的大道上前进。在这一跨学科、跨文化的背景下本书运用巴赫金文化符号学中的时空体理论对村上春树小说的时空建构进行了探索。本书认为村上春树的小说艺术表现出一种不拘泥于自我中心、不断自我发展的动态升级过程。在这一过程中其强调个体自由的初级自由精神逐步走向一种人与世界相互融合、共同成长的高级自由精神，该精神与巴赫金时空体理论的时空统一理念是具有内在契合性的。巴赫金时空体理论视域下的文学研究并不是简单地将文学视为由一定社会历史和经济条件所决定的文化副产品，而是将文学和社会历史视为两个相互独立的、有生命的主体，两者的关系呈现出共同演进、共同成长、和谐共存的主体间性特征。在该过程中，文学有时会超越社会历史的局限，为未来的时空敞开大门。

人与世界相互和谐、共同成长的精神境界并非只有巴赫金和村上春树在努力追求，它是古往今来的众多思想者们共同追求的目标。例如，古印度教在探讨人与世界关系时有一句著名谚语"那就是你"（Tat twam asi），庄子也说过"天地与我并生，而万物与我为一"，美国心理学家肯·威尔伯指出：大量证据说明至少有某些形式的超个人体验存在……在一体意识中，个人与所有一切、万事万物认同。日本哲学家西田几多郎指出：只有达到主客相没、物我相忘、天地间只有一个实在的活动时才能达到善行的顶峰……这是天地同根，万物一体。俄国哲学家布尔加科夫也认为主体、客体和存在是"三位一体"、不可分割的。可以看出,巴赫金和村上春树都追求人与世界和谐共处的精神境界,这并不是巧合,而是一种超越文明、文化、国家、历史隔阂的全人类共通的美好愿望,这一愿望的存在对于地球生态环境的保护、人类不同文明的交流与存续具有重要意义。

在得出结论的同时,本书还发现了一些需要进一步补充说明的事项。由于文化符号学的开放性、跨学科特征,学界对时空体理论的理解和运用也处在动态生成和不断演进的过程之中,因此本书对于时空体理论的研究还有待进一步深入。同样,村上春树的小说艺术也正处在发展过程中,其作品的意蕴是不断生成的。所以本书的研究只是在现有的文化符号学视域下采用时空体理论阐释了当下的村上春树小说艺术,至于时空体理论和村上春树小说的未来发展,还需要研究者的持续跟进。此外,本书在研究过程中由于篇幅有限、时间有限、水平有限,还有很多有价值的工作没有完成,例如:本书只深入研究了村上春树不同创作阶段的三部代表作品:《且听风吟》《奇鸟行状录》和《没有色彩的多崎作》,并探讨了《1973 年的弹子球》《去中国的小船》《寻羊冒险记》《斯普特尼克恋人》《列克星敦的幽灵》《刺杀骑士团长》等重要作品的时空建构,而村上春树其他小说的时空建构也具有一定的研究价值。除了村上春树小说,时空体理论本身也值得进一步探讨,因此以上不足之处将会作为笔者下一阶段的主要研究方向。希望本研究能为今后的文化符号学批评拓展一些研究视野,并推动村上春树研究向多维度、多视角、可持续的方向发展。

参考文献

一、中文著作

1. 爱因斯坦:《爱因斯坦文集》第一卷,许良英译,北京:商务印书馆 1977 年版。

2. 阿拉斯泰尔·伦弗鲁:《导读巴赫金》,田延译,重庆:重庆大学出版社 2017 年版。

3. 安德鲁·戈登:《日本现代史》,李朝津译,北京:中信出版社 2017 年版。

4. 巴赫金:《巴赫金全集》(第一卷到第七卷),晓河、贾泽林、张杰等译,河北:河北教育出版社 2009 年版。

5. 柄谷行人:《日本现代文学的起源》,赵京华译,北京:中央编译出版社 2013 年版。

6. 村上春树:《且听风吟》,林少华译,上海:上海译文出版社 2007 年版。

7. 村上春树:《1973 年的弹子球》,林少华译,上海:上海译文出版社 2008 年版。

8. 村上春树:《奇鸟行状录》,林少华译,上海:上海译文出版社 2009 年版。

9. 村上春树:《没有色彩的多崎作和他的巡礼之年》,施小炜译,海口:南海出版公司 2013 年版。

10. 村上春树:《挪威的森林》,林少华译,上海:上海译文出版社 2007 年版。

11. 村上春树:《边境·近境》,林少华译,上海:上海译文出版社 2011 年版。

12. 村上春树:《刺杀骑士团长》,林少华译,上海:上海译文出版社 2018 年版。

13. 村上春树、小泽征尔:《与小泽征尔共度的午后音乐时光》,海南:南海出版公司 2014 年版。

14. 村上春树:《我的职业是小说家》,施小炜译,海南:南海出版公司 2017 年版。

15. 村上春树:《远方的鼓声》,林少华译,上海:上海译文出版社 2011 年版。

16. 村上春树:《天黑以后》,林少华译,上海:上海译文出版社 2005 年版。

17. 村上春树:《列克星敦的幽灵》,林少华译,上海:上海译文出版社 2015 年版。

18. 村上春树:《萤》,林少华译,上海:上海译文出版社 2009 年版。

19. 村上春树:《再袭面包店》,林少华译,上海:上海译文出版社 2008 年版。

20. 村上春树:《遇到百分百女孩》,林少华译,上海:上海译文出版社 2008 年版。

21. 村上春树:《东京奇谭集》,林少华译,上海:上海译文出版社 2006 年版。

22. 村上春树:《旋转木马鏖战记》,林少华译,上海:上海译文出版社 2009 年版。

23. 村上春树:《国境以南太阳以西》,林少华译,上海:上海译文出版社 2007 年版。

24. 村上春树:《斯普特尼克恋人》,林少华译,上海:上海译文出版社 2008 年版。

25. 村上春树:《舞!舞!舞!》,林少华译,上海:上海译文出版社 2007 年版。

26. 村上春树:《海边的卡夫卡》,林少华译,上海:上海译文出版社 2007 年版。

27. 村上春树:《神的孩子全跳舞》,林少华译,上海:上海译文出版社 2009 年版。

28. 村上春树:《世界尽头与冷酷仙境》,林少华译,上海:上海译文出版社 2007 年版。

29. 村上春树:《去中国的小船》,林少华译,上海:上海译文出版社 2008 年版。

30. 村上春树:《寻羊冒险记》,林少华译,上海:上海译文出版社 2007 年版

31. 村上春树:《地下》,林少华译,上海:上海译文出版社 2011 年版。

32. 村上春树:《在约定的场所·地下 2》,林少华译,上海:上海译文出版社 2012 年版。

33. 村上春树:《电视人》,林少华译,上海:上海译文出版社 2009 年版。

34. 村上春树:《没有意义就没有摇摆》,林少华译,上海:上海译文出版社 2011 年版。

35. 村上春树:《当我跑步时我谈些什么》,施小炜译,海南:南海出版社 2009 年版。

36. 村上春树:《1Q84》,施小炜译,海南:南海出版社 2010 年版。

37. 村上春树:《没有女人的男人们》,林少华译,上海:上海译文出版社 2015 年版。

38. 村上春树、川上未映子:《猫头鹰在黄昏起飞》,林少华译,上海:上海译文出版社 2019 年版。

39. 村上春树:《弃猫·当我谈起父亲时》,烨伊译,广州:花城出版社 2021 年版。

40. 村上春树:《村上广播》,林少华译,上海:上海译文出版社 2012 年版。

41. 程正民:《巴赫金的诗学》,北京:中国社会科学出版社 2019 年版。

42. 程正民:《巴赫金的文化诗学研究》,北京:中国社会科学出版社 2017 年版。

43. 程正民:《从普希金到巴赫金——俄罗斯文论和文学研究》,福建:福建人民出版社 2015 年版。

44. 管海莹:《建造心灵的方舟——论别雷的〈彼得堡〉》,北京:人民出版社 2011 年版。

45. 河合隼雄、村上春树:《村上春树去见河合隼雄》,吕千舒译,上海:东方出版中心 2011 年版。

46. 黑格尔:《美学》(第一卷到第三卷),朱光潜译,北京:商务印书馆 1997 年版。

47. 井村喜代子:《现代日本经济论》,季爱琴、王建刚译,北京:首都师范大学出版社 1996 年版。

48. 杰·鲁宾:《洗耳倾听:村上春树的世界》,冯涛译,南京:南京大学出版社 2012 年版。

49. 加藤周一:《日本文学史序说》,叶渭渠、唐月梅译,北京:外语教学与研究出版社 2011 年版。

50. 康德:《纯粹理性批判》,邓晓芒译,北京:人民出版社 2017 年版。

51. 卡尔·荣格:《原型与集体无意识》,徐德林译,北京:国际文化出版公司 2011 年版。

52. 卢小合:《艺术时间诗学与巴赫金的赫罗诺托普理论》,北京:北京大学出版社 2016 年版。

53. 刘岩:《日本"后战后"时期的精神史寓言——村上春树论》,北京:商务印书馆 2016 年版。

54. 凌建侯:《巴赫金哲学思想与文本分析法》,北京:北京大学出版社 2007 年版。

55. 林少华:《为了灵魂的自由——村上春树的文学世界》,香港:天地图书有限公司 2014 年版。

56. 李德纯:《战后日本文学史》,北京:人民文学出版社 2018 年版。

57. 孙鹏程:《形式与历史视野中的诗学方案——比较视域下的时空体理论研究》,浙江:浙江大学出版社 2012 年版。

58. 尚一鸥:《村上春树小说艺术研究》,北京:商务印书馆 2013 年版。

59. 藤井省三:《村上春树心底的中国》,张明敏译,台北:时报出版社 2008 年版。

60. 季爱琴:《日本文学概述》,陕西:陕西师范大学出版社 2005 年版。

61. 王铭玉:《现代语言符号学》,北京:商务印书馆 2013 年版。

62. 小森阳一:《村上春树论——精读〈海边的卡夫卡〉》,秦刚译,北京:新星出版社 2007 年版。

63. 西田几多郎:《善的研究》,何倩译,北京:商务印书馆 1965 年版。

64. 叶琳等:《现代日本文学批评史》,上海:上海外语教育出版社 2008 年版。

65. 杨炳菁:《后现代语境中的村上春树》,北京:中央编译出版社 2009 年版

66. 张杰、康澄:《结构文艺符号学》,北京:外语教学与研究出版社 2004 年版。

67. 张杰:《走向真理的探索:白银时代俄罗斯宗教文化批评理论研究》,北京:北京大学出版社 2012 年版。

68. 周启超、王加兴主编:《中国学者论巴赫金》,南京:南京大学出版社 2014 年版。

69. 周启超、王加兴主编:《俄罗斯学者论巴赫金》,南京:南京大学出版社 2014 年版。

二、中文期刊、学位论文

1. 长安:《受日本学生欢迎的作家村上春树》,载《外国问题研究》1990 年 7 月。

2. 陈高峰:《莫言与村上春树作品中对战争因素的书写方法》,载《日语学习与研

究》2019 年第 9 期。

3. 但汉松:《历史阴影下的文学与肖像画——论村上春树的〈刺杀骑士团长〉》,载《当代外国文学》2018 年第 5 期。

4. 邓英杰:《村上春树文学的暴力性——〈奇鸟行状录〉的暴力书写》,载《外国文学》2012 年第 3 期。

5. 方国武:《试析巴赫金小说时空体理论的诗学特征》,载《安徽农业大学学报》2006 年第 2 期。

6. 郭勇:《穿越生与死的界线——论村上春树的〈挪威的森林〉》,载《国外文学》2006 年第 4 期。

7. 黄华莉、靳明全:《〈活着〉与〈挪威的森林〉中生死观之比较》,载《当代文坛》2015 年第 5 期。

8. 霍斐:《"真实"与"虚构"并置的多元世界——论村上春树文学的"叙事特质"》,载《当代外国文学》2020 年第 2 期。

9. 康澄:文本——洛特曼文化符号学的核心概念,载《当代外国文学》2005 年第 4 期。

10 . 林少华:《村上文学经典化的可能性——以语言或文体为中心》,载《外国文学》2008 年第 4 期。

11. 林少华:《作为斗士的村上春树——村上文学中被东亚忽视的东亚视角》,载《外国文学评论》2009 年第 1 期。

12. 林少华:《莫言与村上:似与不似之间》,载《中国比较文学》2014 年第 1 期。

13. 林少华:《村上春树的文体之美——读〈没有色彩的多崎作和他的巡礼之年〉》,载《艺术评论》2014 年第 6 期。

14. 林少华:《〈刺杀骑士团长〉:置换,或偷梁换柱》,载《社会科学报》2017 年 4 月 27 日。

15. 林少华:《之于村上春树的物语:从〈地下世界〉到〈1Q84〉》,载《外国文学》2010 年第 4 期。

16. 林少华:《莫言与村上春树的文体特征——以比喻修辞为中心》,载《东北亚外语研究》2014 年第 3 期。

17. 林敏洁:《村上春树文学与历史认知——以新作〈刺杀骑士团长〉为中心》,载

《当代作家评论》2017 年第 3 期。

18. 李星、李爽蓉、李琴:《"两个世界"的巡礼之旅——以〈没有色彩的多崎作和他的巡礼之年〉为中心》,载《语文学刊》2015 年第 11 期。

19. 李茂曾:《成长的世界图景——论巴赫金的小说"时空体"理论》,载《解放军外国语学院学报》2007 年第 3 期。

20. 李立丰:《当经验记忆沦为文学记忆:论村上春树"满洲叙事"之史观》,载《外国文学评论》2015 年第 3 期。

21. 李柯:《试论〈挪威的森林〉与〈了不起的盖茨比〉中象征手法比较》,载《东北亚论坛》2002 年第 2 期。

22. 刘春英:《近十年日本文学概观》,载《社会科学战线》1990 年第 3 期。

23. 刘研:《记忆的编年史:村上春树〈奇鸟行状录〉的叙事结构论》,载《东疆学刊》2010 年第 1 期。

24. 落合由治:《村上春树〈不带色彩的多崎作与他的巡礼之年〉中之世代符码机能》,载《淡江日本论丛》2015 年第 6 期。

25. 邱运华:《外位性理论与巴赫金文艺学研究的方法论问题》,载《外国文学评论》2006 年第 2 期。

26. 任洁:《论村上春树〈挪威的森林〉中的身份困惑与伦理思考》,载《当代外国文学》2020 年第 3 期。

27. 孙鹏程:《体裁与时空关系论——巴赫金〈小说的时间形式和时空体形式〉中的历史类型学思想》,载《温州大学学报》(社会科学版)2012 年第 3 期。

28. 孙树林:《风为何歌——论村上春树〈听风歌〉的时代观》,载《外国文学评论》1998 年第 1 期。

29. 尚一鸥:《〈透明的红萝卜〉与〈且听风吟〉的文学起点——莫言与村上春树的小说艺术比较研究》,载《学术研究》2015 年第 3 期。

30. 尚一鸥、尚侠:《村上春树〈且听风吟〉的文本价值》,载《社会科学战线》2009 年第 2 期。

31. 申寅燮、尹锡珉:《共同体伦理的失范与心灵创伤的治疗——评〈没有色彩的多崎作和他的巡礼之年〉》,载《外国文学研究》2013 年第 6 期。

32. 沈宏芬:《巴赫金成长理论:被忽略的诗学》,载《中国文学研究》2014 年第

4 期。

33. 苏萍:《历史记忆的颠覆与重建——村上春树〈奇鸟行状录〉的历史叙事分析》,载《兰州学刊》2011 年第 4 期。

34. 藤井省三:《论村上春树的汉语翻译——日本文化本土化与中国本土文化的变革》,贺昌盛译,载《扬子江评论》2012 年第 4 期。

35. 藤井省三:《村上春树〈1Q84〉中〈阿 Q 正传〉的亡灵们》,董炳月译,载《绍兴文理学院学报》2011 年第 9 期。

36. 藤井省三:《村上春树与华语圈——日本文学跨越国界之时》,贺昌盛编译,载《当代文坛》2013 年第 1 期。

37. 藤井省三、严步耕:《无论喜恶,鲁迅和村上春树都是东亚文化原点——专访藤井省三》,载《新京报书评周刊》2020 年 8 月 19 日。

38. 王晶、张青:《"共同体"的幻灭·寻找·重构——村上春树〈没有色彩的多崎作和他的巡礼之年〉解读》,载《西安外国语大学学报》2018 年第 4 期。

39. 王佑心:《试论村上春树作品〈第七位男士〉与〈莱辛顿的幽灵〉的生死世界中的〈恐怖〉与〈恶〉》,载《淡江日本论丛》2014 年第 6 期。

40. 王向远:《日本后现代主义与村上春树》,载《北京师范大学学报》1994 年 9 月。

41. 汪介之:《四十年来外国文学研究的成就、问题与思考》,载《江西社会科学》2020 年第 4 期。

42. 谢志宇:《从姓名谈小说人物生存范式的变迁——解读安部公房和村上春树》,载《外国文学研究》2004 年第 3 期。

43. 谢志宇:《解读〈挪威的森林〉的种种象征意义》,载《外语研究》2004 年第 3 期。

44. 许金龙:《从大江键三郎眼中的村上春树说开去》,载《外国文学评论》2011 年第 4 期。

45. 徐谷芃:《村上春树与菲茨杰拉德——〈挪威的森林〉与〈了不起的盖茨比〉的比较》,载《华东师范大学学报》2006 年第 2 期。

46. 杨书评:《后殖民主义话语的文学表达——从村上春树小说〈海边的卡夫卡〉谈起》,载《晋阳学刊》2009 年第 1 期。

47. 杨炳菁:《试析村上春树的处女作〈且听风吟〉》,载《解放军外国语学院学报》2006 年第 4 期。

48. 邹波:《村上春树的"水井"谱系及隐喻——以〈奇鸟行状录〉为中心》,载《日语教育与日本学》2015 年第 2 期。

49. 章小凤:《时空体》,载《外国文学》2018 年第 2 期。

50. 张小玲:《雷蒙德·钱德勒的侦探小说对村上春树都市物语的影响》,载《外国文学研究》2017 年第 2 期。

51. 张昕宇:《岁月的歌谣:〈且听风吟〉的时间主题研究》,载《解放军外国语学院学报》2006 年第 1 期。

52. 张昕宇:《村上春树与日本文学》,载《当代外国文学》2011 年第 2 期。

53. 张宜桦:《村上春树〈UFO 降落在钏路〉论——直到"意识"追上"身体"》,载《台湾日本语文学报》2016 年第 12 期。

54. 张阿莉:《关注从精神废墟上站立起来的生命个体——〈色彩を持たない多崎つくると、彼の巡礼の年〉的色彩观及其意义》,载《中国语言文学研究》2016 年第 2 期。

55. 曾秋桂:《考察村上春树〈听风之歌〉中"风"之形象》,载《台湾日本语文学报》2010 年第 6 期。

56. 邹东来、朱春雨:《从〈红与黑〉汉译讨论到村上春树的林译之争——两场翻译评论事件的实质》,载《外语教学理论与实践》2011 年第 2 期。

57. 二木雪江:《村上春树国际化成因研究》,载河南大学博士论文 2018 年。

58. 李晓娜:《村上春树与美国现代文学》,载吉林大学博士论文 2013 年。

59. 尚一鸥:《村上春树小说艺术研究》,载东北师范大学博士论文 2009 年。

60. 苏萍:《差异中包含共性——莫言与村上春树创作比较研究》,载上海外国语大学 2016 年。

61. 杨炳菁:《后现代语境中的村上春树》,载吉林大学博士论文 2009 年。

62. 张敏生:《时空匣子——村上春树小说时空艺术研究》,载上海外国语大学博士论文 2011 年。

63. 张昕宇:《从"日本"的历史文脉中阅读村上春树》,载上海外国语大学博士论文 2007 年。

三、外文著作

1. 村上春樹：『村上春樹全作品 1979—1989』、東京：講談社、1990.

2. 村上春樹：『村上春樹インタビュー集』(1997—2009)、東京：文藝春秋、2010.

3. 村上春樹：『色彩を持たない多崎つくると、彼の巡礼の年』、東京：文藝春秋、2013.

4. 村上春樹：『村上春樹雑文集』(1979—2010)、東京：新潮社、2015.

5. 村上春樹：『はじめての文学』、東京：文藝春秋、2008.

6. 村上春樹：『騎士団長殺し』、東京：新潮社、2017.

7. 村上春樹：『一人称単数』、東京：文藝春秋、2020.

8. 村上春樹：『猫を棄てる：父親について語るとき』、東京：文藝春秋、2020.

9. 村上春樹：『ノルウェイの森』、東京：講談社文庫、1991.

10. 村上春樹：『アフターダーク』、東京：講談社文庫、2006.

11. 石田仁志、アントナン・ベシュレール：『文化表象としての村上春樹：世界のハルキの読み方』、東京：青弓社、2020。

12. 浅利文子：『村上春樹物語の力』、東京：翰林書房、2013.

13. 黒子一夫：『村上春樹批判』、東京：アーツアンドクラフツ、2015.

14. 松本健一：『村上春樹——都市小説から世界文学へ』、東京：第三文明社、2010.

15. 宮脇俊文：『村上春樹を、心で聴く』、東京：青木社、2017.

16. 河合俊雄：『村上春樹の「物語」夢テキストとして読み解く』、東京：新潮社、2011.

17. 谷崎龍彦：『「騎士団長殺し」の「穴」を読む——セクシュアリティの多様性』、東京：彩流社、2018.

18. 大森望、豊崎由美：『村上春樹「騎士団長殺し」メッタ斬り』、東京：河出書房新社、2017.

19. 石倉美智子：『村上春樹サーカス団の行方』、東京：専修大学出版局、1998.

20. 大久保典夫等：『現代日本文学史』、東京：笠間書院、1989.

21. 川本三郎：『村上春樹論集成』、東京：若草書房、2006.

22. 加藤典洋:『村上春樹論Ⅰ』、東京:若草書房、2006.

23. 加藤典洋:『村上春樹イエローページ1』、東京:幻冬舎、2006.

24. 加藤典洋:『一つの新しい徴候——村上春樹「色彩を持たない多崎つくると、彼の巡礼の年」について』、東京:河出書房新社、2013.

25. 速水健朗:「モヒート」と「レクサス」から考える高度資本主義社会、村上春樹『色彩を持たない多崎つくると、彼の巡礼の年』をどう読むか、東京:河出書房新社、2013.

26. 清水良典:『村上春樹「色彩を持たない多崎つくると、彼の巡礼の年」をどう読むか』、東京:河出書房新社、2013.

27. 新村出:『広辞苑』(第三版)、東京:岩波書店、1988.

28. 菅野昭正:『村上春樹の読みかた』、東京:平凡社、2012.

29. 芳川泰久:『村上春樹とハルキムラカミ：精神分析する作家』、京都:ミネルヴァ書房、2010.

30. 重里徹也、三輪太郎:『村上春樹で世界を読む』、東京:祥伝社、2013.

31. 井村喜代子:『現代日本経済論(新版)』、東京:有斐閣、2005.

32. 遅塚忠躬:『史学概論』、東京:東京大学出版会、2010.

33. 柄谷行人:『日本近代文学の起源』、東京:岩波現代文庫、2015.

34. 土居豊:『村上春樹のエロス』、東京:ロングセラーズ、2010.

35. 渥見秀夫:『こどもの目大人の目:教科書で読む児童文学から村上春樹まで』、松山:晴耕雨読、2012.

36. 宇佐美毅、千田洋幸編:『村上春樹と一九九〇年代』、東京：おうふう、2012.

37. 紺野馨:『村上春樹——「小説」の終わり』、町田:桜美林学園出版部、2013.

38. 黒古一夫:『文学者の「核・フクシマ論」：吉本隆明・大江健三郎・村上春樹』、東京:彩流社、2013.

39. 山﨑眞紀子:『村上春樹と女性、北海道…』、東京:彩流社、2013.

40. 助川幸逸郎:『謎の村上春樹:読まなくても気になる国民的作家のつくられ方』、東京:プレジデント社、2013.

41. 芳川泰久、西脇雅彦:『村上春樹読める比喩事典:A Guidebook with

Citations and Comments』、京都：ミネルヴァ書房、2013.

42. 大川隆法：『村上春樹が売れる理由：深層意識の解剖』、東京：幸福の科学出版、2013.

43. 内田樹：『もういちど村上春樹にご用心』、東京：文藝春秋、2014.

44. 湯川豊、小山鉄郎：『村上春樹を読む午後』、東京：文藝春秋、2014.

45. 土居豊：『いま、村上春樹を読むこと』、西宮：関西学院大学出版会、2014.

46. 甲田純生：『多崎つくるはいかにして決断したのか：村上春樹「色彩を持たない多崎つくると、彼の巡礼の年」を読む』、京都：晃洋書房、2014.

47. 谷﨑龍彦：『村上春樹の深い「魂の物語」：色彩を持たない多崎つくると、彼の巡礼の年』、東京：彩流社、2014.

48. 藤井省三：『魯迅と日本文学：漱石・鷗外から清張・春樹まで』、東京：東京大学出版会、2015.

49. 柴田勝二、加藤雄二編：『世界文学としての村上春樹』、東京：東京外国語大学出版会、2015.

50. 加藤典洋：『村上春樹は、むずかしい』、東京：岩波書店、2015.

51. 奥山文幸：『幻想のモナドロジー：日本近代文学試論』、東京：翰林書房、2015.

52. 清水良典：『村上春樹はくせになる 増補版』、東京：朝日新聞出版、2015.

53. 村上春樹：『職業としての小説家』、東京：新潮社、2016.

54. 岩宮恵子：『思春期をめぐる冒険：心理療法と村上春樹の世界』、大阪：創元社、2016.

55. 千田洋幸、宇佐美毅編：『村上春樹と二十一世紀』、東京：おうふう、2016.

56. 小島基洋：『村上春樹と「鎮魂」の詩学』、東京：青木社、2017.

57. 西田谷洋：『村上春樹のフィクション』、東京：ひつじ書房、2017.

58. 村上春樹を読み解く会著、神山睦美監修：『短篇で読み解く村上春樹』、東京：マガジンランド、2017.

59. 江口真規：『日本近現代文学における羊の表象：漱石から春樹まで』、東京：彩流社、2018.

60. 村上春樹 語る、川上未映子 訊く：『みみずくは黄昏に飛びたつ』、東京：新潮社、2019.

61. 黒古一夫：『黒古一夫近現代作家論集 第3巻』、東京：アーツアンドクラフツ、2019.

62. 村上春樹、柴田元幸：『本当の翻訳の話をしよう』、東京：スイッチ・パブリッシング、2019.

63. 吉本隆明：『ふたりの村上：村上春樹・村上龍論集成』、東京：論創社、2019.

64. 根本治久：『村上春樹謎とき事典I』、東京：若草書房、2020.

65. 加藤典洋：『村上春樹の世界』、東京：講談社、2020.

四、外文期刊、学位論文

1. 見附陽介：M・M・バフチンの対話理論における人格とモノの概念：C・L・フランクとの比較の観点から、スラブ研究、2009(56).

2. 川本三郎：村上春樹特別インタビュー・"物語"のための冒険、文学界、1985—08.

3. 森本隆子：「『パン屋再襲撃』——非在の名へ向けて」、東京：國文學：解釈と教材の研究、40(4)、1995—03.

4. 松岡直美：「村上春樹とレイモンド・カーヴァー：一九八〇年代における日本文学とアメリカ文学の合流」、HIKAKU BUNGAKU Journal of Comparative Literature(36)、1994年.

5. 遠藤伸治：村上春樹『ノルウェイの森』論、近代文学試論 (29)、1991—12.

6. 小菅健一：『風の歌を聴け』論—〈僕〉をめぐる関係、山梨英和短期大学紀要(31)、1997—01.

7. 山根由美恵：村上春樹『風の歌を聴け』論——物語の構成と〈影〉の存在、国文学攷 (163)、1999—09.

8. 岡野進：MURAKAMI HARUKI RELOADED——イロニーの勝利・『風の歌を聴け』を読む、言語文化論究(25)、2010.

9. 喜谷暢史：十九日間の〈物語〉から〈小説〉へ：村上春樹『風の歌を聴け』再論、日本文学(62)、2013—03.

10. 日置俊次：村上春樹『ねじまき鳥クロニクル』試論、日本文学、1998—06.

11. 西川智之:ねじまき鳥クロニクル論、言語文化論集、名古屋大学大学院国際言語文化研究科(22)、2000—01.

12. 鈴木智之:災厄の痕跡:日常性をめぐる問いとしての『ねじまき鳥クロニクル』、社会志林、2005—02.

13. 田中雅史:村上春樹『ねじまき鳥クロニクル』にみられる他者の理解と「対象」、甲南大学紀要. 文学編(158)、2008 年.

14. 奥田浩司:『ねじまき鳥クロニクル』における日本への旋回—交差する戦争と神秘体験、MURAKAMI REVIEW、2019—01.

15. 千葉俊二:『色彩を持たない多崎つくる』の物語法則、日本文学、2013—11.

16. 千葉俊二:物語の自己組織化——村上春樹『風の歌を聴け』、『アジア・文化・歴史』、東京:アジア文化歴史研究会、2016—04.

17. 平野芳信:『色彩を持たない多崎つくると、彼の巡礼の年』論:鏡の國のたさき創、山口国文、2014—03.

18. 見附陽介:M・M・バフチンとS. キルケゴール—対話と実存について、ロシア語ロシア文学研究、2010 年.

19. 佐川祥予:語りと自己:バフチンにおける自他とクロノトポス、大阪大学国際教育交流センター研究論集、2019—03.

20. 野中進:バフチンは謎めいた思想家だったか、埼玉大学紀要(教養学部)、2011—01.

21. 郡伸哉:バフチンの「時空」概念の根底、ロシア語ロシア文学研究、1993—10.

22. 明石加代:『ねじまき鳥クロニクル』の水脈——レイモンド・カーヴァーと村上春樹、心の危機と臨床の知、2006—07.

23. 橋本雅之:『ねじまき鳥クロニクル』論:村上春樹が拓いた神話、相愛国文、2001—03.

24. 太田鈴子:村上春樹『色彩を持たない多崎つくると、彼の巡礼の年』:心から誰かを求められる素晴しさ、学苑、2015—03.

25. 太田鈴子:村上春樹『ねじまき鳥クロニクル』——高い壁と卵、学苑、2013—11.

26. 橋本牧子:村上春樹『ねじまき鳥クロニクル』論——〈歴史〉のナラトロジー、広島大学大学院教育学研究科紀要、2002 年.

27. 木部則雄:『色彩を持たない多崎つくると、彼の巡礼の年』の精神分析的考察——グループ心性とコンテイナーの機能、白百合女子大學研究紀要(49)、2013—12.

28. 松枝誠:『ねじまき鳥クロニクル』における「忘却の穴」をめぐって、立命館文學、2004—03.

29. 上村邦子:韜晦することの快楽——『ねじまき鳥クロニクル』の登場人物の名前と井戸のメタファーをめぐって、甲南大学紀要、文学編 (161) 、2010 年.

30. 小島基洋:村上春樹『ねじまき鳥クロニクル』論——鐘楼のスプーンあるいは208 号室の暗闇で光るもの、文化と言語(札幌大学外国語学部紀要)、2008—03.

31. 吉田竜也:『書けない小説家の系譜——村上春樹「風の歌を聴け」冒頭』、日本文学、2018—08.

32. 松田和夫:《新しさ》と《パラドクス》:村上春樹『色彩を持たない多崎つくると，彼の巡礼の年』について、桜文論叢、2014—10.

33. 上田穂積:なぜハートフィールドは飛び降りたのか:村上春樹「風の歌を聴け」再考、徳島文理大学研究紀要、2014—09.

34. 上田穂積:村上春樹『風の歌を聴け』における1968 年:ユダヤ、ヒトラー、ウィトゲンシュタイン、徳島文理大学研究紀要、2015—03.

35. 大本達也:『色彩を持たない多崎つくると、彼の巡礼の年』メモ(1)灰田をめぐって、日本語・日本文化研究(22)、2016 年.

36. 上倉一男:村上春樹『風の歌を聴け』、下関市立大学論集、2016—01.

37. 上田穂積:〈引用〉をめぐる断想:村上春樹「風の歌を聴け」、徳島文理大学比較文化研究所年報、2016—03.

38. 上田穂積:村上春樹と柄谷行人:「風の歌を聴け」をめぐって、徳島文理大学研究紀要、2018—03.

39. 張偉莉、代小平:テクストマイニングに基づく村上春樹の小説研究:『色彩を持たない多崎つくると、彼の巡礼の年』を例に、日本言語文化研究、2018—01.

40. 五十嵐沙千子:バフチンの対話/対話としての詩学 : オープンダイアロー グ(Open Dialogue)の背景にあるもの、哲学・思想論集(44)、2018 年.

41. 宇佐美毅:村上春樹作品における『羊をめぐる冒険』の位置:『風の歌を聴け』『1973 年のピンボール』との関係から、中央大学文学部紀要、2019—03.

42. 林圭介:戦時下の通訳者たちの〈声〉:村上春樹『ねじまき鳥クロニクル』論、日本文学、2020—09.

43. 松本海:村上春樹「風の歌を聴け」に現われる〈食〉:蔓延する「ビール」と、ものさしとしての「冷蔵庫」、早稲田大学大学院文学研究科紀要、2020—03.

44. 陳柯岑:村上春樹「風の歌を聴け」論:語りの構造と固有名詞の不在、言語文化学研究、2020—03.

45. 大本達也:『色彩を持たない多崎つくると、彼の巡礼の年』メモ:灰田をめぐって : 村上春樹・小説論ノート(2)、日本語・日本文化研究、2016 年.

46. 宮坂明里:村上春樹『ねじまき鳥クロニクル』論:オウム事件とポスト冷戦時代における悪と暴力、言語文化論叢、2018—09.

47. 山根由美恵:ナツメグ・シナモンの語りの可能性:「ねじまき鳥クロニクル」における「二次トラウマ化」「世代横断的トラウマ」、近代文学試論、2020—12.

48. 石倉美智子:『村上春樹論:〈第一次〉三部作から〈第二次〉三部作へ』、東京:専修大学博士論文、1997 年.

49. 林正:『村上春樹論:コミニケション行為をめぐって』、専修大学博士論文、2001 年.

50. 山根由美恵:『村上春樹研究:物語不在の時代の〈物語〉』、広島大学博士論文、2003 年.

51. 橋本牧子:『村上春樹論:80 年代・90 年代の軌跡』、広島大学博士論文、2003 年.

52. 松枝誠:『村上春樹研究:その暴力表象について』、立命館大学博士論文、2008 年.

53. 申恵蘭:『村上春樹研究:村上春樹小説の構造と韓国での展開』、法政大学博士論文、2010 年.

54. 浅利文子:『村上春樹論:身体性の希求』、法政大学博士論文、2011 年.

55．王海藍：『村上春樹と中国：中国における村上春樹の受容研究を中心に』、筑波大学博士論文、2011 年.

56．徐忍宇：『村上春樹文学における〈コミットメント〉の研究：「分裂」から「統合」への変容』、九州大学博士論文、2012 年.

57．高木彬：『都市・建築空間の文学的研究：稲垣足穂と村上春樹から東京と神戸を読みかえる』、京都工芸繊維大学博士論文、2012 年.

58．工藤彰：『村上春樹長篇の物語構造と作風変化の計量分析』、東京工業大学博士論文、2012 年.

59．趙柱喜：『村上春樹文学研究：「欠乏」の再生産とその物語』、関西大学博士論文、2012 年.

60．陳高峰：『村上春樹の「総合小説」と物語論』、愛知文教大学博士論文、2014 年.

61．堀口真利子：『村上春樹・江國香織小説研究：親密性をめぐって』、名古屋大学博士論文、2014 年.

62．葉夌：『村上春樹小説研究：その作品の深層と二〇〇〇年代』、熊本大学博士論文、2015 年.

63．馮英華：『村上春樹文学における「想起の空間」——追憶・歴史・中国』、千葉大学博士論文、2015 年.

64．徐子怡：『中国における村上春樹の受容と「村上チルドレン」の成長：「70後(チーリンホウ)」「80後(バーリンホウ)」作家群および一般読者を中心に』、東京大学博士論文、2016 年.

65．王静：『村上春樹文学における20世紀後半の理想主義への応答：全共闘運動・コミューン・宗教性の相対化から信仰の再構築へ』、名古屋大学博士論文、2017 年.

66．Dalmi・Katalin：『村上春樹文学と魔術的リアリズム』、広島大学博士論文、2019 年.

后　记

　　这本书是在我的博士论文的基础上修改、补充而成的。我于 2018 年考入南京师范大学外国语学院攻读博士学位，现在回想起来，那是一段繁忙又美好的时光。一路走来，我得到诸多良师益友的热心帮助，在此我想对他们表达衷心的感谢。

　　首先感谢我的导师管海莹教授。管教授是国内研究俄罗斯文学尤其是别雷小说的专家，在文化符号学和小说叙事学上给予我重大的启发。管教授在生活上犹如一位慈祥的家长，经常关心和鼓励我。在学术上管教授严谨认真的学术态度，敏锐的洞察力以及对于学术的钻研精神令我敬佩，虽知难以企及，但也效仿一二。管教授从博士论文的选题、开题报告的撰写、资料的查找，到结构的完善，方方面面都给予我耐心、悉心、热心的指导。她认真批改我的每一篇论文，博士论文从初稿到二稿、三稿、四稿、五稿无不密密麻麻地遍布她用红笔修改的痕迹。无法想象，如果没有管教授的严格要求和反复修改，这本书将会变成什么样子。在此衷心感谢管海莹教授的精心指导和无私关怀。

　　本书在写作过程中曾得到南京师范大学外国语学院张杰教授、王永祥教授、许诗焱教授，南京大学外国语学院叶琳教授、何慈毅教授的指导和帮助。其中张杰教授从论文初稿阶段就对这篇论文的整体结构提出了大量修改意见，使我获益匪浅。王永祥教授从格式规范、论文要点和文章结构等方面对这篇论文给予了诸多指导与帮助。叶琳教授从开题报告到预答辩再到正式答辩都对本书给予了悉心指点。许诗焱教授和何慈毅教授也对本书提出了大量有建设性、针对性和启发性的宝贵意见，在此对每一位帮助过我的老师表示衷心感谢。

感谢博士求学期间遇到的所有老师，他们开设的课程让我获益匪浅。感谢南京大学的贾庆超博士提供了大量村上春树的研究资料。感谢我的同窗好友和师兄、师姐、师弟、师妹们，相同的经历让我们相互理解、相互扶持，当我遇到困惑的问题茫然不解时，与他们交流总会使我豁然开朗。

感谢我的父亲、母亲和妻子的无私奉献和默默支持，尤其是我的母亲为我多年来的学习和生活付出了太多太多，我不知该如何报答她。感谢南京师范大学中北学院对本书的出版资助，特别感谢江苏人民出版社汪意云编辑为本书出版付出的艰苦劳动。

最后我还想感谢我两岁大的女儿，虽然自从你降生后，为了养育子女，我投入学术研究的时间受到了限制，但你是我生活和学习的精神支柱，你的存在为我的生命带来了光明。

学术研究是一个充满艰辛但同时也充满乐趣的工作，需要研究者以较强的耐心和毅力长期不断地投入自己的劳动。我希望自己今后能够在本书的研究基础上再接再厉，进一步钻研并拓展自己的研究领域，为村上春树文学研究贡献一些微薄的力量。